Alex Winter

Ein Gespür für Mord

Daryl Simmons' erster Fall

Roman

Knaur Taschenbuch Verlag

Besuchen Sie uns im Internet:
www.knaur.de

Originalausgabe April 2005

Umschlaggestaltung: ZERO Werbeagentur, München
Umschlagabbildung: Alex Winter
Satz: Ventura Publisher im Verlag
Druck und Bindung: Nørhaven Paperback A/S
Printed in Germany
ISBN 3-426-62781-7

2 4 5 3 1

1

Chefinspektor Garratt blätterte gerade in einer Akte, als Detective Daryl Simmons an die offen stehende Bürotür klopfte. Als der Chef aufschaute, verengten sich seine Augen.

»Kommen Sie rein, Simmons, und schließen Sie die Tür«, rief er mürrisch.

Daryl musste ein Grinsen unterdrücken.

Sein Vorgesetzter war ein großer, breiter Mann mit einem Kopf so rund und glänzend wie eine Bowlingkugel. Viele in der Abteilung fürchteten sich vor ihm. Wenn er schlecht gelaunt war – was häufiger vorkam –, konnte er sehr unangenehm werden. Sein Gesicht nahm dann innerhalb von Sekunden eine dunkelrote Farbe an, weshalb man ihn hinter vorgehaltener Hand auch »Die Killertomate« nannte. Wen er sich zur Brust nahm, der verließ sein Büro einige Zentimeter kleiner und erholte sich nur langsam von der Standpauke des Chefs. Daryl hatte das schon viele Male beobachten können. Erstaunlicherweise hatte der Chefinspektor sich bei ihm aber immer zusammengenommen.

Daryl zog sich einen Stuhl heran.

»Wer hat Ihnen erlaubt, sich zu setzen?«

»Entschuldigen Sie, Sir.«

»Entschuldigen wollen Sie sich?«, polterte Garratt los. »Wissen Sie, wofür Sie sich entschuldigen sollten?«

Er kramte einen Briefbogen unter seinem Aktenberg hervor und wedelte damit in der Luft herum.
»Dafür! Was soll dieser Wisch, Simmons?«
»Ich nehme an, es handelt sich um meine Kündigung, Sir.«
»Verdammt richtig, Dr. Watson! Was fällt Ihnen eigentlich ein, ihren Abschied von der Polizei einzureichen, ohne vorher mit mir darüber zu sprechen?«
»Das ist ...«
»Ich bin noch nicht fertig!«
Garratt versuchte, sich aufzurichten, doch sein massiger Körper schien zwischen den Armlehnen seines Stuhls eingeklemmt zu sein.
»Oh, ich weiß schon. Sie sind sauer, weil man Ihrem Gesuch nach Rückversetzung ins Outback und in den normalen Polizeidienst nicht zugestimmt hat, stimmt's?«
»Zum Teil.«
Der Chefinspektor ließ das Papier auf die Schreibunterlage fallen und seufzte. Eine Zeit lang musterte er wortlos Daryls Gesicht.
Der Detective war von mittlerer Größe. Er hatte einen schlanken, durchtrainierten Körper. Auf den ersten Blick konnte man ihn auf vierzig Jahre schätzen, obwohl er die dreißig gerade erst überschritten hatte. Die meiste Zeit seines Lebens hatte er im Freien verbracht, so dass seine Haut fast so braun wie die eines Mischlings war. Außerdem hatte er ungewöhnlich sanfte, grünblaue Augen, die einen scharfen Kontrast zu dem kantigen, von vielen Furchen durchzogenen Gesicht bildeten.
»Vermutlich wissen Sie«, fuhr Garratt merklich ruhiger fort, dass Sie Ihre Versetzung zur Kriminalpolizei mir verdanken.

Ich habe Ihre Karriere als Buschpolizist verfolgt und war sehr beeindruckt von Ihren Leistungen. Damit meine ich nicht nur die Art, wie Sie den schrecklichen Mord an Ihrer Verlobten aufgeklärt haben, auch wenn man ihre Leiche nie gefunden hat. Auch sonst haben Sie bewiesen, was in Ihnen steckt. Ich war – nein, ich bin überzeugt, dass Sie einen hervorragenden Kriminalbeamten abgeben – wenn Sie sich an die Spielregeln halten.«

Daryl wollte etwas sagen, doch Garratt hob die Hand.

»Einen Augenblick, Detective. Ich weiß, dass Menschen, die im Outback aufwachsen, vieles anders sehen als wir Städter. Sie entwickeln schon als Kinder ein ausgeprägtes Gefühl für ihre Mitmenschen, und meist haben sie auch einen besseren Riecher für Situationen, in denen etwas nicht stimmt. Weiß der Teufel, woran das liegt. Sie, Simmons, können aber noch mehr. Sie sind clever, haben Biss und Geduld. Und was am wichtigsten ist: Sie haben ein Gespür für Mord. Kurz gesagt, Sie haben mehr auf dem Kasten als die meisten da draußen. Werfen Sie das nicht einfach weg.«

Er lehnte sich so weit zurück, bis sein Stuhl bedrohlich zu ächzen begann. »Sie sind dran, Detective.«

Daryl überlegte einen Moment, was er seinem Vorgesetzten antworten sollte. Er mochte den Chef. Aber mit anderen Menschen über seine Gefühle zu reden, fiel ihm schwer. Schließlich fasste er sich ein Herz.

»Nach Michelles Tod war ich froh, eine Zeit lang von allem wegzukommen. Die Versetzung nach Perth, der Fahnderlehrgang, das hat mir alles sehr geholfen. Aber als ich ein halbes Jahr später in die Mordkommission kam, merkte ich rasch, dass ich nicht hierher gehöre. Verstehen Sie mich nicht falsch, Chef. Ich habe in den letzten zwei Jahren eine Menge gelernt. Aber ich bin kein Stadtcop. Ich fühle mich hier eingeengt. Das bedeutet, dass ich meinen Job nicht so machen kann, wie ich das eigentlich sollte.«

»Und Sie glauben, mit Ihrer Kündigung lösen Sie das Problem?«

»Sie wissen, dass ich gerne Polizist bin. Aber unter diesen Umständen ...«

»Schon gut«, unterbrach ihn Garratt. Für einen kurzen Augenblick huschte ein verständnisvolles Lächeln über sein Gesicht.

»Ich weiß schon, was Sie meinen. Trotzdem sollten Sie das Ganze nochmals überdenken.«

Er griff nach Papier und Bleistift und kritzelte eine Notiz. Als er Daryl das Blatt über den Tisch hinweg zuschob, sah er ihm fest in die Augen.

»Ich stelle Sie für drei, nein, sagen wir vier Wochen, vom Dienst frei. Machen Sie Urlaub und denken Sie in Ruhe über alles nach.«

Daryl kniff misstrauisch die Augen zusammen. Er betrachtete das Blatt und sah, dass ihm sein Vorgesetzter eine Adresse aufgeschrieben hatte.

»Und was ist damit?«

»Martin Barrow, ein Freund. Er hat eine Rinderstation in den Kimberleys. Ich hab ihm von Ihnen erzählt und gesagt, dass Sie ihn besuchen kommen.« Er lächelte maliziös. »Sie mögen doch den wilden Norden?«

Daryl wusste nicht, ob er verärgert oder amüsiert sein sollte. Schließlich nickte er zögernd.

»Schön.« Der Chefinspektor widmete sich wieder seinen

Akten. Mit einer Handbewegung gab er Daryl zu verstehen, dass er das Gespräch als beendet betrachtete.
Daryl stand auf und wandte sich grinsend um. Als er die Tür erreichte, rief Garratt, ohne aufzusehen: »Ach, fast hätte ich's vergessen. Sie haben doch eine Hubschrauber-Fluglizenz, nicht wahr?«
»Ja ...«
»Ausgezeichnet. Martins Vorarbeiter und Pilot ist verschwunden. Interessante Geschichte. Lassen Sie sich von Rachel die Akte geben. Und nun raus hier, ich habe zu tun.«

Als Daryl das Polizeihauptquartier in Perth verließ, um nach Hause zu gehen und für seine Reise in die Kimberleys zu packen, dachte er über das Gespräch mit dem Chefinspektor nach.
Mit Garratt über seine Gefühle gesprochen zu haben, hatte ihm gut getan, wenngleich er ihm längst nicht alles gesagt hatte, was ihn bedrückte.
Daryl vermisste die Ruhe und Weite des Outback, vor allem aber die Menschen, die dort lebten. Sie hatten ein großes Herz, waren direkt und ehrlich. Ganz anders als in der Stadt. Hier dachten die Menschen in erster Linie an sich selbst, hatten nie Zeit und ständig das Gefühl, etwas zu verpassen.
Und noch etwas trieb ihn, wann immer er ein paar Tage freihatte, zurück ins Outback: Irgendwo dort draußen war seine Verlobte Michelle gestorben, und dort fühlte er sich ihr am nächsten. Nur achtzehn Monate hatten sie sich gekannt. Es war die intensivste und glücklichste Zeit seines bisherigen Lebens gewesen. Dann hatte das Schicksal zugeschlagen. Er vermisste Michelle noch immer sehr. Das lag wohl auch

daran, dass er nie richtig von ihr hatte Abschied nehmen können. Er hatte ihren Entführer und Mörder gejagt und schließlich überführt, Michelles Leiche hatte man jedoch nie gefunden. Vermutlich war auch das einer der Gründe, weshalb es ihn zurück in den Busch zog.

Daryl verließ die Hay Street und schlenderte gemütlich durch den Queens Garden. Dabei wanderten seine Gedanken zurück zu seinem Vorgesetzten, und er musste laut lachen. Die Killertomate hatte ihn ganz schön reingelegt. Er hatte die Akte durchgesehen. Ein unter mysteriösen Umständen verschwundener Vorarbeiter, ein geheimnisvolles einäugiges Krokodil und einige sich merkwürdig verhaltende Stockmen. Sein Gefühl sagte ihm, dass sein »Urlaub« interessant werden könnte.

2

Die Cessna 206 war in Derby, dem Verwaltungszentrum des Kimberley-Gebietes, gestartet. Ihr Ziel war die 370 Kilometer entfernte Drysdale River Station. Dort sollte einer von Martin Barrows Männern Daryl mit dem Geländewagen abholen und zur Farm bringen, die 130 Kilometer weiter im Nordosten lag.

Die meiste Zeit folgte die einmotorige Maschine der Gibb River Road, einer holprigen Piste, die sich durch eines der spektakulärsten, gleichzeitig aber auch unwirtlichsten und einsamsten Gebiete Australiens schlängelte. Unter ihnen zogen die King Leopold Ranges vorbei, deren gefaltete Sandsteinschichten in der Morgensonne rotgolden aufleuchteten. Im Nordosten konnte man schon den Mount Ord sehen, dessen abgeflachter, bröckeliger Gipfel den höchsten Punkt der Kimberleys bildete. Das ganze Land war mit einem Flechtwerk aus kurzen und langen Flusssystemen durchzogen, die es auch in den Trockenmonaten mit dem für die Rinderzucht so wichtigen Wasser versorgten. Während der Monsunzeit überflutete der Regen dagegen regelmäßig große Gebiete der Region. Die sonst friedlich dahinfließenden Wasserläufe schwollen zu reißenden Strömen an, und mancherorts stürzten wild brodelnde Wasserfälle von spektakulären Hochplateaus. Die ohnehin abgelegenen Farmen wurden dann oft für Wochen von der Umwelt abgeschnitten.

In diesem Gebiet lebten nur wenige Menschen. Die meisten von ihnen arbeiteten auf den weit auseinander liegenden Viehstationen oder waren in Kalumburu, einer Aborigine-Mission im äußersten Norden zu Hause.
Viehzucht hatte hier eine lange Tradition. Auf riesigen Farmen wurden Rinder gezüchtet. Das ganze Jahr über überließ man die Tiere auf den großen Weideflächen sich selbst, bis zu dem Tag, an dem die Stockmen, die australischen Cowboys, sie mit Pferden, Geländewagen und Hubschraubern zusammentrieben.
Daryl, der in einer Aborigine Community in Zentralaustralien aufgewachsen war, wo seine Eltern einen Laden und eine Tankstelle führten, hatte schon als kleiner Junge reiten gelernt. Er liebte Pferde und konnte es kaum erwarten, sich wieder in den Sattel zu schwingen. Noch mehr freute er sich aber aufs Fliegen.
In Perth hatte er dazu nicht oft Gelegenheit gehabt. Zudem war Hubschrauberfliegen ein ziemlich teures Hobby. Um seine Lizenz zu behalten, musste er regelmäßig Flugstunden absolvieren. Es kam ihm deshalb sehr gelegen, dass auf der Mount-Keating-Station dringend ein Helikopterpilot gebraucht wurde. Zwar hatte er keine Erfahrung im Zusammentreiben von Rindern, aber er hoffte, dass das nicht allzu schwierig sein würde.

Der Mann, der Daryl abholte, lehnte lässig am Rammschutz seines Geländewagens. Er war etwas älter, groß und spindeldürr.
Als Daryl sich vom Piloten verabschiedet hatte und durch den aufgewirbelten Staub, der über der Buschpiste lag,

auf den Mann zuging, setzte dieser ein breites Lächeln auf.
»Sie sind bestimmt der Neue. Simmons, richtig?«
»Richtig. Aber nennen Sie mich Daryl, okay?«
Das Lächeln wurde noch breiter. Der Mann stieß sich vom Fahrzeug ab und streckte ihm die Hand entgegen.
»Freut mich, Daryl. Ich bin Poison-Joe.«
Poison-Joe hatte nicht nur die größten Hände, die Daryl je gesehen hatte, er konnte damit auch wie mit einem Schraubstock zupacken.
»Tut mir Leid, dass Sie nicht gleich bei uns auf der Mount-Keating-Station landen konnten. Die letzte Regenzeit hat der Piste arg zugesetzt, und wir hatten noch keine Zeit, sie in Stand zu setzen.«
Daryl, der das Gefühl hatte, seine Finger würden gleich zu Staub zerfallen, setzte ein gequältes Lächeln auf.
»Kein Problem. Bei einer Fahrt durch den Busch lässt's sich viel besser plaudern als im Flugzeug.«
Während sie auf dem holprigen und staubigen Weg Richtung Norden fuhren, passierten sie eine ziemlich eintönige Landschaft. Meterhohes Speergras, dahinter lichter Wald, bestehend aus Silbereichen, stattlichen Blutholzbäumen, verschiedenen Eukalyptusarten und vereinzelten Kimberley-Palmen, zogen wie eine immer gleiche Filmkulisse an ihnen vorbei. Die einzige Abwechslung bot die Durchquerung einiger Flussläufe, die jetzt, zu Beginn der Trockenzeit, kaum mehr knietief Wasser führten.
Während sie sich zwanglos unterhielten, beobachtete Daryl den Mann neben sich. Poison-Joe hatte helle, rot geränderte Augen und ein schmales Gesicht, das von einem struppigen,

ingwerfarbenen Bart eingerahmt wurde. Seine Haut war von Sonne und Wind gegerbt wie brüchiges Leder, wodurch sein Alter schwer zu schätzen war. Doch Daryl, der sich mit Menschen im Outback auskannte, war ziemlich sicher, dass er nicht älter als fünfundsechzig war.

Joe erzählte, dass er viele Jahre im Südwesten gelebt hatte, wo er erst als Dingo-, dann als Kaninchenjäger sein Geld verdiente. Aus dieser Zeit hatte er auch seinen Spitznamen.

»Sie haben mit Giftködern gearbeitet?«, fragte Daryl interessiert.

»Nicht bei den Wildhunden. Denen habe ich mit Fallen und meiner alten, treuen Betty nachgestellt.«

»Ihrem Hund?«

»Ne, Betty, meiner geliebten einschüssigen Winchester, Kaliber 44.«

»Eine robuste und zuverlässige Waffe«, meinte Daryl schmunzelnd.

»Allerdings. Heutzutage benützen die Leute aber lieber ein modernes Jagdgewehr mit Zielfernrohr.« Er seufzte. »Bin eben noch von der alten Schule. Fand es immer spannender, wenn die Tiere auch eine Chance haben.«

»Und wie war das bei den Kaninchen?«

»Oh, die waren wirklich eine Plage, kann ich Ihnen sagen! Selbst in den Siebzigerjahren haben sie noch ganze Landstriche kahl gefressen. Die saßen so dicht beieinander, mit einer einzigen Schrotladung konnte man bis zu dreißig Stück auf einmal erledigen. Blieben aber immer noch ein paar Millionen, die weiter herumhoppelten. Hab erlebt, wie Schafzüchter regelrecht wahnsinnig wurden und mit Gewehren und Schrotflinten auf die Tiere losgingen. So lange, bis sie keine

Munition mehr hatten und ihre Hände von den glühenden Waffen mit Blasen übersät waren. In ihrer Verzweiflung machten sie dann mit Schaufeln und Mistgabeln weiter, bis sie erschöpft zwischen den toten und zappelnden Leibern zusammenbrachen. Genutzt hat's ihnen wenig. Letztendlich konnten die meisten nur zusehen, wie die kleinen Biester sie in den Ruin trieben.«

Er machte eine kurze Pause, dann schüttelte er den Kopf.

»Nein, mit Munition konnte man nichts gegen sie ausrichten. Giftköder waren damals die einzige Möglichkeit.«

»Wie lange haben Sie das gemacht?«

»Weiß nicht mehr genau. Ist schon 'ne Weile her.«

»Und danach?«

Daryl sah Poison-Joe zwar nur von der Seite, doch er hätte schwören können, dass er bei dieser Frage zusammenzuckte.

»Dies und jenes«, antwortete der alte Mann vorsichtig. »Auf Mount Keating arbeite ich nun schon fast neun Jahre. Gehör sozusagen zum Inventar.«

Ein paar Minuten schwiegen sie. Dann fragte Daryl: »Stimmt es, dass der Vorarbeiter von Mount Keating von einem Krokodil aufgefressen wurde?«

»Wo haben Sie denn das aufgeschnappt?«

»In Derby. Ist das Stadtgespräch.«

Nun gewann der bärtige Mann auf einen Schlag seine Gesprächigkeit zurück.

»Ziemlich mysteriöse Geschichte, wenn Sie mich fragen.« Er warf seinem Beifahrer einen viel sagenden Blick zu.

Daryl erfuhr zunächst nichts Neues. Wie schon in der Akte über Vorarbeiter Floyd Buttler gestanden hatte, war dieser von Martin Barrow, seinem Boss, zum Drysdale River

Homestead geschickt worden, um Ersatzteile für den Hubschrauber abzuholen, mit dem in den kommenden Wochen die Rinder zusammengetrieben werden sollten. Als er nach zwei Tagen noch immer nicht zurückgekehrt war, hatte Barrow zwei Eingeborene beauftragt, nach ihm zu suchen. Doch alles, was sie fanden, waren Buttlers Wagen und seine Kleider. Es sah so aus, als habe der Vorarbeiter am Pigeon Pool, einem Billabong, der regelmäßig zur Regenzeit vom nahen Carson River gespeist wurde, Halt gemacht, um sich zu erfrischen. Als die Polizei aus Broome kam, um sein Verschwinden zu untersuchen, fand sie am Ufer weder Spuren eines Kampfes, noch konnten sie feststellen, ob tatsächlich ein Leistenkrokodil im Pigeon Pool lebte.

»Daher entschloss sich der Boss, einen Krokodilfänger aus Broome kommen zu lassen«, fuhr Poison-Joe fort. »Der sollte das Tierchen einfangen, falls es sich überhaupt noch im Pool befand. Dann hätte man den Billabong nach Floyds Überresten absuchen können. Doch die Schwarzen haben dem Boss einen Strich durch die Rechnung gemacht. Sie behaupteten, das Vieh sei heilig, und drohten, die Farm auf der Stelle zu verlassen. Barrow blieb nichts anderes übrig, als die ganze Aktion abzublasen. Schließlich stand die wichtigste Zeit des Jahres bevor.«

Davon hatte im Polizeibericht nichts gestanden. »Haben Sie das Krokodil selber schon mal gesehen?«, fragte er interessiert.

»Ja, fünf, sechs Mal. Ist aber schon 'ne Weile her. Ein richtiges Monster, kann ich Ihnen sagen. Hat nur ein Auge. Die Abos behaupten, dass es schon über einhundertfünfzig Jahre alt ist. Aber das ist natürlich Unsinn. Jedenfalls hat es, soviel ich weiß, seit fast einem Jahr niemand mehr zu Gesicht bekommen. Was nicht bedeutet, dass es nicht mehr da ist.«

»Und was glauben Sie?«

Poison-Joe wiegte unschlüssig den Kopf hin und her.

»Schwer zu sagen. Leistenkrokodile sind verdammt schlaue Biester. Vielleicht ist's noch da, vielleicht auch nicht. Jedenfalls kann ich mir nur schwer vorstellen, dass Buttler so dämlich war, im Billabong zu schwimmen. Er kannte ja die Gefahr. Andererseits, er war ein ziemlicher sturer Hund und ein Draufgänger. Wenn er wirklich geglaubt hat, dass da kein Croc war, dann ist ihm durchaus zuzutrauen, ausgerechnet dort ein Bad zu nehmen.«

Am frühen Nachmittag verließen sie die Straße nach Kalumburu und bogen auf einen rauen Weg ein, der immer wieder durch tiefe Auswaschungen und über nackten Fels führte. Nach einer halben Stunde lenkte Poison-Joe den Wagen auf einen kaum erkennbaren Seitenweg, der einen steilen Hügel hinaufführte, und schaltete den Vierradantrieb zu.

»Wird jetzt 'n bisschen holprig, ist aber eine gute Abkürzung«, meinte er, warf Daryl einen raschen Blick zu und konzentrierte sich dann auf die Strecke.

Während sich der Geländewagen ächzend und klappernd den Hang hinaufkämpfte und sie kräftig durchschüttelte, dachte Daryl über das nach, was ihm der alte Farmarbeiter erzählt hatte. Die eingeborenen Stockmen hatten also erfolgreich verhindert, dass der Pigeon Pool nach Floyd Buttlers Leiche abgesucht worden war. Das war eine interessante Information – und ein erster Punkt, dem Daryl nachzugehen gedachte.

Er kannte die Aborigines so gut wie nur wenige Weiße, wusste, wie sie dachten und fühlten. Denn Daryl hatte die Initiationsriten des Pintubi-Stammes durchlaufen und war als vollwertiges Mitglied in ihre Gemeinschaft aufgenommen worden. Seine Bande zu der Aborigine-Familie, dessen Mitglied er damals geworden war, waren sogar noch stärker als die zu seiner eigenen Familie. Wann immer er selbst längere Zeit im Busch unterwegs war, spürte er, wie stark sein Denken und Handeln von dem bestimmt wurde, was er als kleiner Junge von ihnen gelernt hatte. Er war weiß, doch er hatte das Gefühl, als schlügen in ihm zwei Herzen.

Vielleicht war der Billabong tatsächlich heilig. Darüber hätte der Besitzer der Station, Martin Barrow, aber eigentlich schon vorher Bescheid wissen müssen. Es konnte allerdings auch sein, dass die Eingeborenen die Suche nach Floyd Buttlers Leiche nur deshalb unterbunden hatten, weil sie mehr über das Schicksal des Vermissten wussten, als sie zugaben, was nicht unbedingt heißen musste, dass sie etwas mit der ganzen Sache zu tun hatten. Aborigines neigten dazu, sich aus allen Dingen herauszuhalten, die sie ihrer Meinung nach nichts angingen. Das konnte so weit gehen, dass sie einen Unfall oder gar einen Mord, den sie zufällig beobachteten, nicht meldeten. Und wäre einer der ihren in eine solche Angelegenheit verstrickt oder hätte auch nur etwas gesehen, was er aus irgendeinem Grund lieber nicht weitererzählen wollte, so würden die anderen ihn schützen.

Daryls Ansicht nach waren die Weißen für diese Charaktereigenschaft der Eingeborenen verantwortlich. Beinahe zweihundertfünfzig Jahre Unterdrückung hatte ihre Spuren bei

den Ureinwohnern hinterlassen. Die Aborigines misstrauten den Weißen, und das oft mit gutem Grund.
Als sie nach einer weiteren halben Stunde einen steinigen, von mächtigen roten Flusseukalypten gesäumten Seitenarm des Carson River durchquerten, kamen die ersten Farmgebäude in Sicht, und Daryl konzentrierte sich nun ganz auf die ersten optischen Eindrücke.
Die Station bestand aus einem etwas abseits gelegenen stattlichen Wohnhaus, mehreren niedrigen Wellblechbaracken, die hufeisenförmig um einen riesigen Flaschenhalsbaum angeordnet waren, sowie drei großen Schuppen, deren Tore allesamt offen standen und den Blick auf allerlei Gerätschaften freigaben. Äußerlich unterschied sich die Mount-Keating-Station somit nicht von anderen Outback-Farmen.
Poison-Joe hielt vor den niedrigen Baracken. »Also, da wären wir«, wandte er sich an den Detective und fuhr dann erklärend und gestikulierend fort: »Das hier sind die Unterkünfte für die Arbeiter. In der ersten Hütte sind noch Betten frei. Suchen Sie sich einfach eins aus. Das da drüben ist das Duschhaus und das dort der Aufenthaltsraum. Zum Haupthaus geht es da den Weg lang. Wenn Sie ausgepackt haben, möchte der Boss Sie gerne sehen. Gehen Sie einfach rüber. Ich muss vor dem Abendessen noch zu den Koppeln, um nachzusehen, wie weit die Jungs mit dem Ausmustern der Reitpferde sind.« Poison-Joe klopfte Daryl freundschaftlich auf die Schulter. »Also, bis später.«
Daryl stieg aus und sah zu, wie Joe, in eine Staubwolke gehüllt, davonbrauste. Auf den ersten Blick machte der alte Farmarbeiter einen sympathischen und ehrlichen Eindruck, doch Daryl hatte gelernt, dass Augen und Ohren manchmal

täuschten. Was ein Mensch nach außen zu sein schien, war oft nur Fassade. Bei der Frage nach seinem früheren Leben, war Joe zusammengezuckt. Dies musste nichts bedeuten, konnte aber auch ein wichtiger Hinweis sein.
Daryl blieb noch einen Augenblick vor den Baracken stehen, um den Ort auf sich wirken zu lassen. In der Mittagssonne glänzte der dicke Boabstamm, der den Platz beherrschte, als ob er mit Silberfarbe übergossen worden wäre. Bis auf eine Hand voll Blätter hatten die seltsam verdrehten Äste all ihr Laub abgeworfen. Dies war – zusammen mit dem Wind, der vor zwei Wochen von Nordwest auf Südost gedreht hatte – ein untrügliches Zeichen dafür, dass die Trockenzeit begann. Anstelle feuchtwarmer Tropenluft wehte nun sieben Monate lang nur noch trockener Wüstenwind in die Kimberleys, wo er für kalte Nächte und heiße, strahlend blaue Tage sorgte. Dies war der ideale Zeitpunkt für den Viehauftrieb. Die Tiere hatten in den vergangenen Wochen und Monaten genügend Fett angesetzt, um auf den Märkten Höchstpreise zu erzielen. Außerdem würde das Land unter der sengenden Sonne nun langsam verdorren und nicht mehr genug Nahrung für so viele Tiere bieten. Erst wenn die Winde wieder drehten, sich die ersten Monsunwolken zusammenballten und Wärmegewitter den Busch entzündeten, würden die Affenbrotbäume ihre Knospen öffnen, und es würde erneut eine Zeit des Überflusses für Pflanzen und Tiere beginnen.
Daryl brachte seine Sachen in die Unterkunft, die fünf Männern als Schlafraum diente. Das Quartier war einfach, aber sauber. Es bestätigte seinen ersten Eindruck von der Station, die offensichtlich gut geführt wurde. Nachdem er ausgepackt hatte, machte er sich auf dem Weg zum Hauptgebäude.

Das Wohnhaus lag gut hundertfünfzig Meter von den übrigen Farmgebäuden entfernt am Ufer des Carson River. Es war im Kolonialstil erbaut und ringsum mit einer breiten, gedeckten Veranda versehen. Auf drei Seiten wurde es von einer künstlich bewässerten, saftig grünen Rasenfläche umschlossen, die wiederum durch einen anderthalb Meter hohen Zaun eingefasst war. Der rückwärtige Hausteil reichte direkt bis zum felsigen, zehn Meter senkrecht abfallenden Flussufer. Nah am Haus standen drei stattliche Eisenholz- und ein mindestens zwanzig Meter hoher Blutholzbaum. Zusammen bildeten sie einen dichten Blätterbaldachin, der das Haus fast ganz überdeckte, wodurch es in der Landschaft kaum auffiel.

Daryl stieg die Stufen zum Eingang hinauf und klopfte.

Als sich die Tür öffnete, stand eine junge Frau vor ihm. Sie mochte siebzehn, vielleicht auch achtzehn Jahre alt sein, war ein Mischlingsmädchen und ausgesprochen hübsch. Wie viele australische Mischlinge hatte sie die schmale Nase vom weißen, die breiten, vollen Lippen vom schwarzen Elternteil geerbt. Sie war groß und schlank, hatte glatte, ebenholzfarbene Haut und lange schwarze Haare, die selbst im Schatten ihren seidigen Glanz behielten.

»Hallo, mein Name ist Daryl Simmons«, sagte er mit einem entwaffnenden Lächeln und streckte ihr die Hand entgegen. Einen Augenblick zögerte sie. Dann schüttelte sie ihm die Hand und erwiderte die Begrüßung.

»Ich bin Meena«, sagte sie leise. Ihre großen, dunklen Augen betrachteten ihn argwöhnisch.

»Ich bin der neue fliegende Cowboy, ich …«

»O ja, richtig!«, unterbrach sie ihn. »Mr. Barrow erwähnte,

dass Sie heute ankommen. Ich werd ihm sagen, dass Sie da sind.«
Bevor Daryl noch etwas erwidern konnte, machte sie auf dem Absatz kehrt und eilte davon.
Die Erleichterung in der Stimme des Mädchens war Daryl nicht entgangen. Es bestand kein Zweifel. Die Sache wurde immer interessanter.

Martin Barrow war ein gut aussehender, stattlicher Mann um die sechzig, mit einem schmalen Gesicht und schwarzen, an den Schläfen ergrauten Haaren. Er führte seinen Gast durch das einfach eingerichtete Wohnzimmer auf die rückwärtige Veranda.
»Bitte, nehmen Sie Platz, Detective. Ich freue mich, dass Sie gekommen sind.«
Daryl setzte sich in einen bequemen Korbsessel, von dem er einen fantastischen Blick auf die ruhigen, olivgrünen Fluten des Carson River sowie auf die an der gegenüberliegenden Uferseite aufragende, locker bewaldete Hügelkette hatte.
»Zunächst möchte ich Sie bitten, mich nicht mit Detective anzusprechen«, eröffnete Daryl das Gespräch. »Es würde meine Arbeit erschweren, wenn nicht sogar unmöglich machen, wenn jemand erfährt, weshalb ich hier bin.«
»Natürlich, das leuchtet ein.«
»Behandeln Sie mich nach außen wie einen Ihrer Leute. Allerdings brauche ich den nötigen Spielraum, damit ich meine Ermittlungen anstellen kann.«
Barrow nickte. »Kein Problem. Ehrlich gesagt, war ich nicht sicher, ob Sie der Sache überhaupt nachgehen würden.«

Daryl zog fragend die Brauen hoch. »Ich dachte, Chef Garratt hätte das so mit Ihnen besprochen.«
»Nicht direkt. Paul sagte lediglich, dass es in Perth irgendwelche Probleme gäbe und Sie froh seien, wenn Sie ein paar Wochen von allem wegkämen. Außerdem seien Sie ein ganz ordentlicher Hubschrauberpilot und würden bestimmt gerne für Buttler einspringen. Bei der Gelegenheit könnten Sie sich ja auch gleich ein wenig umsehen und ermitteln, ob an Buttlers Verschwinden etwas nicht stimmt.«
Daryl musste laut lachen.
Als er sich wieder unter Kontrolle hatte, meinte er: »Entschuldigen Sie. Es ist nur so, dass ich meinem Boss in Perth auf den Leim gegangen bin.«
»Ich fürchte, ich verstehe nicht ganz ...«
»Nicht so wichtig«, winkte Daryl ab. »Tatsache ist, dass ich schon jetzt mehr als neugierig bin. Einiges an Buttlers Verschwinden erscheint mir merkwürdig. Und es ist nicht nur mein Instinkt, der mir das sagt.«
»Ganz meine Meinung«, stimmte ihm der Viehzüchter zu. »Wie wollen Sie also vorgehen?«
Daryl erklärte, dass er zunächst alle Personen, die am Tag von Buttlers Verschwinden in der Nähe des Billabongs gewesen waren, unauffällig unter die Lupe nehmen wollte. Die Suche nach der Leiche – oder besser nach dem, was noch von ihr übrig war – musste wegen der Drohung der Eingeborenen ohnehin warten.
Die Frage, ob der Vorarbeiter einen Unfall gehabt hatte, Selbstmord begangen hatte oder einem Verbrechen zum Opfer gefallen war, interessierte ihn brennend. Sicher, ohne Floyds Körper war das schwer festzustellen. Und je länger es

dauerte, bis man den Billabong gründlich nach im absuchte, umso kleiner war die Chance, überhaupt noch etwas von ihm zu finden, geschweige denn, seine Todesursache feststellen zu können. Allerdings war es auch nicht ausgeschlossen, dass Buttler seinen Tod – aus welchen Gründen auch immer – inszeniert hatte und, statt im Magen des einäugigen Krokodils zu liegen, sich jetzt gerade an einem Strand in Surfers Paradise vergnügte.

»Wissen Sie, ob Buttler davon ausging, das Krokodil sei nicht mehr im Pigeon Pool?«

»Ich bin mir nicht ganz sicher. Aber eigentlich kann ich es mir nicht so recht vorstellen. Sehen Sie, der Billabong wird zur Regenzeit ein bis zwei Mal vom Carson überflutet. In dieser Zeit können Fische und natürlich auch Krokodile in den Pool hinein-, aber auch hinausgelangen. Der Pigeon ist fast fünfhundert Meter lang und an einigen Stellen durch umgestürzte Baumstämme wie eine Biberburg verbarrikadiert. Außerdem breitet sich im hinteren Teil ein Seerosenteppich aus. Für ein Croc ideale Versteckmöglichkeiten.«

»Aber Poison-Joe meinte, das Tier sei seit Monaten von niemandem mehr gesehen worden.«

»Schon richtig. Aber die Eingeborenen behaupten steif und fest, dass es noch da ist.«

»Was macht sie so sicher?«

»Du lieber Himmel, das wüsste ich auch gerne! Sie sagen, dass sie seine Anwesenheit spüren. Sie kennen ja die Schwarzen.«

Das Unverständnis, das in Martin Barrows Worten mitschwang, überraschte Daryl nicht. Was in einem Aborigine vorging, war für einen Weißen oft nur sehr schwer nachzuvollziehen. Erst recht, wenn alte Stammesgesetze der Eingeborenen oder ihr Glaube mit im Spiel waren. Bei ihm selbst war das anders. Der Teil von Daryl, der wie ein Aborigine dachte und fühlte, konnte sich durchaus vorstellen, dass der Pigeon Pool und das einäugige Krokodil zu den Dreamings eines Stammes gehörten und damit für die Stammesangehörigen heilig waren. Jeder Clan hatte seine eigenen Dreamings. Sie waren die Gründer des Stammes, die Erschaffer seines Stammesgebietes und zugleich die Urmodelle aller Tier- und Pflanzenarten, die es dort gab. Ein Dreaming war nicht nur ein Wesen aus der Traumzeit, es war gleichzeitig auch der Lebensraum, der es umgab. Unabhängig davon also, ob das einäugige Krokodil noch im Pigeon Pool lebte, konnte der Ort für die Eingeborenen durchaus eine wichtige religiöse Bedeutung haben. Ob dies allerdings der wahre Grund war, weshalb die eingeborenen Stockmen gegen eine Durchsuchung des Billabongs waren, würde sich erst noch zeigen.

»Wussten Sie eigentlich, dass der Billabong für die Eingeborenen heilig ist?«, wollte Daryl wissen.

»Nein, davon hatte ich keinen Schimmer.« Barrow sah Daryl ernst an. »Ich war wirklich überrascht. Da lebe ich nun schon über fünfunddreißig Jahre hier, aber die Eingeborenen schaffen es dennoch immer wieder, mich zu überraschen.«

›Oder Sie zu täuschen‹, dachte Daryl und fragte dann: »Wissen Sie, ob die Aborigines, die für Sie arbeiten, alle demselben Stamm angehören?«

»Dafür habe ich mich, ehrlich gesagt, nie groß interessiert. Die Männer kommen miteinander aus, das ist das Wichtigste. Glauben Sie, dass das für Ihre Ermittlungen von Bedeutung ist?«

»Wir werden sehen. Wie viele Menschen arbeiten eigentlich auf Mount Keating?«, wechselte Daryl das Thema.
»Da sind Agnes Sharp, die Köchin, und ihre Hilfe Meena, die Sie ja eben kennen gelernt haben. Zehn Männer arbeiten das ganze Jahr über hier. Zusätzliche zehn benötige ich jeweils während der Monate des Auftriebs. Im Augenblick sind's aber lediglich achtzehn. Sie mitgerechnet. Die Sache mit Buttler hat einige der Aborigines, die sonst jedes Jahr aus Kalumburu herunterkommen, abgeschreckt.«
»Wie viele Ihrer Leute sind Schwarze?«
»Alle bis auf Agnes, ihren Neffen Bruce Pierson, Poison-Joe, den jungen Ray Hill und mich.«
Er sah Daryl forschend an. »Wieso fragen Sie?«
»Nur so.«
Daryl war auf seinem Flug nach Derby extra in Broome zwischengelandet, um sich auf der Polizeistation den ausführlichen Untersuchungsbericht anzusehen und mit dem Beamten zu sprechen, der den Fall bearbeitet hatte. Dabei war ihm aufgefallen, dass die eingeborenen Viehtreiber sich auffällig wenig für das Verschwinden ihres Vormanns interessiert hatten. Wie gesagt, dies konnte bedeuten, dass sie überzeugt waren, was auch immer Buttler zugestoßen war, ginge sie nichts an. Möglicherweise mochten sie ihn auch einfach nicht besonders. Oder aber sie wussten etwas über sein Schicksal. Daryl tippte auf das Letzte. Doch das war lediglich eine Vermutung.
»Was für ein Mensch war Buttler eigentlich?«
Der Rinderzüchter überlegte einen Moment, dann meinte er: »Das klingt jetzt vielleicht merkwürdig, aber ich bin mir nicht sicher. Nicht mehr. Als er vor drei Jahren hierher kam,

hatte ich einen sehr positiven Eindruck von ihm. Er arbeitete gut, war ruhig, zuverlässig und sich für keine Arbeit zu schade. Außerdem schien er einen ganz guten Draht zu den Schwarzen zu haben. Deshalb habe ich ihn auch zum Vorarbeiter gemacht, als sein Vorgänger kündigte. Wie mir Agnes Sharp Wochen später sagte, hat sich Poison-Joe darüber ziemlich geärgert, weil er ja schon viel länger hier arbeitet als Buttler. Damals schien es mir aber einfach sinnvoller, einem Jüngeren die Verantwortung zu übertragen.«

»Hat sich das Verhältnis zwischen Joe und Buttler dadurch verschlechtert?«

»Sagen wir, die zwei waren bestimmt keine Busenfreunde. Die Arbeit hat aber, soweit ich weiß, nicht darunter gelitten.«

Barrow griff nach seiner Pfeife, die gestopft auf dem Tisch bereitlag, und zündete sie an.

»Vor einigen Wochen gab's dann den ersten Ärger. Zunächst prügelte sich Floyd Buttler mit Ray Hill. Zwei Wochen später mit Bill Murgura, einem Aborigine, der seit ein paar Jahren während des Viehauftriebs auf der Station arbeitet. Und erst kürzlich gerieten Ray und Bruce aneinander.«

Erwartungsvoll rutschte Daryl auf seinem Sessel nach vorn.

»Und worum ging's bei den Streitigkeiten?«

»Tut mir Leid, aber da müssen Sie sie schon selber fragen. Ich habe mir zwar alle vier vorgeknöpft, aber keiner wollte mit der Sprache herausrücken. So wie sich Hill und Murgura verhielten, glaube ich aber, dass es Floyd war, der die Schlägereien anfing. Wieso sich Ray und Bruce in die Haare bekommen haben, ist mir allerdings ein Rätsel. Die beiden kamen von Anfang an gut miteinander aus.«

»Aus dem Polizeibericht weiß ich, dass Mrs. Sharps Neffe nicht ganz freiwillig hier ist.«

»Das ist richtig. Bruce Pierson verbüßte wegen Drogendelikten eine einjährige Strafe in einer Jugendhaftanstalt in Perth. Nachdem er vor sechs Monaten entlassen wurde, bat seine Mutter ihre Schwester um Hilfe, weil sie Angst hatte, Bruce könnte erneut auf die schiefe Bahn geraten. Als mich Mrs. Sharp fragte, ob ich dem Jungen einen Job geben könnte, war ich erst skeptisch. Doch Agnes versprach, den Jungen im Auge zu behalten und ihn hart ranzunehmen, so dass er erst gar nicht auf dumme Gedanken kommen würde. Ich muss sagen, das ist ihr gelungen. Bruce hat sich überraschend schnell eingelebt, und inzwischen macht er seine Arbeit recht gut.«

Bevor Daryl seine Unterredung mit dem Rinderzüchter beendete, bat er ihn noch, Ray Hill unter einem Vorwand zurück zur Station zu beordern. Dann machte er sich mit der Umgebung vertraut. Er sah sich das Aufenthaltsgebäude der Stockmen an, das Duschhaus und die Wellblechbaracken, in denen die Geräte, Werkzeuge, Ersatzteile und die vielen anderen Dinge aufbewahrt wurden, die für den reibungslosen Betrieb einer abgelegenen Farm unabdingbar waren. Dabei fiel ihm auf, wie aufgeräumt, ja fast sauber hier alles war. Zwar gab es auch auf Mount-Keating-Station alte, ausgeschlachtete Fahrzeuge, ausgediente Geräte sowie einige Benzinfässer, die hinter Gebäuden oder etwas abseits unter Bäumen langsam vor sich hin rosteten. Alles in allem bemühte man sich aber ganz offensichtlich darum, die Station in so ordentlichem Zustand wie möglich zu halten. Martin Barrow war offenbar ein Mann, der alles sehr genau nahm und großen Wert auf Ordnung und auf einen reibungslosen Arbeitsbetrieb legte. Das legte die Vermutung nahe, dass dieser auch im Umgang mit seinen Angestellten ein fairer und korrekter Mann war. Überhaupt war der Rinderzüchter Daryl recht sympathisch, auch wenn dessen Hauptaugenmerk natürlich seiner Farm galt und er sich vermutlich kaum mehr als andere weiße Farmer mit den Gedanken und Gefühlen seiner schwarzen Stockmen auseinander setzte.

3

Der nächste Morgen begann mit einem Wettstreit zwischen Rosa- und Gelbhauben-Kakadus um das markerschütterndste Geschrei, den die Gelbhauben mit knappem Vorsprung gewannen.

Daryl hatte die Nacht allein in seiner Baracke verbracht. Bis auf Poison-Joe und den jungen Ray Hill, den Barrow auf Daryls Wunsch hin über Funk zurückbeordert hatte, waren alle Viehtreiber draußen im Busch geblieben, wo sie im Freien übernachteten. Schon seit Tagen waren sie damit beschäftigt, Wildpferde aufzuspüren und in Sammelgehege zu treiben, von wo sie dann später zu den Hauptkoppeln in der Nähe der Farm getrieben werden sollten.

Als Daryl den Aufenthaltsraum betrat, saßen die Männer bereits beim Frühstück.

»Morgen allerseits«, rief er gut gelaunt und ging Richtung Theke, um sich sein Essen zu holen. Meena stand in der offenen Küche und drehte sich zu ihm um.

»Setzen Sie sich, ich bringe Ihnen das Frühstück an den Tisch«, sagte sie. »Heute ist ja nicht viel los.«

Daryl nickte und setzte sich zu Ray und Poison-Joe. Er reichte Ray die Hand und stellte sich vor. Der Junge Stockman erwiderte die Begrüßung, wandte sich dann aber gleich wieder seinem Frühstück zu. Daryl schätzte Ray auf ungefähr neunzehn. Er hatte ein mageres, pustelübersätes Gesicht und leuchtend hellblaue Augen, außerdem schien er ein eher schüchterner Typ zu sein.

»Heute beginnt also auch für Sie die Fronarbeit«, eröffnete Poison-Joe das Tischgespräch und verzog den mit Ei verschmierten Mund zu einem breiten Grinsen.

»Ohne Arbeit keinen Lohn«, meinte Daryl lakonisch.

»Leider wahr. Sie reparieren heute den Wackelschwanz?«

Daryl warf einen raschen Blick auf Ray Hill. Der Junge starrte gerade wie gebannt zum Herd, wo Meena Daryls Frühstücksportion vorbereitete. Er war so in den Anblick der hübschen Halbaborigine vertieft, dass er nichts von dem Gespräch mitbekam.

»Ich werd's zumindest versuchen. Ehrlich gesagt, ich tauge eher zum Piloten als zum Mechaniker.«

»Da drehen Sie sich mal keinen Strick«, rief Poison-Joe vergnügt und klopfte Ray auf die Schulter. »Unsere rothaarige Bohnenstange hier hat noch alles zum Laufen gebracht, was, mein Junge?«

Ray sah Joe kurz an. Dann senkte er den Blick und schaute auf seinen Teller, während die Röte langsam in sein Gesicht stieg.

Als klar war, dass er nicht antworten würde, legte ihm Joe freundschaftlich den Arm um die Schulter. Mit einem verschwörerischen Zwinkern meinte er: »Ist eben ein wenig scheu, unser Baby-Ray.«

Der Hubschrauber stand in der Nähe des Haupthauses, in einem mit weißen Steinen markierten Kreis. Bereits zu dieser frühen Stunde brannte die Sonne erbarmungslos vom Himmel und trieb den Männern den Schweiß aus allen

Poren. Außerdem schwirrten unzählige lästige Buschfliegen um sie herum, die ihnen die Arbeit draußen zur Qual machten.
Während Ray Hill den Heckrotor entfernte, der vor einigen Wochen während eines Sturms von einem herumfliegenden Blechteil beschädigt worden war, kontrollierte Daryl die Hughes 300 routinemäßig auf sichtbare Mängel. Zwar hatte der Vorarbeiter den kleinen Hubschrauber ganz offensichtlich tadellos in Schuss gehalten, doch immer, bevor Daryl mit einer fremden Maschine flog, überprüfte er sie, dies war für ihn eine Selbstverständlichkeit.
Der Zustand des Fluggerätes sagte zudem viel über ihren Besitzer aus. Floyd Buttler war demnach, zumindest was seine Arbeit anging, gewissenhaft und zuverlässig gewesen. Dies bewies auch das Flugbuch, das Daryl im Cockpit fand. Peinlich genau hatte Buttler darin alle Arbeiten an dem Helikopter, ja sogar jeden Tropfen Öl, den er verbraucht hatte, notiert.
»Kümmern Sie sich eigentlich auch um die Wartung des Hubschraubers?«, versuchte Daryl den jungen Farmarbeiter in ein Gespräch zu verwickeln.
»Um Buttlers Kronjuwel? Er hat mich schon angeschnauzt, wenn ich der Maschine nur auf drei Meter nahe gekommen bin.«
»Dann sind Sie nie mit ihm mitgeflogen?«
»Nein. Habe überhaupt noch nie in einem Hubschrauber gesessen.«
»Na, dann wird's aber höchste Zeit. Ist ein einmaliges Gefühl. Sobald wir mit der Reparatur fertig sind, unternehmen wir einen kleinen Testflug, einverstanden?«

Zum ersten Mal huschte so etwas wie ein Lächeln über Rays Gesicht.
Daryl mochte den Jungen. Er erinnerte ihn ein wenig an seine eigene Jugendzeit und daran, wie scheu er selbst früher gewesen war. Alle Kinder in seinem Alter waren Aborigines gewesen. In Gewandtheit und Ausdauer waren sie ihm meist überlegen, weshalb er sich lange wie ein Außenseiter gefühlt hatte. Ob sie auf knorrige Wüsteneichen kletterten, Warane aus ihren unterirdischen Bauten jagten oder Bumerangwerfen übten, die anderen Kinder waren stets ein wenig geschickter gewesen als er. Oft hatte er sich vor dem Einschlafen gewünscht, am nächsten Morgen als Eingeborener aufzuwachen.
Natürlich hatte Ray als Kind nicht die gleichen Probleme gehabt wie er. Er war aber auch bestimmt nicht der Typ gewesen, der in der Beliebtheitsskala seiner Mitschüler sehr weit oben gestanden hatte. Dafür war er zu ernst und in sich gekehrt.
Von Martin Barrow wusste Daryl, dass Ray aus Wyndham stammte, einem kleinen Nest im Osten der Kimberleys, wo die meiste Zeit des Jahres nicht mehr los war, als auf der Beerdigung eines Landstreichers. Als er mit der Schule fertig war, packte er seine Siebensachen und klapperte in den Kimberleys mehrere Farmen ab, bis er Arbeit fand. Auf Mount Keating ging sein Traum, Stockman zu werden, schließlich in Erfüllung. In den drei Jahren, die er nun hier arbeitete, hatte er sich besonders dadurch ausgezeichnet, dass es kaum etwas gab, was er nicht reparieren konnte. Inzwischen verbrachte Ray mehr Zeit auf der Station als im Busch. Anfangs hatte ihn das gestört, inzwischen kümmerte er sich aber ganz gerne um

das gute Dutzend verbeulter Geländewagen und Motorräder, die Stromgeneratoren und all die anderen elektrischen und mechanischen Geräte auf der Farm. Daryl war sich allerdings sicher, dass es noch einen anderen Grund gab, warum Ray seine Zeit nur zu gerne auf der Station verbrachte.

»Was ist mit der Piper?«, wollte Daryl weiter wissen und warf einen Blick zu dem kleinen, einmotorigen Flugzeug, das am Rand der Piste stand.

»Um die kümmere ich mich. Buttler interessierte sich lediglich für seine Hughes 300.«

»Sie sagen interessierte. Glauben Sie, dass er tot ist?«

»Weiß nicht«, erwiderte Ray zögernd. »Die Abos behaupten es zumindest. Und die kennen sich hier schließlich aus.«

»Aber soviel ich weiß, hat die Polizei keine Spuren gefunden.«

Dem Farmarbeiter schien das Thema plötzlich unangenehm zu sein, denn seine Antwort fiel ziemlich schroff aus.

»Wie ich schon sagte: Ich weiß es nicht. Und offen gesagt, ist's mir auch egal. Ich mochte Buttler nicht, was auf Gegenseitigkeit beruhte. Und bevor Sie mich fragen, warum, sag ich, dass das niemanden was angeht, okay?«

»Klar, Kumpel. Ist deine Sache.«

Sie arbeiteten schweigend weiter, bis Daryl der Geruch von frisch gebackenem Kuchen in die Nase stieg.

»Dieser Duft macht hungrig«, meinte Daryl und schaute auf die Uhr. »Ist zwar erst halb elf, aber ich werde trotzdem mal sehen, ob sich Meena überreden lässt, eine kleine Zwischenmahlzeit rauszurücken.« Er legte sein Werkzeug beiseite, wischte sich die schmutzigen Hände an der Hose ab und machte sich auf den Weg zur Küche.

In diesem Moment tauchte ein verbeulter Landrover auf, der neben dem Haupthaus zum Stehen kam. Daryl konnte die Umrisse einer breiten Gestalt erkennen, die sogleich in der angrenzenden Hauptküche verschwand. Er konnte sie nur undeutlich sehen, nahm aber an, dass es sich um die Köchin Agnes Sharp handelte. Bisher hatte er noch keine Gelegenheit gehabt, mit ihr zu sprechen, denn Mrs. Sharp blieb während des Viehauftriebs meist draußen bei den Männern, wo sie für sie kochte. Sie kam nur gelegentlich zur Station, meist um Vorräte zu holen. Daryl wollte die Chance nutzen und sich ein erstes Bild von der Frau machen.

Als der Detective in die geräumige Küche trat, fiel sein Blick auf Meena. Obwohl alle Fenster und Türen entfernt und durch Fliegengitterrahmen ersetzt worden waren, war die Hitze in dem Raum kaum auszuhalten.

Das Mischlingsmädchen wischte sich einige Schweißperlen von der Stirn und sah ihn neugierig an. Sie sah hübsch und anziehend aus. Ihre Augen hatten allerdings einen traurigen, fast gequälten Ausdruck, der ihn berührte. Daryl hatte das Gefühl, dass sie etwas bedrückte.

»Hallo«, sagte er im Plauderton und trat neben den Küchentisch, auf dem das Mädchen bereits zwei große, frisch gebackene Apfelkuchen bereitgestellt hatte.

»Ganz schöne Hitze. Hier drin noch mehr als draußen. Wie halten Sie das bloß aus?«

»Man gewöhnt sich dran.«

»Kann ich mir schwer vorstellen. Na ja, wie auch immer. Ich bin hier, weil mir der Geruch Ihres Kuchens in die Nase gestiegen ist. Und da ich zu meiner Schande gestehen muss, dass ich Süßem unmöglich widerstehen kann, wollte ich fragen, ob …«

In diesem Augenblick flog die Tür zum Vorratsraum auf, und Agnes Sharp stampfte in den Raum.

Die Frau war eine Fleisch gewordene Schlechtwetterfront. Ihre kleinen blauen Augen funkelten angriffslustig, während sie ihren massigen Körper zwischen Daryl und das Mischlingsmädchen quetschte. Sie war in etwa gleich groß wie er, doch als sie tief Luft holte und ihr gewaltiger Busen bedrohlich anwuchs, zog er es sicherheitshalber vor, einen Schritt zurückzuweichen.

»Wer sind Sie, und was haben Sie in meiner Küche zu suchen?«, schnaufte die Köchin verärgert.

Daryl setzte sein charmantestes Lächeln auf, nahm seine Baseballmütze ab und deutete eine Verbeugung an. »Mein Name ist Daryl Simmons, Ma'am. Ich bin der neue Pilot und ein Opfer des betörenden Duftes, der aus diesem Raum dringt und dem ich einfach folgen musste.«

»Simmons, aha. Und ein großer Schaumschläger sind Sie obendrein, was! Schreiben Sie sich gleich mal Folgendes hinter die Ohren. Regel Nummer eins: Die Küche ist für euch Männer tabu. Regel Nummer zwei: Wer sich nicht daran hält, kriegt eins mit der Bratpfanne übergezogen. Regel Nummer drei: Ich mag keine Schleimer. Die verursachen bei mir Übelkeit. Und wenn mir übel ist, wirkt sich das auf das Essen aus. Und Sie wollen doch was auf den Teller, das schmeckt, oder?«

»Aber immer doch«, antwortete Daryl grinsend. Er hatte alle Mühe, sich zusammenzunehmen.

»Na, dann ist ja alles klar.«

»Nicht ganz. Krieg ich nun ein Stück Kuchen?«
Mrs. Sharp mochte äußerlich große Ähnlichkeit mit einem Nilpferd haben, doch was ihre Schnelligkeit anging, glich sie eher einer zubeißenden Todesotter. Daryl hatte Glück, dass er die Fliegengittertür nur aufzustoßen brauchte, um nach draußen zu gelangen, sonst hätte ihn das Nudelholz vermutlich am Kopf erwischt.

Das Mittagessen servierte Meena ihnen im Aufenthaltsraum der Farmarbeiter. Über den Vorfall in der Küche verlor weder Daryl noch die junge Halbaborigine ein Wort. Doch Daryl entging nicht, dass Meena ihn gelegentlich von der Seite musterte. Ray wiederum warf immer wieder verstohlene Blicke zu dem Mädchen. Ihm war bewusst, dass sie Daryl beobachtete, was ihn offensichtlich ärgerte.
Der junge Stockman hatte nicht mal die Hälfte seiner Portion gegessen, als er plötzlich den Stuhl zurückschob und aufstand.
»Werd schon mal die Maschine auftanken und dem Boss Bescheid geben, dass wir einen Testflug machen.«
Ray Hill war ein großer, schlaksiger Typ, dessen gemütlicher, schaukelnder Gang normalerweise stark an den eines Dromedars erinnerte. Als er nun auf die Tür zusteuerte, wirkte er allerdings eher wie ein wütender Stier.
»Es gibt noch Kuchen mit Schlagsahne zum Nachtisch«, rief ihm Meena nach. Doch Ray reagierte nicht.
Meena starrte einige Sekunden auf die ins Schloss fallende Tür, dann sagte sie zu Daryl gewandt: »Was ist mit Ihnen?«
»Na, und ob. Und geben Sie mir auch gleich Rays Portion.«
Als sie mit den Kuchenstücken zurückkehrte, bat Daryl sie,

sich ein paar Minuten zu ihm an den Tisch zu setzen. Er machte ihr das Kompliment, dass er nie zuvor in seinem Leben einen so guten Apfelkuchen mit Zimt gegessen habe.
»Das Rezept ist von meiner Mutter«, sagte Meena verlegen.
»War sie eine Weiße?«
»Ja.« Sie sah in forschend an. »Weshalb fragen Sie?«
»Nun, hierzulande ist es eher ungewöhnlich, dass eine weiße Frau eine Beziehung mit einem Eingeborenen eingeht. Normalerweise ist es umgekehrt.«
»Das ist richtig.« Sie zögerte einen Augenblick. »Wahrscheinlich wäre es auch besser gewesen, wenn sie sich nie mit meinem Vater eingelassen hätte.«
»Wie können Sie so etwas sagen? Ohne ihre Eltern wären Sie nicht auf der Welt, und ich würde hier sitzen und entweder mit der Wand reden oder Angst haben, dass mir Mrs. Sharp eins mit der Pfanne überbrät. Ganz zu schweigen von diesem einmaligen Kuchen, der mir dann entgangen wäre.«
Zum ersten Mal, seit er die junge Frau kennen gelernt hatte, huschte ein Lächeln über ihr Gesicht. Es war ein bezauberndes Lächeln, wie er fand, und es war schade, dass es so lange gedauert hatte, bis sie es sich entlocken ließ.
»Agnes hat Recht. Sie sind ein Schaumschläger.«
Daryl griff sich mit einer theatralischen Geste an die Brust.
»Das trifft mich jetzt aber zutiefst. Eigentlich hatte ich gehofft, das wir Freunde würden.«
»Lediglich Freunde?«, meinte sie mit einem ironischen Unterton.
Er nickte. »Nur Freunde.«
Meena schüttelte langsam den Kopf und stand auf. »Schwarz

und Weiß, das ist wie Feuer und Wasser. Jedes für sich allein ist okay. Kommen sie sich aber zu nahe, zerstören sie sich.«
Sie nahm die Teller vom Tisch und ging zur Spüle.
Gerne hätte Daryl ihr gesagt, dass sie sich irrte. Er selbst hatte unter den Eingeborenen nicht nur seine besten Freunde und eine zweite Familie gefunden, sondern auch eine Frau, die er von ganzem Herzen geliebt und deren Tod er noch immer nicht verwunden hatte. Aber er tat es nicht. Meena war verbittert und traurig. Gleich was er ihr jetzt gesagt hätte, es wäre nicht zu ihr durchgedrungen.
Daryl erhob sich und ging zur Tür. Plötzlich klirrte es hinter ihm. Als er sich umdrehte, sah er, dass Meena die Teller aus der Hand gerutscht waren. Sie wankte, hielt sich aber mit beiden Händen am Spülbecken fest. Er eilte auf sie zu, doch sie schüttelte bereits den Kopf.
»Schon gut, alles in Ordnung. Mir war nur etwas schwindlig. Ich habe vorgestern etwas Schlechtes gegessen, seither fühle ich mich ein wenig benommen. Vermutlich war es ein Fehler, dass ich die letzten zwei Tage kaum noch etwas zu mir genommen habe.«
»Sind Sie sicher, dass Sie keine Hilfe benötigen?«, fragte Daryl besorgt.
»Nein. Gehen Sie nur wieder an Ihre Arbeit.«

4

Die Hughes 300 war ein kleiner, äußerst wendiger Hubschrauber. Normalerweise hatte sie drei Sitzplätze. Doch bei dieser Maschine waren die beiden Standardtanks hinter dem Cockpit durch größere Modelle ersetzt und war ein Sitz zugunsten eines zusätzlichen Treibstofftanks entfernt worden. Auf den ersten Blick wirkte der Helikopter wie ein großes, urzeitliches Insekt. Pilot und Passagier saßen unter einer dicken Plexiglaskugel, unterteilt in vier Segmente, die fast das ganze Cockpit umschloss und von vorn wie das riesige Facettenauge einer Libelle aussah. Dadurch bot die Hughes 300 eine sehr gute Umsicht, eine wesentliche Vorraussetzung für das Aufspüren und Zusammentreiben der Rinder.

Daryl flog mit Ray zunächst entlang des Carson River, ehe er dann nach Osten, Richtung Drysdale River National Park abdrehte. Dicht unter der Maschine zog eine wilde Landschaft mit felsigen Hügeln, einsamen Tälern, dramatischen Schluchten und versteckten Wasserläufen vorbei.

Ray, der sich die ersten Minuten ziemlich unwohl gefühlt hatte, weil die Hughes keine Türen besaß und die Insassen lediglich mit einem Sicherheitsgurt um die Taille auf ihren Sitzen festgehalten wurden, hatte seine Angst inzwischen überwunden. Für ihn war es das erste Mal, dass er die Station aus der Luft sah, und er schien überwältigt. Daryl kannte diese Reaktion. Er hatte schon mehrmals Leute mitgenommen, die noch nie zuvor in einem Hubschrauber gesessen hatten, und ihre Reaktionen ähnelten sich fast immer. Entweder liebte man das Gefühl, dicht über Hügel und Täler zu rauschen, bewegungslos über Baumwipfeln zu schweben oder sich wendig wie ein Falke in enge Canyons zu stürzen, in die sich sonst kein anderes Fluggerät wagen konnte. Oder aber man hasste es und litt Todesqualen. Daryl war froh, dass der rothaarige Junge zur ersten Gruppe gehörte. Das machte ihm den nächsten Schritt etwas leichter.

Daryl klopfte ein paar Mal auf die Temperaturanzeige auf dem Armaturenbrett. Dann schüttelte er langsam den Kopf.

»Was ist los?«, rief Ray in das mit einem Bügel an seinen Kopfhörern befestigte Mikrophon.

»Nichts Ernstes. Die Temperaturanzeige ist ausgefallen. Wahrscheinlich nur ein Wackelkontakt. Trotzdem sollten wir möglichst rasch landen, damit ich mir das näher ansehen kann.«

Der Helikopter setzte sicher auf einer kleinen Lichtung neben einem Billabong auf. Als die Rotorblätter der Maschine zum Stillstand gekommen waren, stiegen die beiden Männer aus. Daryl machte Ray den Vorschlag, er solle sich ein wenig die Beine vertreten, bis er den Fehler gefunden hatte. Doch dieser schüttelte den Kopf.

»Ich bleib lieber hier und schau Ihnen zu.«

Ray Hill war wie ausgewechselt. Die Unbeschwertheit der vergangenen halben Stunde schien von einer Sekunde auf die andere verflogen zu sein. Zwar tat er so, als ob er sich für das, was Daryl tat, interessierte, doch in Wirklichkeit starrte er immer wieder zum steilen Ufer des Billabongs.

»Ah, da haben wir ja den Übeltäter.« Daryl zog unter der

Instrumentenkonsole einen losen Draht hervor, den er vor dem Start absichtlich gelockert hatte, um an diesem Ort landen zu können.

»Muss sich gelöst haben, als ich heute morgen die Instrumentenanschlüsse kontrollierte.«

Er zog unter dem Sitz einen kleinen Reparaturkasten hervor und befestigte den Draht mit einer Kabelklemme und Isolierband wieder an der Temperaturanzeige.

»Übrigens, wo sind wir hier eigentlich?«, fragte er beiläufig.

»Pigeon Pool.«

»Wo Floyd Buttler verschwand? Interessant. Da muss ich mich gleich mal ein wenig umsehen.« Daryl warf die Klebebandrolle in den Werkzeugkasten und ging schnurstracks zum Billabong.

Ray schaute ihm mit versteinerter Miene nach. Als Daryl an die Uferböschung trat, fuhr ihm ein eisiger Schauer über den Rücken. Der Pool hatte etwas Unheimliches, fast Bedrohliches. Seine dunkle, olivgrüne Oberfläche war absolut glatt. Kein Sonnenstrahl schien durch sie hindurchzudringen. So weit er sehen konnte, waren die Ufer mit einem dichten Gürtel aus Schraubenpalmen, mächtigen Flusseukalypten, weit ausladenden Papierrindenbäumen und allerlei Gestrüpp bewachsen. Problemlos bis zum Wasser vordringen konnte man nur von der Stelle aus, an der er gerade stand. Auf einer Breite von gut drei Metern führte die ziemlich sandige Böschung in einem steilen Winkel zwei Meter hinab ans Ufer.

»An Ihrer Stelle würde ich da nicht zu lange herumstehen«, schreckte ihn der junge Cowboy aus seinen Gedanken.

»Und wieso?«

»Das ist die Stelle, an der Kängurus zur Tränke gehen und wo

man Buttlers Kleider gefunden hat. Krokodile sind schlau. Sie merken sich solche Plätze.«
Daryl wusste das. Er wusste auch, dass die Panzerechsen wenn nötig bis fast zur Schwanzspitze aus dem Wasser schnellen konnten, um Beute zu machen. Er kannte einen Fall, wo ein Angler, der in mehr als zwei Metern Höhe über dem Wasser auf einem Ast gesessen hatte, von einem Krokodil geschnappt worden war. Der Beschreibung nach war das einäugige Krokodil ein alter, schlauer Bursche. Es hatte gelernt, sich vor seinem größten Feind, dem Menschen, zu verstecken. Dies hieß aber nicht, dass es ihn nicht angreifen würde, wenn es Gelegenheit dazu bekam.

Am Abend herrschte zum ersten Mal so etwas wie Betriebsamkeit im Aufenthaltsraum der Stockmen. Poison-Joe hatte sechs Mann zur Farm zurückgebracht, die in den kommenden Tagen die Landepiste sowie die Koppeln, in denen die Rinder am Ende des Viehtriebs für den Abtransport eingesperrt wurden, instand setzen sollten.
Unter ihnen war auch Bruce Pierson. Der junge Mann war ein schlanker, sehniger Typ mit dunklen, zu einem Pferdeschwanz zusammengebundenen Haaren. Wie die übrigen Cowboys begegnete auch er dem Neuen in ihren Reihen mit Freundlichkeit, aber auch mit Zurückhaltung. Sobald er sich jedoch unbeobachtet fühlte, betrachtete er Daryl mit unverhohlener Neugier.
»Na, wie geht's dem Wackelschwanz?«, fragte Poison-Joe, als Daryl neben ihn trat. Er half Meena bei der Zubereitung des Abendessens, indem er das Grillen der riesigen Rindersteaks übernahm.

»Alles bestens. Der Vogel ist einsatzbereit. Eins muss ich diesem Buttler lassen: Seinen Hubschrauber hat er peinlich genau in Schuss gehalten.«

»Ja, was seinen Grashüpfer anging, war er ein ziemlicher Pedant.«

»Und sonst?« Daryl reichte ihm eine Cola-Dose.

»Danke. Sie wollen wissen, was er sonst so für ein Typ war?«

Daryl nickte. Er warf einen Blick zu Meena, die gerade einen Süßkartoffelauflauf aus dem Ofen zog.

»Zuverlässiger Arbeiter, mieser Charakter.«

»Dann sind Sie nicht traurig, dass er verschwunden ist.«

»Müsste lügen, wenn ich sagen würde, dass ich ihm nachweine. Und das hat nichts damit zu tun, dass der Boss ihn mir damals vorgezogen hat, als es um die Wahl des neuen Vorarbeiters ging.« Geschickt wendete Poison-Joe einige Fleischstücke. »Ich kann's schwer beschreiben. Aber wenn ich ihm in die Augen sah, dann war da etwas, was mir sagte, dass man dem Kerl nicht trauen konnte.«

Poison-Joes Antworten waren offen und direkt, das gefiel Daryl. Der alte Farmarbeiter machte keinen Hehl daraus, dass er Floyd Buttler nicht besonders gemocht hatte. Und da war er nicht der Einzige. Langsam beschlich Daryl das Gefühl, er würde auch unter den restlichen Stockmen niemanden finden, der sich ernstlich für das Schicksal des Vormanns interessierte. Das musste seine Gründe haben – und einer oder mehrere davon konnten durchaus auch ein Mordmotiv sein. Allerdings würde es schwierig sein, die Gründe für Buttlers Unbeliebtheit herauszufinden.

Daryl setzte sich zu den Männern. Während des Essens unterhielt er sich mit ihnen über den bevorstehenden Viehtrieb.

Dabei versuchte er einige Male, das Gespräch auf den Pigeon Pool und das einäugige Krokodil zu lenken, aber sowohl Bruce als auch die Eingeborenen wurden bei diesem Thema jedes Mal schweigsam. Schließlich gab er es auf.
Er musste Geduld haben. Irgendwann würde er auf eine entscheidende Spur stoßen, da war er sicher. Darin – und in einigen Dingen mehr – unterschied er sich von seinen Polizeikollegen in Perth. Die betrachteten Zeit als ihren schlimmsten Feind. Eine alte Spur war für sie eine kalte Spur. Daryl sah das anders. Gerade in Fällen wie diesen konnte Geduld zur stärksten Waffe werden.
Bruce Pierson stand auf und ging zu Meena, um sich eine weitere Portion Fleisch und Süßkartoffelauflauf zu holen. Ray Hill beobachtete ihn dabei. Als Bruce nicht an seinen Platz zurückkehrte, sondern mit Meena zu flirten begann, schob Ray verärgert seinen Stuhl zurück und ging mit halb vollem Teller zur Serviertheke. Er schob ihn zu Meena über den Tresen, dann wandte er sich an Bruce.
Daryl konnte nicht hören, was die beiden sagten, aber eins war sicher: Es war kein Gespräch unter guten Freunden.
Als Bruce zu ihnen an den Tisch zurückkehrte, lag ein seltsames Lächeln auf seinen Lippen.

5

An den folgenden Tagen unternahm Daryl mit Poison-Joe einige Erkundungsflüge über die Mount-Keating-Station, um herauszufinden, wo sich die versprengten Rinder befanden. Außerdem half er im Basiscamp beim Ausmustern der Reitpferde. Diese Arbeit machte ihm fast ebenso viel Spaß wie das Fliegen. Der Polizeidienst in Perth war dagegen allerdings ein Zuckerschlecken. Abends taten ihm sämtliche Knochen weh, und er war todmüde. Doch zum ersten Mal seit vielen Monaten hatte er das Gefühl, wieder richtig zu leben. Den ganzen Tag im Freien zu sein und draußen unter den Sternen zu schlafen, war eine wunderbare Sache. Es erinnerte ihn an die langen Streifzüge durch den Busch, die er früher mit seinem Aborigine-Ziehvater Ungjeeburra unternommen hatte. Gemeinsam waren sie auf die Jagd gegangen oder hatten an den geheimen und heiligen Plätze des Stammes Kulthandlungen zelebriert. An den meisten dieser Rituale hatte Daryl teilnehmen dürfen, manche waren jedoch den ›Tschilpi‹, den Wissenden, wie Ungjeeburra einer war, vorbehalten. Leider war der alte Eingeborene einer der Letzten seines Stammes, die noch über das jahrtausendealte Wissen der Ahnen verfügten, die wussten, wie man die uralten Felsbilder, welche die höchsten Wesen und Totem-Ahnen darstellten, ›berührte‹, also mit neuen Farben auffrischte, um die Kräfte, die von ihnen ausgingen, zu beschwören. Und er war auch einer der Letzten, die noch um die Bedeutung der Tjurungas wussten, jener hölzernen Sakralobjekte, die regelmäßig mit rotem Ocker und Fett eingerieben werden mussten, damit sie ihre Wachstums- und Fortpflanzungsenergien freisetzen konnten. Seit Daryl zur Mordabteilung in Perth versetzt worden war, sah er Ungjeeburra nur noch sehr selten, und das schmerzte ihn. Er vermisste seinen alten Lehrmeister und Freund. Er vermisste die prasselnden Lagerfeuer in kalten Wüstennächten, die unbarmherzige, aber gleichzeitig einzigartige Schönheit der Wüste, die Jagd und die unerschöpflich scheinenden Geschichten und Weisheiten des alten Aborigines. Umso mehr genoss er es deshalb, hier im Outback zu sein.

Inzwischen hatte er fast alle Personen kennen gelernt, die an dem fraglichen Tag in der Nähe des Billabongs gewesen waren oder Gelegenheit gehabt hätten, unbemerkt dorthin zu gelangen:

Ray Hill war damit beschäftigt gewesen, einen »Bullenrammer« zu reparieren, wie man die verbeulten Geländewagen nannte, mit denen man beim Viehtrieb gefährliche Rinder zurück zur Herde trieb. Martin Barrow, der den ganzen Tag in seinem Büro Schreibarbeiten erledigt hatte, war zwar davon ausgegangen, dass sich Hill im Arbeitsschuppen aufhielt, doch gesehen hatte er ihn nicht. Ray hätte durchaus mit einem der Motorräder zum dreißig Minuten entfernten Pigeon Pool fahren und Floyd Buttler auf dem Rückweg zur Station abfangen können. Auch Poison-Joe hätte dazu Gelegenheit gehabt. Er war mit dem Wagen auf dem Weg von den Koppeln zurück zur Farm, als er angeblich durch eine Reifenpanne aufgehalten wurde. Außerdem waren da noch fünf eingeborene Viehhirten und Bruce Pierson, die in der Nähe des Billabongs in zwei Gruppen nach Wildpferden gesucht hatten. Mit dem einen Team, bestehend aus drei jungen Eingeborenen, hatte sich Daryl unterhalten. Sie hatten eine kleine Herde aufgespürt und zu den Koppeln getrieben. Sie schienen ihm unverdächtig zu sein, bis auf die Tatsache, dass auch sie nicht über den Billabong reden wollten.

Die Männer der zweiten Gruppe, zu der Bruce Pierson, der Aborigine Bill Murgura und ein weiterer Eingeborener namens Ricky Lee gehörten, trennten sich in der Nähe des Billabongs. Während Bill Murgura, dessen Pferd lahmte, zu Fuß zur näher gelegenen Farm ging, suchten Bruce und Ricky gemeinsam weiter nach Wildpferden. Daryl hatte Murgura bisher noch nicht zu Gesicht bekommen, doch mit Ricky hatte er schon gesprochen. Der Aborigine war höchstens siebzehn Jahre jung, schüchtern – und auffällig ängstlich. Daryl hatte sofort gespürt, dass er etwas verheimlichte. Bruce dagegen gab sich locker. Seine Geschichte deckte sich mit Rickys. Doch die Art, mit der Pierson Daryl beobachtete, war schon merkwürdig. Etwas stimmte mit dem Jungen nicht.

Daryl war heute den Männern zugeteilt, die den Jungtieren die Brandzeichen setzten.

Insgesamt gab es vier Koppeln. In die erste kamen die frisch eingefangenen Pferde. Die Reittiere wurden ausgesondert und in ein eigenes Gehege gebracht, während die Stuten und ihre Fohlen zusammen in eine andere Einzäunung getrieben wurden. Die jungen Hengste kastrierte man, damit die Herde nicht zu groß wurde. Nach ein paar Tagen würden sich die Wallache erholt haben, und nach dem Ausmustern würden sie, gemeinsam mit den Tieren, die man nicht für den Auftrieb brauchte, für ein weiteres Jahr sich selbst überlassen werden.

Einige Pferde hatten früher schon als Reittiere gedient, waren aber nach dem Viehtrieb wieder freigelassen worden, weil man danach nicht mehr so viele Tiere benötigte. Da sie sich schnell an ein Leben in Freiheit anpassten, mussten sie nun erst wieder an Sattel und Zaumzeug gewöhnt werden. Das ging normalerweise recht schnell. Anders sah es bei den Tieren aus, die zum ersten Mal ausgewählt wurden. Sie mussten zunächst einmal zugeritten werden. Einer der Männer, die diesen Job erledigten, war Bill Murgura. Er galt als der beste Zureiter, arbeitete aber nicht das ganze Jahr über auf der Station.

Unter den Pferden gab es einen Schimmel, den die Eingeborenen Wondah nannten, was so viel wie Weißer Teufel bedeutete. Ihn versuchte Murgura schon seit Jahren vergeblich zu zähmen. Inzwischen war es zur Tradition geworden, dass die Farmarbeiter am letzten Tag der Pferdemusterung eine Art Rodeo veranstalteten. Dabei mussten die drei besten Reiter ihr Können auf dem Weißen Teufel unter Beweis stellen. Natürlich wurden auch Wetten abgeschlossen. Barrow hatte das immer stillschweigend toleriert, da den Männern anschließend eine anstrengende Zeit bevorstand, in der sie von Sonnenaufgang bis Sonnenuntergang arbeiteten und in der kein Platz für Spaß und Unterhaltung war. Bisher hatte man den wilden Schimmel aber zur großen Enttäuschung der Männer noch nicht eingefangen.

»Wie steht's, haben Sie gewettet?«, fragte Bruce Pierson Daryl. Die beiden Männer hatten den ganzen Vormittag zusammengearbeitet, ohne jedoch viele Worte miteinander gewechselt zu haben. Jetzt, da im Osten eine rotbraune Staubwolke die Ankunft einer neuen Herde ankündigte, standen sie bei den Umzäunungen und warteten auf die Tiere.

»Ich konnte mich noch nicht entschließen«, antwortete Daryl. »Wie ich gehört habe, sollen Bill Murgura und Ray Hill ganz gute Reiter sein.«

»Murgura ist der beste, behaupten zumindest die Eingeborenen.«

»Dann tippen Sie auf ihn?«, fragte Daryl.

Bruce wiegte ein paar Mal den Kopf hin und her. »Weiß nicht so recht. Ich bin erst seit einem halben Jahr hier auf der Station und habe noch keins dieser Rodeos erlebt. Aber eins hab ich in dieser Zeit mitbekommen: Die Schwarzen sind allesamt ausgezeichnete Reiter. Schwer zu sagen, wer da das Rennen macht.«

»Was ist mit Ihnen, werden Sie auch Ihr Glück versuchen?«, wollte Daryl wissen.

»Ich? Wo denken Sie hin, ich bin doch nicht lebensmüde!« Er sah Daryl von der Seite an. »Wie steht's mit Ihnen?«

»Bevor ich mich entscheide, würde ich eigentlich gerne erst diesen Wondah sehen.«

»Okay, Jungs, die letzte Fuhre kommt rein!«, rief Poison-Joe in diesem Moment den Männern zu.

Daryl blickte gespannt nach Osten. Er spürte, dass ihn Bruce von der Seite musterte.

Bill Murgura und sein Trupp trieben zwölf Brumbys, wie die Wildpferde genannt wurden, auf die Lichtung. Nachdem die Tiere fast ein ganzes Jahr frei herumgelaufen waren, schreckten sie vor Einzäunungen zurück. Um sie dennoch in die

Koppel treiben zu können, hatten die Männer sie zunächst durch den Busch gejagt. Erst nachdem sie völlig abgehetzt waren, beruhigten sie sich allmählich. Unter ihnen war auch Wondah, der Weiße Teufel. Daryl sah sofort, dass dieses Pferd etwas Besonderes war.

Während die Eingeborenen die kleine Gruppe vorsichtig durch das Gatter trieben, versuchte Wondah zu entkommen. Wild wiehernd bäumte er sich auf, schlug drohend mit den Vorderläufen und brach zur Seite aus. Dies ging so schnell, dass Daryl schon glaubte, er würde entwischen. Doch Murgura reagierte sofort. Er riss sein Pferd herum, gab ihm gleichzeitig die Sporen, so dass es sich ebenfalls aufbäumte und dem Weißen Teufel den Weg abschnitt. Der Schimmel wich erschrocken zurück. Murgura begann zu schreien und trieb sein Pferd voran, während Wondah weiter zurückwich, bis er in der Koppel war.

Die Männer applaudierten dem Aborigine.

Bill Murgura war selbst für einen Kimberley-Aborigine ein Hüne. Er maß an die zwei Meter, war schlank und hatte breite Schultern und sehr schmale Hüften. Seine schmutzige Jeans schien auf den ersten Blick zwei Nummern zu groß zu sein, die Hosenbeine waren jedoch zehn Zentimeter zu kurz. Als er neben Daryl vom Pferd stieg, musterte er den Neuen.

»Beeindruckende Vorstellung«, meinte Daryl.

»Danke. Jedem anderen Tier wäre ich ausgewichen, aber Wondah und ich, wir kennen uns schon seit einigen Jahren.«

»Davon habe ich gehört. Trotzdem, er hätte Sie verletzen können.«

Der Aborigine sah ihn aus geheimnisvollen schwarzen Augen an. Dann schüttelte er den Kopf.

»Einen anderen vielleicht. Aber nicht mich. Er weiß, dass ich ihn achte und ihm nie Schmerzen zufügen würde. Wir messen lediglich unsere Kräfte, das ist alles.«
Der Eingeborene hielt ihm die Hand entgegen. »Bill Murgura.«
»Daryl Simmons.«
»Sind Sie ein Freund von Floyd Buttler?«, wollte der Stockman wissen.
»Nein. Wie kommen Sie darauf?«
»Nur so.« Er lächelte geheimnisvoll. »Ich dachte, ihr Hubschrauberpiloten kennt euch vielleicht untereinander.«

Bevor sich Daryl an diesem Abend schlafen legte, ging er hinüber zu einem lichten Eukalyptuswäldchen, um sich zu erleichtern. Plötzlich hörte er Stimmen. Er konnte nicht verstehen, was gesprochen wurde, die Worte klangen jedoch heftig, so als wäre ein Streit im Gange. Daryl folgte den Lauten. Geduckt schlich er zwischen den Eukalypten hindurch. Nach einigen Metern sah er zwischen den Baumstämmen zwei dunkle Silhouetten. Er kniete sich nieder, horchte, konnte aber noch immer nicht verstehen, was gesprochen wurde. Vorsichtig pirschte er sich bis auf wenige Meter heran, dann ging er hinter einem umgestürzten Baum in Deckung.
Bruce Pierson lehnte lässig am Stamm eines Eisenholzbaumes und drehte sich eine Zigarette. Vor ihm stand Ray Hill, die Hände zu Fäusten geballt.
»Zum letzten Mal, halt dich raus, verstanden?«, sagte Ray mit scharfer Stimme. »Sonst …«
»Sonst was?«, antwortete Bruce unbeeindruckt. »Willst du dich mit mir prügeln? Von mir aus. Glaub nur nicht, dass nur

ihr Buschjungs wisst, wie man seine Fäuste gebraucht. Ich musste mich in Perth gegen Typen wehren, gegen die würdest du keine Minute bestehen. Also vergiss es! Solange Floyd Buttler noch da war, habe ich mich zurückgehalten. Aber jetzt ist er weg, bleiben also nur noch wir zwei. Der Bessere soll gewinnen, das ist nur fair.«

»Du mieses Stück Scheiße! Du redest, als ginge es hier um einen Wettkampf!«

»So was Ähnliches ist's doch auch, oder etwa nicht?«

Ray Hill wollte sich auf sein Gegenüber stürzen, doch Bruce war schneller. Blitzschnell rammte er Ray seinen Fuß zwischen die Beine, sprang beiseite und sah seelenruhig zu, wie dieser stöhnend zu Boden ging.

»Ich hab's dir doch gesagt, leg dich nicht mit mir an.«

Ray lag zusammengerollt und mit schmerzverzerrtem Gesicht auf der Erde und schnappte nach Luft. Als er sich ein wenig erholt hatte, röchelte er: »Das ... zahle ... ich ... dir ... heim, verlass ... dich ... drauf.«

Bruce zuckte gleichgültig mit den Schultern. »Kannst du gern versuchen. An deiner Stelle würde ich mir aber mehr Sorgen um den Neuen machen.«

Ray richtete sich mühsam auf und lehnte sich gegen den Baumstamm. »Was ... meinst du damit?«

»Irgendwas stimmt mit diesem Simmons nicht, das spüre ich.«

»Wie meinst du das?«

Bruce schüttelte langsam den Kopf. »Weiß nicht. Aber ich hab einen Riecher für so was.« Er zog ein Feuerzeug aus der Tasche und zündete die Zigarette an. Dann drehte er sich um und ging.

Daryl blieb in seinem Versteck, bis auch Ray gegangen war.

Dann kehrte er zu seinem Lagerplatz zurück und schlüpfte in seinen Schlafsack.
Für Bruce Pierson verhielt er sich also verdächtig. Doch warum? Daryl war sicher, sich bisher weder besonders auffällig noch übertrieben neugierig verhalten zu haben. Vielleicht hatte Bruce das also nur erfunden, um Ray zu verunsichern – was ihn jedoch gleich zur nächsten Frage brachte: Was hatte Bruce davon? Daryl vermutete, dass es bei der Auseinandersetzung eben um Meena gegangen war. Vielleicht hielt man ihn für einen Konkurrenten im Kampf um die Gunst des Mischlingsmädchens?

Gegen vierzehn Uhr am nächsten Tag erschien Martin Barrow im Camp, um Daryl und Ray Hill abzuholen und zur Station zurückzubringen. Die beiden Männer sollten bei der Pferdekoppel alles für die Ankunft der ausgemusterten Reitpferde vorbereiten, die gerade von den Sammelkoppeln im Busch zur Farm getrieben wurden.
Diese Arbeit wurde bewusst in die Mittagsstunden verlegt, in die Zeit der größten Hitze, weil die Pferde dann am trägsten waren und die Gefahr, dass sie durchgingen, am kleinsten war. Übernommen wurde der Auftrieb der Pferde von den schwarzen Stockmen. Sie waren nicht nur besonders begabte Reiter, die sich sehr gut im Busch auskannten und ein ganz besonderes Geschick im Umgang mit den Tieren bewiesen. Sie konnten, ganz im Gegensatz zu den meisten weißen Cowboys, auch in brütender Hitze von morgens bis abends im Sattel sitzen, ohne dass ihnen das viel ausmachte. Auf den Rinderfarmen waren sie daher gern gesehene und geschätzte Arbeitskräfte.

Martin Barrow steuerte den Landcruiser gerade durch die steinige Furt eines Baches, als sich Mrs. Sharp über Funk meldete. Ihre Stimme klang aufgeregt und überschlug sich beinahe.
Als der Landcruiser das Ufer erreichte, hielt der Rinderzüchter an und griff nach dem Mikrofon.
»Mount-Keating-Mobile-3, was ist los, Agnes?«
»Ich bin am Pigeon Pool. Sie werden's nicht glauben, aber ich habe wohl Floyd Buttler gefunden.«
Die Männer im Landcruiser sahen sich an.
»Wir sind auf dem Weg zu Ihnen«, rief Barrow ins Funkgerät und drückte aufs Gaspedal.

Das Gesicht der Köchin war kreidebleich. Sie saß hinter dem Steuer ihres alten Landrovers und starrte mit weit aufgerissenen Augen zum Billabong, als erwarte sie jeden Moment den Angriff des einäugigen Krokodils.
Als Daryl an ihr Seitenfenster klopfte, zuckte sie zusammen. Langsam öffnete sie die Tür und zwängte schnaufend ihren massigen Körper nach draußen.
»Da drüben«, sagte sie mit rauer Stimme und zeigte auf eine dicht bewachsene, steil abfallende Uferstelle, die gut zehn Meter entfernt war. Dort lagen vier Drahtkorbnetze. »Ich war gerade dabei, die Krabbenkäfige einzuholen, die ich vor zwei Tagen ausgelegt habe. Als ich den letzten Korb hochzog, blieb er an irgendwas hängen. Das ist nicht ungewöhnlich, es liegen eine Menge Bäume im Billabong. Als ich ihn frei bekam und hochzog, tauchte daneben irgendwas auf. Erst dachte ich, es sei eine Langhalsschildkröte, doch dann sah ich, dass es viel größer war. Ich erschrak, glaubte,

es sei das einäugige Krokodil.« Sie schluckte. »War's aber nicht.«
Die Männer nickten ernst und gingen dann zu den Fangkörben hinüber.
Zwischen den kahlen Ästen eines vor langer Zeit in den Pool gestürzten Baumes sahen sie einen aufgedunsenen menschlichen Leichnam. Genau genommen handelte es sich lediglich um einen Torso, denn, soweit Daryl das von seinem Standort aus feststellen konnte, fehlten ihm beide Beine, ein Arm und der Kopf. Die Haut sah so bleich und wächsern aus wie eine alte Kerze. An einigen Stellen wies der Körper schwarze, an anderen grünliche oder gräuliche Verfärbungen auf.
Eine Wasserleiche bot immer einen unangenehmen Anblick, doch bei den Resten, die von Floyd Buttler übrig geblieben waren, drehte es Daryl fast den Magen um. Seinen Begleitern ging es nicht anders.
Als ein kaum spürbarer Windhauch süßlichen Verwesungsgeruch zu ihnen herübertrug, hielt sich Martin Barrow angewidert die Hand vors Gesicht. Ray Hill dagegen stolperte ein paar Schritte zurück, drehte sich ruckartig um und übergab sich.
Nach anfänglichem Zögern ging Mrs. Sharp nun mit energischen Schritten auf die Männer zu.
»Was ist? Will denn keiner was tun?«, schnauzte sie sie an. Die Köchin hatte den ersten Schrecken offenbar überwunden und war wieder ganz die Alte. »Man kann ihn doch nicht einfach da unten vor sich hin gammeln lassen.«
»Sie hat Recht«, meinte Daryl. »Wir brauchen ein Boot, Kunststoffplanen, um die Leiche einzupacken, und Eis, um

sie zu kühlen. Außerdem müssen wir die Polizei benachrichtigen, damit sie ein Flugzeug schicken.«
»Und was ist mit dem Pferdegehege?«, gab Martin Barrow zu bedenken. »Wir sind schon ziemlich spät dran. Sicher, Buttlers Leiche muss geborgen werden. Aber ich kann nicht riskieren, dass die Brumbys durchgehen, nur weil niemand beim Pferch ist. Vielleicht sollten wir das hier ohnehin besser die Polizei machen lassen.«
Daryl schüttelte den Kopf. »Eine Wasserleiche muss nach der Bergung möglichst rasch untersucht werden, weil die Fäulnisprozesse an der Luft sehr schnell voranschreiten.«
Mrs. Sharp sah ihn mit großen Augen an. »Woher wissen Sie das?«
»Nicht so wichtig. Ich schlage vor, Sie fahren mit Ray zur Station, bereiten alles für die Ankunft der Pferde vor, und ich kümmere mich um Buttler.«
»Also gut«, gab der Viehzüchter nach. »Aber Sie werden trotzdem Hilfe brauchen.«
»Wie viele Männer treiben derzeit die Pferde zur Farm?«
»Acht.«
»Gut, dann können Sie ja unterwegs einen von ihnen auflesen und mit zur Farm nehmen. Ich versuche inzwischen Meena über Funk zu erreichen. Sie kann schon mal die Planen und was sonst noch nötig ist bereitstellen, dann brauchen Sie nur noch das Boot aufzuladen. Schicken Sie den Eingeboren dann mit allem hierher.«
Barrow nickte. »Ja, so könnte es klappen.«
Während sich der totenbleiche Ray Hill mit seinem Boss auf den Weg machte, half Daryl Mrs. Sharp die Krabben aus

den Fangkörben zu befreien und in den Billabong zurückzuwerfen.
»Der Appetit ist mir gründlich vergangen«, sagte die Köchin, als sie die leeren Körbe im Landrover verstaut hatten.
»Kann ich mir vorstellen. Ist ja auch wirklich kein schöner Anblick.«
»Nein, beileibe nicht!« Sie sah ihn mit ihren kleinen stahlblauen Augen durchdringend an. »Alle Achtung, dass Sie ihn da rausholen wollen.«
»Irgendwer muss es ja machen.«
»Sicher. Aber vielleicht hat der Boss Recht, und Sie sollten das die Polizei machen lassen. Ich meine, toter, als er schon ist, kann er nun auch nicht mehr werden. Außerdem, eine Obduktion ist hier ja wohl überflüssig.«
»Meinen Sie?« Mit diesen Worten ließ er sie stehen und setzte sich in den Landrover, um sich mit der Station in Verbindung zu setzen.

Nachdem Mrs. Sharp ebenfalls abgefahren war, setzte sich Daryl an den Rand der Böschung. Seine Augen wanderten über die dunkle, regungslose Oberfläche des Billabongs. Wie beim ersten Mal, als er hier gewesen war, lief ihm ein kalter Schauer über den Rücken. Die mächtigen Flusseukalypten warfen bedrohliche schwarze Schatten auf das undurchdringliche Gewirr aus Pandanuss und Schraubenpalmen entlang des Ufers. Daryl hatte das Gefühl, als beobachteten ihn aus der Dunkelheit die bösen Augen unzähliger gefräßiger Wassergeister, die nur darauf lauerten, dass er ihnen zu nahe kam. Der Pigeon Pool hatte zwar eines seiner Geheimnisse preisgegeben, doch für Daryl blieb er unheimlich und gespenstisch.

Durch Buttlers sterbliche Überreste bestand nun die Chance zu beweisen, wie der Vorarbeiter tatsächlich gestorben war. Der Umstand, dass ihm mehrere Gliedmaßen fehlten, ließ den Schluss zu, dass ihn tatsächlich ein Krokodil attackiert hatte. Es klärte aber nicht, ob er zu diesem Zeitpunkt bereits tot gewesen war. Eine Sektion der Leiche würde da bald Klarheit bringen.

Daryl schaute gerade auf die Uhr, als ein Pick-up auf die Lichtung rollte.

Der Fahrer war Bill Murgura. Als er ausstieg und neben Daryl trat, machte er ein düsteres Gesicht. »Wo ist er?«, wollte er wissen.

»Da drüben. Er hängt zwischen einigen Ästen fest. Haben Sie die Plastikplanen und das Eis mitgebracht?«

»Ist alles im Wagen. Meena hat alles Eis, das sich im Kühlraum befand, in eine Kühlbox gepackt. Wird bei der Hitze aber nicht lange reichen.«

»Besser als gar nichts.« Daryl seufzte. »Dann wollen wir uns mal an die Arbeit machen.«

Sie trugen das leichte Aluminiumboot zum Steilufer und ließen es an einem Seil ins Wasser hinabgleiten. Anschließend holte Daryl eine der Planen sowie eine Axt aus dem Fahrzeug und rutschte die sandige Böschung hinunter. Der Aborigine folgte ihm mit den Rudern.

Als sie den umgestürzten Baumstamm erreicht hatten, befreite Daryl den Torso aus dem Geäst. Sofort flog ein Schwarm Schmeißfliegen auf, die die Leiche lange vor ihnen entdeckt und bereits als Eiablageplatz genutzt hatten. Mit der Axt zog er Buttlers Überreste vorsichtig an den Bootsrumpf. Im Gegensatz zu Murgura hatte er sich ein feuchtes Tuch vor das

Gesicht gebunden. Trotzdem war der Geruch, der von der Leiche ausging, so stark, dass Daryl nur mit Mühe gegen die aufkommende Übelkeit ankämpfen konnte. Dem Aborigine schien das nichts auszumachen, jedenfalls verzog er keine Miene. Sie breiteten die Plane aus, führten sie unter dem Körper hindurch und hoben ihn dann in das Boot.

Wieder am Ufer, verknoteten sie die Enden der Plane. Da die Böschung zu steil war, um Buttlers Leichnam hinaufzutragen, mussten sie ihn an einem Seil befestigen und heraufziehen. Diese Aufgabe übernahm Bill Murgura. Daryl verstaute unterdessen die Ruder im Boot. Anschließend warf er dem Aborigine das Bootstau zu. Während der Aborigine am Seil zog, schob Daryl von unten.

Plötzlich hielt Murgura inne und schrie: »Vorsicht, hinter Ihnen!«

Daryl wirbelte herum, verlor dabei auf dem weichen Untergrund den Halt und rutschte aus. Obwohl sich seine Finger sofort in den sandigen Boden krallten, konnte er nicht verhindern, dass er bis ganz hinunter ans Ufer und halb ins Wasser glitt.

Keine sechs Meter von ihm entfernt war das einäugige Krokodil aus dem Billabong aufgetaucht. Obwohl nur der Kopf und ein Teil des Rückens aus dem trüben Wasser ragten, war Daryl von der Größe des Reptils überrascht. Allein der breite Schädel mit dem mächtigen Kiefer maß bestimmt einen Meter. Dann waren da noch die langen, spitzen Zähne, die selbst bei geschlossenem Maul zu sehen waren und den Eindruck erweckten, als würde die Panzerechse höhnisch grinsen. Am erschreckendsten war jedoch das direkt auf ihn gerichtete, goldgelb schimmernde Auge des Reptils. Es fixierte ihn und schien ihn hypnotisieren zu wollen. Wie gelähmt starrte Daryl auf das riesige Tier, das sich lautlos auf ihn zubewegte. Er wusste, dass er sich schleunigst aufrappeln und den steilen Abhang hinaufklettern musste, aber er schaffte es einfach nicht.

»Auf die Seite!«, schrie Bill Murgura und ließ im selben Augenblick die Bootsleine los.

Daryl riss den Kopf herum, sah, wie das Aluminiumboot auf ihn zuschoss, und rollte beiseite. Zischend sauste der Bootsrumpf knapp an ihm vorbei in den Billabong, wo er das Reptil mit einem dumpfen Knall an der Schnauze traf. Eine Wasserfontäne spritzte auf, nahm Daryl, der halb im Wasser lag, für einen Augenblick die Sicht. Als er das Krokodil wieder zu Gesicht bekam, blickte er geradewegs in sein gewaltiges, weit aufgerissenes Maul. Er war sicher, dass das wütende Tier sich nun endgültig auf ihn stürzen und ihn mit seinen mächtigen Kiefern zerfetzen würde, doch dann riss es zu seiner Verwunderung den Kopf herum und schnappte nach dem Aluminiumboot. Mit einem metallischen Knirschen schlugen sich die spitzen Zähne in den Rumpf und wirbelten das Boot mit einer einzigen, heftigen Kopfbewegung zur Seite.

Endlich gelang es Daryl, sich aus seiner Erstarrung zu befreien. Er rappelte sich auf. Hastig und auf allen vieren kroch er die Böschung hoch, in der Hoffnung, schneller als das einäugige Krokodil zu sein. Er hatte es fast geschafft, da rutschte er erneut aus. In diesem Moment packte ihn Murguras Hand und zog ihn das letzte Stück hoch, in Sicherheit.

Daryl sank keuchend in die Knie und wandte sich um. Das einäugige Krokodil war verschwunden.

Einen Moment suchten beide Männer mit den Augen die

Wasseroberfläche nach dem Reptil ab. Doch der silberne Bootsrumpf, der langsam in die Mitte des Billabongs trieb, war das Einzige, was sich auf der trüben Oberfläche bewegte.
»Wo ist es hin?«, fragte Daryl verwundert.
Der Aborigine schüttelte den Kopf. »Keine Ahnung. Aber es ist noch da, beobachtet uns durch das Wasser.«
Daryl richtete sich auf. Sein Herz raste noch immer. Ohne Bill Murguras rasches Handeln, schoss es ihm durch den Kopf, wäre er nun tot. Ungjeeburra hätte wohl gesagt: *»Unglück geschieht immer durch Unvorsichtigkeit und Ignoranz«* – und er hätte Recht gehabt. Daryl war schon zu lange nicht mehr draußen im Busch gewesen. Sein Instinkt hätte ihn warnen müssen. Es war höchste Zeit, sich wieder auf das zu besinnen, was er von den Eingeborenen gelernt hatte. In der Großstadt hatte er für dieses Wissen keine Verwendung gehabt. Hier war das anders.
»Das war verdammt knapp«, wandte er sich an den Aborigine. »Danke«.
Murgura nickte. Als er sich umwandte, meinte er: »Selbst im Tod sorgt Buttler noch für Ärger.«

6

Bis auf die breite Nase und die vollen Lippen hatte Sergeant Morley äußerlich mehr von einem Weißen als von einem Eingeborenen. Doch davon ließ sich Daryl nicht täuschen. Seine ruhige, bescheidene Art, seine knappe, präzise Ausdrucksweise und seine wachen Augen, mit denen er sowohl sein Gegenüber als auch seine Umgebung musterte, sagten ihm, dass der junge Beamte in seinem Herzen mehr von seinen schwarzen Vorfahren in sich trug, als man auf den ersten Blick vermuten konnte.

Daryl hatte Morley in Broome kennen gelernt, als er sich mit dem Ermittlungsbericht zu Buttlers Fall vertraut machte. Der Sergeant war auch derjenige gewesen, der die Untersuchung auf Mount Keating geleitet hatte. Nun war er zusammen mit einem Gerichtsmediziner aus Broome auf die Station zurückgekehrt, um Floyd Buttlers Überreste abzuholen und die Zeugenaussagen aufzunehmen.

Kaum, dass sie den Toten in einen Leichensack umgebettet hatten, drängte der Arzt auch schon zum Aufbruch.

»Einen Augenblick«, rief ihm Morley zu. Er nahm Daryl beiseite und schob ihm unauffällig einen Briefumschlag zu. »Ein Fax von Ihrem Chef. Er hat überdies angerufen und mir persönlich aufgetragen – nein, besser eingetrichtert –, ich solle dafür sorgen, dass Sie das sofort lesen.«

Daryl grinste. »Kann mir schon vorstellen, was drinsteht. Sie

können ihm ausrichten, dass ich noch eine Weile hier bleiben werde.«
»In dem Fax steht aber ausdrücklich, dass ich Sie, sobald Buttlers Schicksal geklärt ist, unverzüglich nach Broome bringen soll, damit Sie dort Ihren Bericht abgeben.«
»Und wie wollen Sie das anstellen?«, fragte Daryl vergnügt. »Wollen Sie mich festnehmen?«
»Natürlich nicht, Detective. Aber Chefinspektor Garratt scheint ein ziemlich ... nun ja ...«
»Ein ziemlich scharfer Hund zu sein«, half ihm Daryl.
»Genau.«
»Sie wissen doch, Sergeant, Hunde die bellen, beißen nicht. Ich verspreche Ihnen, Ihre Karriere wird keinen Schaden nehmen, wenn Sie mich nicht nach Broome bringen. Schließlich spielt es keine Rolle, wer von uns meinem Chef berichtet, was sich hier bisher ereignet hat.«
»Müssen Sie denn nicht ohnehin zurück nach Perth, jetzt, wo der Fall geklärt ist?«
»Nein. Offiziell befinde ich mich immer noch im Urlaub. Und den gedenke ich bis zum letzten Tag auszukosten.«
»Das wusste ich nicht. Ihr Boss hat so getan, als seien Sie hier, um Floyd Buttlers Verschwinden aufzuklären.«
»Nun«, meinte Daryl mit einem Zwinkern, »mein Chef war der Meinung, wenn er mir schon einen Monat bezahlten Urlaub gewährt, könnte ich in der Zeit auch gleich ein wenig Polizeiarbeit erledigen.«
Sergeant Morley sah ihm einen Moment fest in die Augen, dann zuckte er mit den Schultern. »Na schön, wie Sie wollen. Für den Schlussbericht brauche ich aber noch Mrs. Sharps Aussage. Die kann ich allerdings auch über Funk aufnehmen.

Richten Sie ihr doch bitte aus, dass ich mich morgen mit ihr in Verbindung setzen werde.«
»Mache ich. An Ihrer Stelle würde ich mir mit dem Abschlussbericht aber noch ein wenig Zeit lassen.«
»Wieso, der Fall ist doch so gut wie gelöst.«
»Warten wir den Bericht des Gerichtsmediziners ab.«

Nach einer Nacht voller Alpträume, in der ihn ein Monster, halb Mensch, halb Krokodil immer wieder durch eine nicht enden wollende Sumpflandschaft gehetzt hatte, fühlte sich Daryl ziemlich gerädert. Erst eine lange, kalte Dusche weckte wieder seine Lebensgeister.
Als er den Aufenthaltsraum der Stockmen betrat, saß Murgura mit den Männern, die die Brumbys zur Station getrieben hatten, an einem Tisch, Ray Hill an einem anderen. Die Eingeborenen unterhielten sich ganz normal, so, als würde die Entdeckung von Floyd Buttlers Leiche sie nicht weiter berühren. Ray hingegen schien tief in Gedanken versunken.
Daryl holte sich bei Meena sein Essen. »Scheußliche Sache, das mit Buttler«, meinte er, an das Mischlingsmädchen gewandt. »Ich kannte den Jungen ja nicht, aber so zu enden, das ist schon ziemlich grausam, nicht wahr?« Meena wich seinem Blick aus, nickte aber schwach.
»Kannten Sie ihn gut?«, fragte Daryl weiter.
»Nicht wirklich«, antwortete sie knapp und wandte sich wieder dem Herd zu.
Noch jemand, der an Floyd Buttlers Beerdigung keine Träne vergießen würde, dachte Daryl. Die Liste wurde immer länger. Er nahm seinen Teller und setzte sich zu Ray an den Tisch.

»Sie sehen nachdenklich aus«, sagte er.

»Der Anblick von Buttlers Leiche war ziemlich abstoßend. Ich habe so was noch nie gesehen, das ist alles«, antwortete der Stockman. »Wie kommt es eigentlich, dass Ihnen so etwas nichts ausmacht?«

Der misstrauische Unterton in Ray Hills Stimme war Daryl nicht entgangen. »Wenn Sie glauben, ich hätte das so einfach weggesteckt, irren Sie sich. Aber jemand musste ihn ja da rausholen.«

»Und was ist mit dem Angriff des einäugigen Crocs? Der hat Sie offenbar auch nicht weiter aus der Fassung gebracht. Für jemanden, der um ein Haar im Magen eines Krokodils gelandet wäre, sehen Sie jedenfalls ziemlich fit aus.«

»Ob Sie es nun glauben, oder nicht: Gestern hatte ich die Hosen gestrichen voll. Aber heute bin ich einfach nur froh, dass ich noch lebe.«

Die Tür ging auf, und Martin Barrow trat in den Raum. »Okay, Leute, Zeit, zu den Sammelkoppeln zu fahren. Ach, und Simmons, Sie möchte ich vorher noch kurz sprechen.«

Martin Barrow hatte angenommen, dass Daryl die Station verlassen würde. Die Leiche des Vorarbeiters war gefunden worden, und die Todesursache schien festzustehen. Umso überraschter – und erleichtert – war er, als ihm Daryl eröffnete, dass er noch keinerlei Veranlassung sah abzureisen.

»Sehen Sie«, begann Daryl, als er in Martin Barrows Wohnzimmer Platz genommen hatte, »bevor ich den rechtsmedizinischen Bericht vorliegen habe, werde ich die Station nicht verlassen. Selbst dann nicht, wenn Buttlers Todesursache durch die Sektion nicht eindeutig festgestellt werden kann oder die Ärzte auf Tod durch Krokodilangriff tippen.«

Barrow wollte etwas sagen, doch Daryl hob die Hand. »Ich weiß, was Sie sagen wollen. Wenn der Coroner keine eindeutigen Beweise für einen Mord findet, wie soll man beweisen, was wirklich geschehen ist? – Ganz einfach, mit Zeit und einer Menge Geduld.«

»Immer vorausgesetzt, dass wirklich ein Verbrechen vorliegt«, warf der Rinderzüchter ein.

»Davon gehe ich mittlerweile aus. Und das sagt mir nicht nur mein Gefühl. Einige Ihrer Männer – und auch Meena – verhalten sich ziemlich merkwürdig. Bisher konnte ich zwar nicht herausfinden, ob das tatsächlich etwas mit Floyd Butlers Tod zu tun hat. Aber ich bin ja auch erst am Anfang meiner Ermittlungen. Warten wir erst einmal den Untersuchungsbericht ab.« Daryl lächelte. »Und haben Sie bitte Verständnis, dass ich Ihnen im Augenblick noch nicht mehr über meine Vermutungen sagen möchte. Ich halte es da wie die Eingeborenen: Komm erst aus deinem Versteck und schleudere deinen Bumerang, wenn du sicher bist, dass du dein Ziel auch triffst.«

Der Rinderzüchter strich sich nachdenklich übers Kinn. »Und was ist mit Paul Garratt? Er erwartet bestimmt, dass Sie wieder nach Perth zurückkommen.«

»Das«, erwiderte Daryl mit einem spitzbübischen Funkeln in den Augen, »lassen Sie beruhigt meine Sorge sein. Außerdem war es Chef Garratts eigene Idee, dass ich hierher komme. Ich tue also genau das, was er von mir erwartet: Ich kläre Buttlers Tod auf und ersetze Ihren fehlenden Hubschrauberpiloten.«

Am übernächsten Tag waren auch die letzten Hengste kastriert und alle Fohlen mit Brandzeichen versehen worden. Die Stimmung unter den Männern war ziemlich ausgelassen, hatten sie doch nun den ersten wichtigen Teil des jährlichen Viehauftriebs erfolgreich abgeschlossen. Bis auf Mrs. Sharp, die immer wieder erzählte, wie grausig der Anblick der halb verwesten Leiche im Billabong gewesen war, schienen alle Floyd Buttlers Tod schon vergessen zu haben.

Am nächsten Tag hatten die Männer zum letzten Mal für mehrere Wochen einen freien Tag. Es war ihnen anzumerken, dass sie sich darauf und auf das Zureiten, das auf Mount Keating den Beginn des eigentlichen Viehauftriebs markierte, riesig freuten.

Nach der Arbeit saßen die Männer um das große Lagerfeuer tranken Tee, redeten und schlossen Wetten ab, während im Westen die Sonne langsam hinter den Hügeln versank, den Abendhimmel in blutiges Rot tränkte und die bizarren Felsen zum Leuchten brachte, als bestünden sie aus flüssiger Lava. Allmählich wurden die Schatten länger, schoben sich wie ein graues Tuch über das glühende Gestein, bis dessen Feuer allmählich erlosch.

Daryl hatte sich freiwillig zum Küchendienst gemeldet. Er wollte sich noch einmal mit Meena und der Köchin unterhalten. Von den Eingeborenen würde er kaum etwas erfahren, das war ihm bereits am zweiten Abend klar geworden, als er vergeblich versucht hatte, das Gespräch beim Essen auf den Billabong und Buttlers Verschwinden zu lenken. Da einen Aborigine gegen seinen Willen zum Sprechen zu bringen, etwa so erfolgversprechend war, wie einem Fisch das Fliegen beizubringen, wollte er herausfinden, ob Mrs. Sharp oder Meena etwas aufgeschnappt hatten, was ihm weiterhalf. Seine erste Begegnung mit der Köchin schien dafür nicht gerade der ideale Start gewesen zu sein. Doch Daryl war in seinem

Leben schon einigen Frauen wie Agnes Sharp begegnet. Sie gehörten zu einem langsam aussterbenden Schlag von Menschen, wie man ihn vor allem im Outback antraf: Auf den ersten Blick wirkten sie unfreundlich und hart, doch unter der rauen Schale steckte meist ein großes Herz.

Mrs. Sharps Gesicht verdüsterte sich, als Daryl in die mit einer Plane abgedeckte Buschküche trat.

»Was wollen Sie denn hier?«, wetterte die Köchin los. »Wenn Sie glauben, ich würde Sie jedes Mal verfehlen, dann irren Sie sich. Hier gibt's keine Tür, da erwisch ich Sie auch noch auf zehn Meter Entfernung.«

»Glaub ich gern«, meinte Daryl und verkniff sich sicherheitshalber ein Grinsen.

»Wollte nur meine Hilfe beim Abtrocknen anbieten.«

Mrs. Sharp murmelte etwas Unverständliches und warf ihm ein Handtuch zu.

»Sollte das ein erneuter Versuch sein, sich einzuschleimen – lassen Sie's. Das haben schon ganz andere Kerle versucht.«

»Und was haben Sie mit denen gemacht?«

»Hab ihnen angedroht, wie ein liebestolles Karnickel über sie herzufallen.«

Meena kicherte.

»Okay, Sie haben gewonnen«, gab sich Daryl geschlagen. »Ich werde artig Teller abtrocknen und mich dann wieder verdrücken.«

»Na, wer sagt's denn. Männer sind wie wilde Hengste. Entweder sie lassen sich zähmen, oder man kastriert sie. Zwar macht sie das nicht stubenrein, aber wenigstens folgsam.«

»Wilder Hengst hat mich noch niemand genannt. Klingt irgendwie ganz nett.«

»Bilden Sie sich bloß nichts ein.« Sie sah in prüfend von oben bis unten an. »Im Vergleich zu den anderen Männern hier haben Sie höchstens Ähnlichkeit mit einem Fohlen.«
»Vielleicht werden Sie Ihre Meinung morgen ändern.«
»Wieso, wollen Sie etwa am Rodeo teilnehmen?«
»Hab's vor, ja.«
»Da brat mir doch einer einen Storch!« Mrs. Sharp schüttelte ungläubig den Kopf. »Ein Pilot wird vom Krokodil gefressen, der andere bricht sich beim Reiten das Genick – da wird Barrow aber wenig Freude haben.«
»Herzlichen Dank für die aufmunternden Worte«, erwiderte Daryl lachend. Er wandte sich an Meena und versuchte, auch sie in das Gespräch mit einzubeziehen. »Was glauben Sie, Meena, werd ich mir das Genick brechen?«
Das Mischlingsmädchen sah ihn einen Augenblick irritiert an. »Tut ... tut mir Leid, ich habe gerade nicht zugehört. Was haben Sie gefragt?«
»Ach, nicht so wichtig. Übrigens, wie geht es Ihnen heute, Meena? Hat sich Ihr Magen etwas beruhigt?«
Meena nickte. »Ja, es geht mir wieder gut.«
Die Köchin runzelte die Stirn.
»Davon hast du mir gar nichts erzählt, Liebes. Was ist mit deinem Magen?«
»Mir war nur ein wenig übel. Ich hatte etwas Schlechtes gegessen, das ist alles. Wie gesagt, nicht der Rede wert.«
In diesem Moment betrat Poison-Joe die Küche.
»Aha, hier stecken Sie, Daryl. Ich hab Sie schon gesucht. Hat Sie das alte Schlachtross zum Küchendienst gezwungen?«
»Quatsch hier nicht blöd rum«, fiel ihm Mrs. Sharp sogleich

ins Wort. »Der Junge hat sich freiwillig zum Abtrocknen gemeldet, etwas, das dir nie in den Sinn kommen würde.«
»Da hast du verdammt Recht. Die Schwielen an meinen Händen würden ohnehin nur das Geschirr zerkratzen.«
»Poison-Joe, du bist ein Idiot, weißt du das?«
Die Augen des alten Farmarbeiters blitzten amüsiert. »Klar, meine Süße. Darum passen wir zwei auch so gut zusammen.«
Daryl hatte das Gefühl, dass nun gleich eine Bratpfanne durch die Luft fliegen würde, deshalb ging er vorsichtshalber aus der Schusslinie.
»Wir beide passen zusammen wie Nitro und Glyzerin. Außerdem bist du ja schon mit einem Schaf verlobt, hab ich gehört.«
»Ist sie nicht ein Prachtweib, unsere Agnes?«, wandte sich Poison-Joe an Daryl. »Und dann dieser Charme, unterkühlt wie eine gefrorene Rinderhälfte.«
Nun schnappte sich Mrs. Sharp doch noch eine Bratpfanne. Statt sich aus dem Staub zu machen, lehnte sich Poison-Joe aber nur lässig an einen Zeltpfosten.
»Wenn du auch nur annähernd so was wie ein Hirn besitzen würdest, dann hätte ich dir schon lange dieses Ding über den Schädel geschlagen. Aber leider besitzt du ja keins, weshalb sogar ein Hirnschlag bei dir seine Wirkung verfehlen würde.«
»Ist sie nicht toll? Ich liebe dieses alte Mädchen. Übrigens, Daryl, wenn Sie Lust auf ein Kartenspielchen haben, dann kommen Sie doch nachher rüber zu uns.«
»Werd's mir überlegen.«
Als Poison-Joe sich umdrehte und davonging, sah Daryl, wie ein flüchtiges Lächeln über Mrs. Sharps Gesicht huschte.

Seinen Übernachtungsplatz hatte Daryl am Rand des Lagers unter einem Blutholzbaum aufgeschlagen. Unter freiem Himmel zu schlafen war für ihn, als würde er in einem Luxushotel übernachten. In einer mondlosen Nacht wie dieser funkelten die Sterne zwischen den weit auseinander stehenden Eukalypten wie blankpolierte Diamanten auf einem schwarzen Samttuch. Die Luft war kühl und sauber, und die Welt schien in Ordnung. Eine Zeit lang schaute er hinauf zum Firmament, dachte an Michelle, dann fielen ihm die Augen zu, und er schlief ein.

Irgendwann gegen Morgen wachte er auf, öffnete seinen Schlafsack, rieb sich die Augen und streckte fröstelnd seine steifen Glieder. Er warf einen Blick auf die Uhr und wunderte sich, dass er schon aufgewacht war. Bisher hatte ihn immer erst das morgendliche Gezeter der Kakadus geweckt. Er wollte sich eben wieder in die wohlige Wärme seines Schlafsacks zurückziehen, als er zehn Meter entfernt eine menschliche Gestalt in Richtung eines großen Felsenkliffs schleichen sah. Augenblicklich war Daryl hellwach. Er wartete, bis die dunkle Gestalt hinter dem Felsen verschwunden war, dann schälte er sich geräuschlos aus seinem Schlafsack und schlich leise zu dem Steinblock hinüber. Er ging barfuss. Dabei strichen seine Zehen jedes Mal erst vorsichtig über den Untergrund, ehe er einen Fuß auf dem Boden aufsetzte. Auf diese Weise konnte er Gegenstände, beispielsweise einen Zweig, erkennen, ehe sie ein verräterisches Geräusch verursachten. Diese Technik hatte er in seiner Jugend von den Aborigines gelernt.

Als er das Kliff erreicht hatte, hörte er Stimmen, die von der anderen Seite des Felsens kamen. Zwar konnte er nicht verstehen, was gesprochen wurde, da der schwache Wind nur ab und zu einige Gesprächsfetzen zu ihm herübertrug. Dafür war er sicher, dass es sich um eine männliche und eine weibliche Stimme handelte.

Langsam, Stück für Stück, tastete sich Daryl an der Felswand entlang. Noch immer hörte er nur undeutliche Laute. Doch eine der beiden Stimmen erkannte er nun: Sie gehörte Meena. Das Mädchen schluchzte. Sie schien dem Mann, der mit energischen Worten auf sie einredete, zu widersprechen. Am Ende des Steinblocks kauerte sich Daryl hin. Nun konnte er deutlich hören, was gesprochen wurde. Aber er verstand dennoch kein Wort. Die beiden unterhielten sich in einem Eingeborenendialekt, den er nicht kannte. Er selbst sprach fließend Pintubi und verstand auch einige der anderen innerаustralischen Dialekte, hier musste er jedoch passen.

Er durfte auf keinen Fall entdeckt werden, gleichzeitig wollte er aber auch sichergehen, dass Meena nichts geschah. Aus diesem Grund blieb Daryl vorläufig, wo er war.

Nachdem er der Auseinandersetzung einige Minuten gelauscht hatte, glaubte er, nach dem Klang der Stimmen zu urteilen, dass Meena keine unmittelbare Gefahr drohte, auch wenn der Unbekannte sie von etwas zu überzeugen versuchte, wogegen sie sich heftig wehrte. Da er wissen wollte, mit wem sie sich unterhielt, zog er sich bis zu einer Felsnische zurück, in der er sich verkriechen konnte, bis die beiden aus ihrem Versteck hervorkamen.

Plötzlich fiel Floyd Buttlers Name. Daryls Herz begann schneller zu schlagen. Wenn er nur hätte verstehen können, worüber sich die beiden stritten!

Die Minuten verstrichen, schließlich wurde es still. Daryl

wurde bereits unruhig, da trat eine schwarze Gestalt hinter dem Felsen hervor. In einer mondlosen Nacht wie dieser war es unmöglich, jemanden mit Bestimmtheit zu identifizieren, nicht aber in diesem Fall. Der Mann war außergewöhnlich groß, hatte breite Schultern und schmale Hüften.
Daryl beobachtete, wie Bill Murgura lautlos entlang der Lichtung um das Lager herum zu den Koppeln schlich. Erst wollte er ihm folgen, doch dann wurde ihm bewusst, dass Meena immer noch hinter dem Felsen war und ihn sehen würde, wenn er dem Aborigine nachging.
In diesem Moment nahm Daryl eine Bewegung hinter einer der schwarzen Baumsilhouetten wahr, an denen Bill Murgura gerade vorbeigegangen war. Kurz darauf löste sich ein Schatten aus der Dunkelheit und schlich hinter dem Eingeborenen her. Die Sache wurde immer spannender.
Daryl wartete, bis auch Meena hinter dem Felsenkliff hervortrat. Als sie an seinem Unterschlupf vorbeikam, um ins Lager zurückzukehren, konnte er hören, dass sie leise weinte. Er wartete, bis sie weit genug weg war, dann folgte er den Männern.

Daryl entdeckte Bill Murgura an der Koppel mit den Wildpferden. Der Aborigine unterhielt sich mit einem der Stockmen, doch es war aus dieser Entfernung unmöglich zu erkennen, mit wem.
Daryl hatte sich gerade entschieden, etwas näher an die Männer heranzuschleichen, als er wenige Meter vor sich eine Bewegung bemerkte. Eine Gestalt kauerte dort hinter einem Gummibaum und beobachtete die Männer bei der Koppel. Da sie sich völlig im Schatten befand und ihm zudem

den Rücken zuwandte, gelang es Daryl nicht, sie zu identifizieren.
Er hatte genug gesehen und beschloss, zum Lager zurückzukehren. Beinahe wäre er über den Mann gestolpert, der Murgura gefolgt war, weil er davon ausgegangen war, dass er derjenige sein müsse, mit dem sich Murgura am Pferch unterhielt. Noch mehr Risiken wollte Daryl nicht eingehen. Zwar brannte er darauf herauszufinden, wer der Verfolger gewesen sein mochte, doch das musste bis zum Morgen warten.

Mrs. Sharp und Meena sorgten für ein reichhaltiges Frühstück, das heute nicht nur aus den üblichen Eiern mit Speck und Würstchen sowie Brot und Tee bestand, sondern auch gebratene Lammkoteletts, Käse und Kürbiskuchen umfasste. Keiner der Cowboys war länger als bis zum ersten Gekrächze der Kakadus liegen geblieben. Die Männer waren aufgekratzt und freuten sich auf den bevorstehenden Tag, der eine Menge Spaß versprach.
Da die Pferde, die man nicht für den Viehauftrieb oder das kleine Rodeo brauchte, unmittelbar nach dem Frühstück freigelassen werden sollten, beeilte sich Daryl mit dem Essen. Er wollte genug Zeit haben, um einen kleinen Spaziergang zu der Stelle zu unternehmen, wo sich der Unbekannte hinter dem Gummibaum versteckt hatte, um Murgura zu beobachten. Wenn die Pferde aus den Koppeln gelassen wurden, würden sie in diese Richtung in den Busch galoppieren und vermutlich alle Spuren zerstören. Gerne hätte er sich auch noch die Stelle bei der Einzäunung angesehen, wo sich Murgura mit dem anderen Stockman unterhalten hatte. Doch dort gab es so viele Abdrücke, dass er einige Minuten

brauchen würde, um die frischen Spuren von denen des Vortages zu unterscheiden – und er wollte ja nicht auffallen. Daryl hatte Glück und fand unter dem Eukalyptusbaum ein halbes Dutzend brauchbarer Fußabdrücke. Der Unbekannte hatte Schuhgröße zweiundvierzig oder zweiundvierzigeinhalb und hatte knöchelhohe australische Blundston Boots angehabt, was Daryl allerdings wenig weiterhalf, da mindestens drei Viertel der Stockmen diese robusten Arbeitsschuhe trugen. Die Fußspuren verrieten aber noch mehr. Die Außenseite des linken Schuhs war stärker abgenutzt als die des rechten, außerdem wies die rechte Schuhsohle eine markante Einkerbung auf. An einer sandigen Stelle fand Daryl schließlich noch einen Abdruck. Er verglich ihn mit seinen eigenen Fußabdrücken und folgerte aus der Abdrucktiefe, dass der Gesuchte zwischen fünfundsechzig und siebzig Kilo wiegen musste, womit er eher ein Leichtgewicht unter den Männern war.
Daryl war mit sich zufrieden. Er dachte an den alten Ungjeeburra, dem er sein Wissen über die Kunst des Spurenlesens verdankte. Er war es gewesen, der ihn im Fährtenlesen trainiert, ihm das Jagen mit dem Bumerang und den richtigen Umgang mit Speer und Woomera, der Speerschleuder, beigebracht und ihn auf die Initiationsriten des Stammes vorbereitet hatte.
Der alte Aborigine hatte als einer der letzten Pintubi sein freies Nomadenleben in der Great Western Desert aufgegeben, um auf Drängen der Regierung in den Missionen der Weißen zu leben. Seit diesem Tag waren über vierzig Jahre vergangen, und Ungjeeburra war inzwischen ein alter Mann. Doch noch immer wurde sein Herz von Zeit zu Zeit heiß, wie die Eingeborenen zu sagen pflegten. Das war dann der

Moment, an dem er zu einem »Walkabout« aufbrach, einer dieser wochen-, manchmal auch monatelangen geistigen und spirituellen Reise durch das Land seiner Vorfahren. Sie gaben ihm neue Lebenskraft und sorgten dafür, dass der Kontakt zu seinen Ahnen nicht verloren ging. Ungjeeburra nannte das *»Den Fluss des Lebens bewahren«*.

Daryl konnte sich noch gut an seine erste Begegnung mit dem Aborigine erinnern. Er war damals elf Jahre alt gewesen und auf dem Nachhauseweg vom Spielen mit seinen Freunden. Ungjeeburra hatte, lediglich mit einem Lendenschurz aus geflochtenem Menschenhaar bekleidet, im Schatten eines Wittchetty-Busches gesessen und sich seinen langen, schwarzweiß gesprenkelten Bart gekrault.

Der Aborigine lehnte es strikt ab, in einem von der Regierung bereitgestellten Haus zu wohnen. Stattdessen lebte er einige Kilometer außerhalb der Community in einem kleinen Wiltja, einer Art Sonnen- und Windschutz aus Zweigen, Blättern und Rinde. Die meiste Zeit verbrachte er aber draußen im Busch. An den Lagerfeuern erzählten die Stammesältesten noch heute Geschichten von Verwandten, die nach wie vor im alten Land, weit hinter den Salzseen, das althergebrachte Leben lebten und die noch kein Weißer zu Gesicht bekommen hatte. Ungjeeburra, so hieß es, war der Einzige, der wusste, wo sie sich aufhielten, und der mit ihnen Kontakt hielt. Daryl hatte bis heute keine Ahnung, ob das wirklich stimmte. Es gehörte zu den wenigen Dingen, die Ungjeeburra ihm nie verraten hatte.

»Warum versuchst du, bei allem, was du tust, deine Spielkameraden zu übertreffen?«, hatte dieser ihn bei jener ersten Begegnung gefragt.

Daryl war stehen geblieben und hatte den alten Eingeborenen angestarrt. Sprachlos und auch ein wenig ängstlich hatte er mit den Schultern gezuckt. Er hatte zwar schon von Ungjeeburra gehört, war ihm aber nie zuvor begegnet.
»Ich beobachte dich schon seit vielen Monaten«, fuhr der Aborigine fort. *»Du bist klug und geschickt. Die anderen Kinder mögen und akzeptieren dich. Warum reicht dir das nicht?«*
Daryl war überrascht und verwirrt gewesen. Zum einen hatte er sich diese Frage schon einige Male selbst gestellt, aber nie eine Antwort gefunden. Zum andern hatte er nie bemerkt, dass ihn der Aborigine beobachtet hatte. Als er nun in die fragenden Augen des Eingeborenen blickte, wusste er plötzlich, was wirklich in ihm vorging.
Er fühlte sich mit den Aborigines so tief verbunden, dass es für ihn unbegreiflich und schon fast ein wenig erschreckend war. Aus diesem Grund wollte er alles über ihre Kultur wissen. Ihre Sitten und Gebräuche interessierten ihn ebenso brennend wie ihre Mythen, Sagen, ihr Naturwissen, ihre Jagdtechniken und ihre heiligsten Geheimnisse. Er wünschte sich nichts sehnlicher, als ein Pintubi zu sein. Doch er war weiß, und das gab ihm das Gefühl, nie dazugehören zu können.
Ungjeeburra hatte längst erkannt, dass Daryls Interesse an den Sitten und Gebräuchen der Eingeborenen weit über die übliche Neugier eines Elfjährigen hinausging. Und er war sich auch bewusst gewesen, dass dies zu Problemen führen würde. Daryls Eltern waren offene und verständnisvolle Menschen, die die Kultur der Eingeborenen achteten und bewunderten. Doch sie waren Weiße und dachten auch wie

Weiße. Bei allem Verständnis für die australischen Ureinwohner war es ihnen nicht möglich, sich in sie hineinzuversetzen. Ungjeeburra wusste, dass sie ihrem Sohn nie erlauben würden, die Initiationsriten des Pintubi-Stammes zu absolvieren. Trotzdem hatte er sich des ungewöhnlichen Jungen angenommen. Er hatte ihm die Augen für Dinge geöffnet, die einem Weißen normalerweise für immer verborgen blieben, indem er ihn lehrte, die Welt auch aus dem Blickwinkel eines Aborigines zu sehen. Daryl war stolz auf dieses Wissen, über das selbst viele junge Eingeborene leider nicht mehr verfügten, weil sie sich nicht länger für das Leben ihrer Vorfahren interessierten oder weil es in ihrer Sippe ganz einfach niemanden mehr gab, der diese Kenntnisse an sie weitergeben konnte.

Im Alter von dreizehn Jahren schloss Daryl das Maliera-Ritual ab, wodurch er nicht nur vom Kind zum Mann wurde, sondern auch endgültig als vollwertiges Mitglied in die Erwachsenenwelt der Pintubi aufgenommen wurde. Erst dann durfte er auch die heiligen Plätze der Sippe, ihre geheimsten Zeremonien und die Tjurunga-Tafeln, das heiligste und kostbarste Gut des Stammes, sehen. Außerdem gehörte er fortan zu Ungjeeburras Clan und somit zu seiner Familie.

Doch zuvor hatte Daryl, gemäß einem uralten Stammesgesetz, einen Monat auf sich allein gestellt im Busch gelebt. Früher, als das Volk der Pintubi und ihrer Verwandten, der Walbiri, noch durch die Wüste zog, hatten die jungen Männer sogar mehrere Monate völlig abgeschieden von ihrem Volk leben müssen, um in dieser Zeit den Umgang mit der Natur zu lernen, die alten Gesetze zu verstehen und sich innerlich zu reinigen. Dieser Brauch hatte aber mit der Zeit an Bedeutung verloren, da mit dem Leben der Pintubi in den Siedlungen der Weißen die alten Fertigkeiten nicht mehr über Leben und Tod entschieden. In Ungjeeburras Clan wurde der Brauch aber, zumindest in abgeschwächter Form, noch immer praktiziert.

Als Daryls Eltern erfuhren, dass ihr Sohn mit unbekanntem Ziel in die Wüste gegangen war, hatten sie getobt. Sie riefen die Stammesältesten zusammen und verlangten von ihnen, Daryl unverzüglich zu suchen und zurückzubringen. Doch Ungjeeburra gelang es, sie vorerst zu beruhigen.

Als Daryl einige Wochen später in die Aborigine Community zurückkehrte, schickten ihn seine Eltern jedoch zu einem Onkel nach Perth, wo er schließlich die High School besuchte. Danach war er in den Busch und zu seinem Volk zurückgekehrt. Nachdem er ein Jahr mit Ungjeeburra durch die alten Stammesgebiete der Pintubi gewandert war, kehrte er in die Stadt zurück. Er bewarb sich um eine Stelle als National Park Ranger, einige Jahre später ging er dann zur Polizei und wurde Buschpolizist.

Das Geräusch eines aufheulenden Motors schreckte Daryl aus seinen Erinnerungen auf. Martin Barrows Landcruiser schlängelte sich zwischen den Eukalyptusbäumen hindurch und kam neben der Buschküche zum Stehen. Als Barrow ausstieg, warf er einen Blick zu der Koppel mit den Wildpferden und nickte grimmig. Die Männer strömten zusammen, und Daryl mischte sich unter sie.

»Morgen, Jungs«, begrüßte der Viehzüchter seine Arbeiter.

»Wie ich sehe, habt ihr den Weißen Teufel doch noch eingefangen.«

Die Männer johlten.

»Ich will euch den Spaß nicht verderben, aber eins schreibt euch hinter die Ohren: Wir sind dieses Mal weniger Leute als in den vorangegangenen Jahren. Was das bedeutet, brauche ich nicht zu erklären. Sollte es einer von euch wagen, sich das Bein zu brechen oder die Schulter auszurenken, kriegt er's mit mir zu tun, verstanden?«

Die Männer lachten. Ein Blick in ihre Gesichter zeigte Daryl jedoch, dass sie verstanden hatten und sich vorsehen würden.

»Nun, nachdem das geklärt ist, ist das Minirodeo von Mount Keating eröffnet.«

Die Männer jubelten, und einige warfen vor Begeisterung ihre Cowboyhüte in die Luft. Dann stürmten sie wie eine übermütige Meute junger Hunde zu den Pferchen, um die überzähligen Pferde freizulassen.

Barrow begab sich zu Daryl und nickte ihm mit zusammengekniffenen Lippen zu.

»Sie scheinen nicht sehr begeistert zu sein«, sagte Daryl.

»Bin ich auch nicht. Ich weiß, die Jungs werden aufpassen, trotzdem kann immer etwas passieren. Die Sache mit Buttler hat einige Eingeborene davon abgehalten, wie besprochen hier aufzukreuzen. Noch mehr Ausfälle kann ich mir einfach nicht leisten.«

»Das verstehe ich. Vermutlich wird es Sie dann nicht gerade freuen zu hören, dass ich mich ebenfalls am Wettkampf beteilige.«

»Sie?«, stieß der Viehzüchter hervor.

»Tun Sie mir das bitte nicht an, Simmons. Wo, um alles in der Welt, soll ich so schnell einen Hubschrauberpiloten herzaubern, wenn Ihnen was passiert?«

»Mit Mrs. Sharp wären es somit bereits zwei, die glauben,

dass ich mir das Genick breche«, erwiderte Daryl trocken. »Wenn ich Sie wäre, würde ich noch rasch bei Poison-Joe meinen Einsatz machen.«

»Nun hören Sie aber auf, Detec ... Simmons! Ehrlich gesagt, habe ich langsam das Gefühl, dass Sie die ganze Sache auf die leichte Schulter nehmen.«

Daryls Augen begannen zu glitzern wie kleine grüne Kieselsteine. »Glauben Sie mir, Mr. Barrow, ich nehme diese Angelegenheit sehr ernst. Sonst wäre ich ganz bestimmt nicht hier. Dass ich am Rodeo teilnehme, hat gute Gründe. Überdies kann ich Sie beruhigen. Ich bin nicht nur ein ganz passabler Reiter, ich habe auch schon einige Pferde zugeritten.«

Martin Barrow sah ihn mit zusammengekniffenen Augen an. Dann seufzte er.

»Na schön, dann werd' ich den ganzen Zirkus mal über mich ergehen lassen und dabei noch ein paar graue Haare mehr bekommen. – Übrigens, Ihr Boss hat sich gemeldet.«

»Über Funk?«

»Ja. Natürlich hat er, wie besprochen, weder Ihren Namen erwähnt noch sonst eine Andeutung gemacht, die Sie verraten könnte, falls jemand mitgehört hat.«

»Was wollte er?«

»Er hat mir zu verstehen gegeben, dass er das kleine Paket, das ich vor ein paar Tagen für Sie zum General Store in der Kalumburu-Mission gebracht habe, erhalten hat. Die Antwort wird er Ihnen, wie gewünscht, mit der nächsten Post dorthin schicken.«

»Wann wird das sein?«

»In drei Tagen, mit dem nächsten Postflugzeug.«

Daryl nickte zufrieden.

»Was war denn in dem geheimnisvollen Päckchen?«, fragte Barrow neugierig.
»Ein Brief und eine leere Getränkedose. Mehr möchte ich dazu aber im Augenblick nicht sagen.«
Poison-Joe kam auf sie zu. Er machte ein ernstes Gesicht.
»Tag, Boss. Sie haben auf dem Weg hierher nicht zufällig Ricky Lee gesehen?«
»Ricky? Nein, wieso?«, fragte Martin Barrow.
Poison-Joe nahm seinen Hut ab und kratzte sich am Hinterkopf. »Na ja, weil er verschwunden ist.«
»Verschwunden? Was soll das bedeuten?«
»Er ist weg, abgehauen, ohne jemandem etwas zu sagen. Seine Sachen hat er mitgenommen.«
»Verdammt, und das ausgerechnet jetzt!«, fluchte der Rinderzüchter und warf Daryl einen viel sagenden Blick zu. »Na ja, das lässt sich nicht ändern. Manchmal ist bei den Eingeborenen der Drang nach Freiheit einfach zu groß, und sie lassen alles stehen und liegen und verschwinden in den Busch. Ich hoffe nur, dass nicht noch mehr Jungs abspringen.«
Daryl schwieg. Der Leichenfund und Ricky Lees plötzliches Verschwinden bedeuteten, dass Bewegung in den Fall kam.

Poison-Joe lehnte lässig am Holzzaun und gab den Stockmen Anweisungen, welche Pferde als erste eingesetzt werden sollten. Als Daryl neben ihn trat, sagte er, ohne ihn anzusehen: »Na, immer noch entschlossen, unsanft auf den Allerwertesten zu fallen?«
»Klar. Kann's kaum erwarten.«
»Und der Boss hat's erlaubt?«
»Zähneknirschend.«

»Na, wenn das so ist, viel Glück. Und brechen Sie sich bloß nichts, Barrow dreht Ihnen sonst den Hals um.«

Daryls Name wurde als fünfter von insgesamt elf aus Poison-Joes Hut gezogen. Damit hatte er als erstes Pferd einen älteren Fuchs zugelost bekommen. Das Tier war kräftig und in guter Verfassung und schien recht friedlich.

Natürlich gehörten zu einem richtigen Rodeo noch mehr Disziplinen wie zum Beispiel Bullenreiten, Stierwrestling und Kälbereinfangen, doch die Cowboys auf Mount Keating maßen sich nur im *bareback riding.* Dabei saßen sie ohne Sattel auf dem Rücken des bockenden Pferdes und versuchten, so lange wie möglich oben zu bleiben.

Bevor sich ein Reiter auf das Tier setzen konnte, wurde es in die enge Startbox getrieben. Dort legte man ihm zwei Gurte um den Bauch. Den einen, an dem eine Lasche zum Festhalten befestigt war, hinter den Vorderläufen. Den anderen dicht vor den Hinterbeinen. Dieser Gurt war es, der das Tier zum Bocken brachte.

Die ersten vier Reiter legten Zeiten zwischen neun und achtundzwanzig Sekunden vor. Daryl war zwar etwas aus der Übung, doch er war zuversichtlich, dass er neun Sekunden überstehen, und damit nicht gleich nach dem ersten Durchgang als Letzter platziert sein würde.

Vorsichtig ließ er sich auf dem Rücken des Wallachs nieder, packte den Haltegurt, tätschelte den Hals des nervösen Tieres und presste die Beine an seinen Körper.

Der Fuchs jagte aus dem engen Pferch, machte einige wilde Sprünge, schlug mit den Hinterläufen aus und drehte sich um die eigene Achse. Daryl hatte das Gefühl, in einer Achterbahn zu sitzen. Von einer Sekunde auf die andere wurde er in die Höhe geschleudert, um gleich darauf mit voller Wucht wieder auf dem Rücken des Pferdes zu landen. Sein Hinterteil schmerzte, die Hand, mit der er sich festhielt, brannte wie Feuer. Wieder bockte der Wallach, sprang mit allen vieren in die Höhe, um dann plötzlich mit den Hinterläufen auszuschlagen. Das war der Moment, in dem Daryl leicht zur Seite kippte. Einen kurzen Augenblick gelang es ihm noch, sich am Gurt festzuhalten, dann ließ er los und sprang seitlich vom Rücken des Pferdes.

Die Männer klatschten und riefen ihm anerkennende Worte zu. Daryl hatte weiche Knie, versuchte aber trotzdem, einigermaßen locker zum Zaun zu gehen. Als er sich auf das Gatter geschwungen hatte, knuffte ihn Poison-Joe in die Rippen.

»He, das war 'ne Spitzenleistung, mein Junge! Fünfundzwanzig Sekunden. Sie sind ja ein richtiger Teufelskerl!«

»Ein Teufelskerl mit Knien aus Gummi«, antwortete Daryl mit einem schiefen Lächeln.

»Das wird mit jedem Durchgang besser, glauben Sie mir.«

»Sie haben gut reden. Sind ja nicht Ihre Knochen.«

»Ich wünschte, ich wäre noch so jung wie Sie. Dann würd' ich's euch Hasenfüßen schon zeigen.«

Als Daryl auf der anderen Seite des Zauns herunterkletterte, warf er einen flüchtigen Blick auf Poison-Joes Schuhe. Er hatte mindestens Größe dreiundvierzig und konnte demnach nicht der Gesuchte sein.

Im zweiten Durchgang mussten die Männer auf einem anderen Pferd antreten, wobei jeweils nur die beste Zeit aus beiden Versuchen gewertet wurde. Diesmal hatte Daryl nicht so viel Glück. Er schaffte es gerade mal zwölf Sekunden, oben zu bleiben. Sein erster Ritt reichte jedoch, um unter die ersten fünf Reiter zu kommen und sich für das Halbfinale am Nachmittag zu qualifizieren. Eigentlich hatte er ja nur mitgemacht, um bei den Stockmen Anerkennung und Vertrauen zu gewinnen. Aber nun hatte ihn der Ehrgeiz gepackt.

Er vermied es, sich in Barrows Nähe aufzuhalten, und mischte sich stattdessen unter die Cowboys. Daryl spürte, dass das Eis langsam zu schmelzen begann und sie ihn allmählich als einen der ihren akzeptierten. Nun musste er nur noch den Rest des Tages ohne größere Blessuren überstehen.

Nach dem Mittagessen begab er sich zur Koppel, in der der Weiße Teufel untergebracht war. Er musterte das Tier. Immer wieder blickte der Schimmel zu ihm herüber und beobachtete ihn. Zwischendurch scharrte er mit den Hufen im Staub und blies gelegentlich kämpferisch die Nüstern auf. Wondah war stolz, und zweifellos würde er sich niemals den Willen brechen lassen. Das gefiel Daryl.

»Was halten Sie von ihm?«, hörte er jemanden hinter sich fragen. Als er sich umwandte, stand Bill Murgura vor ihm.

»Ein großartiges Pferd«, meinte Daryl knapp.

Der Aborigine nickte. »Sie haben sich gut gehalten. Wo haben Sie so reiten gelernt?«

»Ich bin im Outback aufgewachsen. Sie wissen ja, da sitzt man schon auf einem Pferd, bevor man richtig laufen kann.«

»Reiten ist das eine. Mit Pferden richtig umzugehen etwas ganz anderes.«

Daryl sah ihn von der Seite an.

»Das ist richtig. Dazu muss man die Tiere verstehen – so wie Sie.«

Der Aborigine spürte, dass ihn Daryl musterte. Trotzdem blieb sein Blick weiter auf das weiße Pferd gerichtet.
»Ich weiß, was Sie jetzt denken«, sagte er schließlich. »Sie fragen sich, weshalb jemand, der Pferde versteht, seit Jahren diesen Schimmel einfängt und versucht, ihn zuzureiten.«
»Wieso glauben Sie, dass ich das denke?«
»Weil ich nicht nur bei Pferden spüre, was sie denken.«
»Also gut. Nehmen wir an, Sie haben Recht. Was ist der Grund?«
»Das Gefühl stark, frei und ungebunden zu sein. Jedes Mal, wenn wir aufeinander treffen, spüre ich es. Und der Weiße Teufel spürt es ebenfalls. Jedes Jahr beweise ich, dass ich noch nicht zu alt bin, um ihn aufzuspüren und einzufangen. Er zeigt mir im Gegenzug, dass er noch immer voller Lebenskraft ist und sich nie zähmen lassen wird. Wir messen unsere Kräfte, aber keiner wird je den anderen besiegen. Und wissen Sie, wieso? Weil wir uns achten.«
Murgura machte eine kurze Pause. Dann fuhr er mit ernster Stimme fort: »Früher war mein Stamm frei, zog durch die Kimberleys. Heute lebt er in Kalumburu. Zwar bestimmen wir wieder über unser ehemaliges Stammesgebiet, aber sind wir deshalb wirklich frei?«
Daryl wusste, was der Aborigine meinte. Jahrzehntelang waren die australischen Ureinwohner von den Weißen gejagt und unterdrückt worden, hatten keine Rechte gehabt und fühlten sich wie Gefangene. Man nahm ihnen ihr Land weg, vertrieb sie oder brachte sie einfach um. Aber ihre Seele, die ließ sich nicht einsperren. Immer mehr Eingeborene waren inzwischen dabei, zu ihren Wurzeln zurückzufinden. Sie hatten sich zwar das Recht auf viele ihrer alten Stammesgebiete

und heiligen Stätten vor den Gerichten der Weißen zurückerkämpft, trotzdem fühlten sich viele von ihnen noch immer nicht frei. Bill Murgura war einer von ihnen.
Daryl hätte sagen können, dass er ihn verstand. Aber der Aborigine hätte ihm das nicht geglaubt. Also schwieg er.
Offenbar schien seine Reaktion Murgura zu gefallen, denn plötzlich verzog sich sein Mund zu einem Lächeln.
»Reiten Sie in der nächsten Runde die schwarze Stute mit dem weißen Fleck auf der Stirn?«
»Ja.«
»Passen Sie auf, die ist ganz schön durchtrieben. Ich habe sie vor zwei Jahren zugeritten. War als Reittier nicht geeignet. Sie wird Ihnen erst das zahme Fohlen vorspielen, um Sie dann in einem günstigen Moment abzuwerfen.«
Bevor Daryl sich für den Tipp bedanken konnte, ging der Eingeborene davon.

Auch diesmal stellte Murgura schon im ersten Durchgang alle anderen Reiter in den Schatten und stand bereits vor seinem zweiten Ritt als Finalist fest. Sein Pferd hatte vergeblich versucht, den Eingeborenen abzuschütteln, so dass Murgura schließlich freiwillig von seinem Rücken sprang, was bei den Männern lautes Gelächter hervorrief.
Den zweiten Rang erkämpfte sich Ray Hill. Er war ein ausgezeichneter Reiter, auch wenn das auf den ersten Blick nicht so aussah. Während sein Wallach durch den Pferch hüpfte, als hätte er einen Schwarm Hummeln im Hintern, sah der schlaksige Junge wie ein Taschenmesser aus, das ständig auf- und zuklappte. Seine Zeit von fast einer Minute musste erst einmal geschlagen werden.

Daryl versuchte vergeblich, sich nicht von der schwarzen Stute überlisten zu lassen. Schon nach wenigen Sekunden gelang es dem Tier, ihn mit einer Finte aus dem Gleichgewicht zu bringen, worauf er ziemlich unsanft auf dem Bauch landete. Als er sich wieder aufrappelte, hätte er schwören können, dass ihn das Tier angrinste. Als Schlechtester des ersten Ritts konnte er sich kaum noch Hoffnungen machen, ins Finale zu kommen.

Doch er hatte Glück. Sein nächster Versuch war sein bester überhaupt und reichte knapp für den dritten Rang. Dankbar für die einstündige Pause, die nun folgte, setzte er sich stöhnend in den Schatten eines Eisenholzbaumes und schloss die Augen. Jeder Knochen tat ihm weh, und langsam begann er, sich zu fragen, ob es das alles wert war. Sicher, die Männer hatten ihn endgültig akzeptiert, aber er bezweifelte, dass er dadurch viel mehr über Floyd Buttlers Tod herausfand.

»Hier, etwas zur Stärkung, Sie Reiterass.«

Als er die Augen öffnete, fiel sein Blick auf Mrs. Sharp. In der einen Hand hielt sie eine Tasse dampfenden Tee, in der anderen einen Teller mit Kuchen.

»Womit habe ich denn das verdient?«, wollte Daryl wissen.

»Das frage ich mich auch.«

Er nahm ihr die Sachen ab und zog schmunzelnd die Brauen hoch. »Sie haben gewettet, stimmt's?«

»Wenn Sie so wollen …«

»Und mit wem?«

»Dem Boss. Er meinte, Sie schaffen's bis in das Finale.«

»Donnerwetter!«, rief Daryl erfreut.

»Nun machen Sie mal halblang, okay? So brillant waren Sie nun auch wieder nicht.«

»Ich bin immerhin unter den letzten drei.«
»Richtig, *eine* Chance, sich den Hals zu brechen, haben Sie noch.«

Das Los entschied, dass Daryl als Erster auf Wondah reiten musste.
Bereits als er sich in der Startbox auf den Rücken des Schimmels hinunterließ, merkte er, dass dieser Ritt ganz anders werden würde als die vorangegangenen.
Als der Schimmel durch das geöffnete Tor preschte, glaubte Daryl noch, er hätte eine Chance, eine anständige Zeit zu erzielen. Zwar bockte das Tier zunächst einige Male, doch dann galoppierte es in vollem Tempo auf die Umzäunung zu. Zwei Meter trennten es noch von den dicken Holzbalken, da stoppte es plötzlich, schlug mit den Hinterbeinen aus und warf den Hals zwischen die Vorderläufe. Daryl wurde wie ein Geschoss, Kopf voran, vom Rücken des Weißen Teufels katapultiert und verschwand in einer Staubwolke. Für einen Augenblick wusste er nicht, wo oben und wo unten war. Dann knallte er auf den Boden, überschlug sich und prallte mit der Hüfte gegen den Zaun.
Ein stechender Schmerz durchzuckte ihn. Er hörte das besorgte Raunen der Stockmen und riss sich zusammen. Er wollte aufstehen und zeigen, dass er hart im Nehmen und unverletzt war, doch seine Beine gaben nach, und er sackte benommen zurück in den Staub.
Poison-Joe und zwei weitere Männer wollten über das Gehege klettern, um ihm zu helfen, da zog sich Daryl bereits an der Umzäunung hoch und streckte einen Daumen in die Höhe, um zu signalisieren, dass er okay war. Schließlich

gelang es ihm, auf eigenen, wenn auch wackligen Beinen zu stehen. Er wollte das Gehege aus eigener Kraft verlassen, wenngleich er nicht wusste, wie er überhaupt über den Zaun kommen sollte. Irgendwie schaffte er es dann doch, und dies brachte ihm Applaus und eine Menge Schulterklopfen ein.

»Sind Sie okay?«, rief der heranstürmende Martin Barrow besorgt.

»Ein Pferd werde ich in nächster Zeit wohl nicht mehr besteigen, aber zum Hubschrauberfliegen wird's reichen.«

»Gott sei Dank! Ihr Sturz sah wirklich halsbrecherisch aus.«

»Halb so wild«, meinte Daryl mit gequältem Lächeln. »Morgen bin ich wieder auf dem Damm.«

Nachdem der Weiße Teufel wieder eingefangen und in die Startbox gesperrt worden war, kam Murgura an die Reihe. Der Aborigine kannte alle Tricks des Schimmels und hielt sich fast eine Minute problemlos auf seinem Rücken. Doch schließlich konnte auch er nicht verhindern, dass ihn das Pferd abwarf.

Ray Hill hätte es am leichtesten haben müssen, aber Wondah machte gleich von Anfang an klar, dass er noch lange nicht müde war. Vielleicht unterschätzte der junge Stockman den Schimmel aber auch. Der Weiße Teufel streifte ihn jedenfalls bereits nach wenigen Metern ab, als wäre er nicht mehr als ein zufällig auf seinen Rücken gefallenes Blatt.

Daryl glaubte zu wissen, weshalb sich Ray so ins Zeug gelegt hatte: Er war verliebt. Ob er Meena auf diese Weise imponieren konnte, bezweifelte Daryl allerdings. Sie hatte andere Probleme. Und langsam ahnte er auch, welche.

Als Bruce Pierson zu ihm herüberkam, um ihm zu seinem dritten Platz zu gratulieren, warf Daryl einen unauffälligen

Blick auf dessen Schuhe. Sie hatten Größe zweiundvierzig. Kaum dass Bruce ihn wieder verlassen hatte, bückte er sich, zog einen Schuh aus und schüttelte ihn, als habe er einen Kieselstein darin. Unauffällig überprüfte er dabei Bruce' Schuhabdrücke. Der Außenrist des linken Schuhs war ziemlich abgenutzt …

7

Am Abend kehrte Daryl mit Martin Barrow, Meena, Ray Hill und zwei Stockmen zur Station zurück. Daryl fuhr in Barrows Wagen mit, die anderen saßen im verbeulten Landrover. Gelegentlich warf der Rinderzüchter einen Blick zu seinem Beifahrer hinüber, doch dieser war in Gedanken versunken.

Kurz bevor sie die Farmgebäude erreichten, brach Barrow das Schweigen.

»Während der ganzen Fahrt haben Sie keinen Ton gesagt und nur vor sich hin gestarrt. Verdammt, Simmons, Sie machen mich neugierig.«

Daryl blinzelte. »Tut mir Leid«, meinte er mit einem entschuldigenden Lächeln. »Ich wollte Sie nicht ausschließen.«

»Ehrlich gesagt, genau den Eindruck habe ich aber. Während des Rodeos sind Sie mir aus dem Weg gegangen.«

»Da haben Sie Recht. Ich suchte bewusst den Kontakt zu den Männern. Sehen Sie, es ist wichtig, dass die Männer mir trauen und mich akzeptieren. Wenn sie mich bei allem, was ich tue, beobachten und sich fragen, was ich im Schilde führen könnte, macht das meine Arbeit doppelt schwierig.«

»Verstehe. Daher also die Rodeoeinlage.«

Daryl nickte. »Sie können mir glauben, auf so schmerzliche Art habe ich noch nie das Vertrauen von jemandem gewonnen.«

Barrow lachte. »Kann ich mir vorstellen. – Glauben Sie, dass Ricky Lees Verschwinden etwas zu bedeuten hat?«
»Ganz bestimmt sogar. Der Junge weiß etwas, und er hat Angst, man könnte ihm das anmerken. Deshalb ist er getürmt.«
»Dann sollten wir ihn suchen.«
Daryl schüttelte den Kopf. »Das bringt nichts. Glauben Sie mir, den finden Sie nicht mehr. Und selbst wenn: Er wird sich lieber die Zunge abbeißen, als uns etwas zu verraten. Ich glaube auch nicht, dass wir ihn brauchen, um den Fall zu lösen.«
»Wie geht's jetzt weiter?«
»Mit jeder Menge Arbeit«, meinte Daryl schlicht.
»Sie haben also eine Spur?«
»Nennen wir es ein paar Vermutungen. Aber das meinte ich gar nicht. Ab morgen gilt es, eine Menge Rinder einzufangen. *Das* nenne ich Arbeit.«
Barrow starrte seinen Beifahrer so lange verblüfft an, bis der Landcruiser beinahe vom Weg abkam.
Als der Viehzüchter den Wagen wieder unter Kontrolle hatte, sagte er kopfschüttelnd: »Ein Polizist wie Sie ist mir noch nie untergekommen.«
Der Detective verzog den Mund zu einem breiten Lächeln. »Das höre ich von meinem Chef auch immer …«

Es war der erste Tag des Viehauftriebs.
Daryl war am Abend zuvor in der sicheren Überzeugung auf sein Bett gesunken, am nächsten Morgen nur unter Qualen und mit fremder Hilfe wieder aus ihm herauszukommen. So schlimm war es aber zum Glück nicht. Zwar kostete es ihn

einige Mühe aufzustehen – seine Hüfte schmerzte höllisch, war geschwollen und blutunterlaufen –, sonst aber fühlte er sich recht gut. Offenbar hatte ihn der Polizeidienst in Perth doch nicht so verweichlicht wie befürchtet.
Nach einer erfrischenden Dusche ging er in den Aufenthaltsraum, wo Meena bereits das Frühstück vorbereitete.
Als sie ihn bemerkte, nickte sie ihm freundlich zu.
»Sie sind früh auf. Essen gibt's erst in einer halben Stunde.«
»Eine Tasse Tee würde für den Anfang reichen. Haben Sie schon welchen gemacht?«
Meena nickte, schenkte ein und reichte ihm den Becher. »Danke«, sagte sie leise.
»Wofür?«
Sie senkte den Blick und biss sich auf die Unterlippe. »Sie wissen schon, weil Sie neulich vor Mrs. Sharp nicht weiter über meinen kleinen Schwächeanfall gesprochen haben. Sie macht sich immer gleich Sorgen um mich, meint, ich sei zu zierlich für diese Arbeit. Aber das bin ich nicht.«
»Glaub ich auch nicht. Muss ja nicht jede gute Köchin unbedingt den Körperbau von Mrs. Sharp haben.«
Daryl setzte sich und sah dem Mischlingsmädchen bei ihren Vorbereitungen zu. Sie trug ein weites, blaues Baumwollkleid mit langen Ärmeln, das ihm für diese Jahreszeit viel zu warm schien. Die Haare hatte sie hochgesteckt, wodurch ihr langer, schlanker Hals besonders gut zur Geltung kam.
»Fahren Sie heute zurück ins Basiscamp?«, wollte Daryl wissen.
»Nein. Während die Rinder zusammengetrieben werden, müssen die Männer mit einfacher Kost auskommen. Das

schafft Mrs. Sharp allein. Hier gibt es auch so eine Menge Arbeit.«

»Dann wird's in nächster Zeit wohl ziemlich ruhig hier.«

»Ja. Außer Mr. Barrow, Ihnen und Ray wird nur selten mal einer der Männer hier auftauchen.«

»Apropos Ray Hill: Was halten Sie von ihm?«

Meena zögerte mit der Antwort. Schließlich wandte sie sich ihm zu und fragte vorsichtig: »Wieso fragen Sie das?«

»Weil ich sicher bin, dass er ein Auge auf Sie geworfen hat.«

»Das bilden Sie sich ein.«

»Glaub ich nicht. Wann immer Sie in der Nähe sind, beobachtet er Sie.«

»Das tun andere auch.«

»Nicht mit diesem Ausdruck in den Augen.«

»Selbst wenn Sie Recht haben, ich bin nicht interessiert. Ray ist ein netter Bursche. Aber ...«

»Aber?«

Sie drehte sich wieder zum Herd.

»Aber?«, bohrte Daryl nach.

»Erinnern Sie sich noch, was ich neulich zu Ihnen sagte? Schwarz und Weiß, das ist wie Feuer und Wasser.«

»Das muss nicht immer so sein.«

»Bei meinen Eltern war's so. Überhaupt, es ist *immer* so.«

»Woher wollen Sie das wissen, Meena?«

Als sie sich diesmal zu ihm umdrehte, standen Tränen in ihren Augen. »Wieso stellen Sie mir solche Fragen?«

»Weil ich Ihr Freund bin.«

In diesem Moment betrat Ray Hill den Raum. Zunächst fiel sein Blick auf Daryl, dann auf Meena. Obwohl sich die Halbaborigine schnell umwandte, sah er ihre feuchten

Augen. Einen kurzen Augenblick stand er wie versteinert da, dann ging er mit böser Miene zum Tisch und setzte sich Daryl gegenüber hin.

»Was ist hier los?«, fragte er mit bebender Stimme.

»Wir haben uns unterhalten«, sagte Daryl ruhig.

»Und warum weint Meena dann?«

»Lass es gut sein, Ray«, antwortete Meena mit zitternder Stimme.

»Nein, tu ich nicht. Was wollte der Kerl? Hat er dich etwa belästigt?«

»Nein, hat er nicht. Und nun hör um Himmels willen auf, dich wie ein eifersüchtiger Teenager zu benehmen.«

Ray lief dunkelrot an. In diesem Augenblick betraten zwei Stockmen den Aufenthaltsraum. Als sie sich zu ihnen an den Tisch setzten, stieß Ray wütend den Stuhl zurück und stapfte unter den verdutzten Blicken der beiden Aborigines nach draußen.

Daryl begann gerade, die Hughes 300 mit der Handpumpe aus einem Benzinfass aufzutanken, als er sah, wie die eingeborenen Cowboys die beiden Bullenrammer aus dem Schuppen fuhren. Die alten, offenen Geländewagen sahen alles andere als fahrtüchtig aus. Nicht nur, dass sie rundherum verbeult und ihre Karosserie rostzerfressen war, von ihnen war auch so ziemlich jedes Blechteil entfernt worden, das sich irgendwie abbauen ließ. Dafür waren sie vorne mit einem überdimensionalen Rammschutz und auf den Seiten und hinten mit dicken, am Chassis angeschweißten Metallrohren ausgerüstet worden. Auf jeder australischen Rinderfarm gab es solche Fahrzeuge, und überall sahen sie gleich mitgenommen aus. Doch ihre Motoren wurden mit großer Sorgfalt gepflegt, nicht zuletzt deshalb, weil die Geländewagen die einzige Möglichkeit boten, um verwilderte, bösartige Bullen, die den Männern während des Auftriebs gefährlich werden konnten, unter Kontrolle zu bekommen. Man rammte die Tiere mit den Fahrzeugen, brachte sie auf diese Weise zu Fall und fesselte ihnen die Beine. Anschließend sägte man ihnen die Hörner ab und kastrierte sie auf der Stelle. War das nicht möglich, erschoss man sie, denn verwilderte Stiere galten als gefährliche Schädlinge.

Nachdem er fertig aufgetankt hatte, nahm Daryl die Landkarte aus dem Helikopter und studierte nochmals sein heutiges Suchgebiet. Als er die Karte zusammenfaltete und in die Maschine steigen wollte, stand plötzlich Ray Hill hinter ihm.

»Ich warne Sie, Simmons«, sagte dieser in schneidendem Ton, »wenn Sie Meena irgendwie zu nahe kommen, wenn Sie ihr wehtun, dann schwöre ich, werd ich … Ich werde …«

»Werden Sie was? Los, spucken Sie's aus.«

Das Blut in Ray Hills Adern schien zu kochen. Doch er schwieg.

»Meena hat Recht. Vielleicht sollten Sie aufhören, sich wie ein Kind zu benehmen. Werden Sie erwachsen. Indem Sie jeden hassen, der Meena auch nur ansieht, werden Sie ganz bestimmt nicht ihr Herz erobern.«

»Seien Sie still!«, stieß der junge Stockman wütend hervor und packte Daryl am Kragen. Er drückte ihn gegen den Hubschrauber, dann schüttelte er langsam den Kopf. »Was wissen Sie schon. Meena ist nicht irgendein Mädchen, sie ist etwas Besonderes.«

Daryl wehrte sich nicht, ließ sich aber auch nicht einschüch-

tern. Unbeeindruckt antwortete er: »Und Sie meinen, ich sei nicht gut genug für Meena?«
»Sie nicht, ich nicht … Keiner hier!«
»Glauben Sie nicht, dass Meena das selbst entscheiden sollte?«
Der junge Mann sah ihn aus gequälten Augen an. »Das verstehen Sie nicht.«
»Dann erklären Sie es mir.«
»Das kann ich nicht.« Ray ließ Daryl los, wandte sich um und stapfte davon.

Daryl steuerte die Hughes 300 nach Osten, in Richtung der aufgehenden Sonne. Warmes, goldenes Licht kletterte über die majestätische Hügelkette der Ashton Ranges, tauchte die Anhöhe in feuriges Rot, ehe es langsam hinab in die Täler flutete, wo es das Grün der Eukalyptusbäume zum Leuchten brachte.
Daryl musste an Ray denken. Der Junge war verliebt, kein Zweifel. Er war aber auch jähzornig. Sicher, Ray war jung, sein hitziges Temperament somit – zumindest teilweise – erklärbar. Doch dies beantwortete nicht die Frage, wie weit der junge Mann wirklich gehen würde, um seine große Liebe zu verteidigen. *»Vertraue keinem Menschen, der sich in deine Angelegenheiten mischt, ohne von den seinen zu sprechen, denn er hat etwas zu verbergen«*, hatte Ungjeeburra ihm einmal gesagt – und damit den Nagel wie üblich auf den Kopf getroffen. Ray hatte ein Geheimnis und konnte somit sehr wohl etwas mit Buttlers Tod zu tun haben.
Daryl erreichte die Grenze der Station. Dort, in einer locker bewaldeten Ebene fast dreißig Kilometer von der Farm entfernt, hatten sie vor einigen Tagen eine große Rinderherde

ausgemacht. Daryl ging tiefer, konzentrierte sich wieder ganz auf seine Arbeit und ließ den Hubschrauber in großen, unregelmäßigen Kreisen über den Bäumen seine Runden drehen, bis er die Herde ausgemacht hatte. Die aufgeschreckten Tiere begannen augenblicklich loszustürmen. Gemeinsam versuchten sie, dem großen, lärmenden Insekt über ihren Köpfen zu entkommen, doch es ließ sich nicht abschütteln.
Über Funk gab Daryl den Männern am Boden seine Position durch und trieb das Vieh über die Ebene nach Westen, bis zu einem breiten Tal, wo die Stockmen die Tiere übernehmen konnten. Meist flog er knapp über den Baumwipfeln, manchmal tauchte er auch zwischen die Bäumen hinab. Immer wieder versuchten einzelne Tiere auszubrechen, doch Daryl reagierte jedes Mal blitzschnell, zog die Hughes nach oben, beschleunigte und setzte sich vor die Ausreißer, so dass diese gleich wieder kehrtmachten. Natürlich konnte er nicht überall gleichzeitig sein, aber im Großen und Ganzen hatte er die Sache gut im Griff.
Sobald die Cowboys in Sicht kamen, drehte Daryl ab. Die Tiere waren zwar abgehetzt, gleichzeitig aber noch immer sehr nervös. Damit sie sich möglichst rasch beruhigten, trieben die Reiter sie an eine Wasserstelle. Nachdem sie ihren Durst gelöscht hatten, waren sie merklich friedlicher und konnten für die Nacht in einen nahen Corral getrieben werden.

In den folgenden Tagen durchkämmte Daryl weitere Teile der Station. Nachdem sich die Routine beim Fliegen eingestellt hatte, beschäftigten sich seine Gedanken wieder mehr mit dem Fall Buttler – und mit Meena. Das Mischlingsmädchen war noch schweigsamer geworden und ging ihm, wann

immer sie konnte, aus dem Weg. Sie bereitete die Mahlzeiten vor und verschwand, sobald er auftauchte.
Martin Barrow hielt sich nun täglich bei den Stockmen auf. Abends kehrte er zwar meist zur Farm zurück, doch der Viehauftrieb nahm ihn ganz offensichtlich sehr in Anspruch, so dass er sich nicht länger für den rätselhaften Tod seines Vorarbeiters interessierte. Das war Daryl nur recht. Er war zwar auf die Unterstützung des Viehzüchters angewiesen, wollte ihn aber in Hinblick auf seine Freundschaft mit Chefinspektor Garratt nicht in jeden seiner Gedanken einweihen. Der Chef war ein ungeduldiger Mann, und Daryl war sicher, dass er Martin Barrow bald mit allerlei Fragen bombardieren würde, nicht zuletzt, weil der Detective ihn bisher nicht über den Stand der Ermittlungen informiert hatte. Daryl war sich bewusst, dass das seinen Vorgesetzten auf die Palme trieb. Er hatte aber auch weiterhin nicht vor, sich mit ihm in Verbindung zu setzen, denn er konnte keine Resultate vorweisen – zumindest nicht aus der Sicht von Chefinspektor Garratt. Er selbst war überzeugt, dass er die genauen Umstände, die zum Tod des Vorarbeiters geführt hatten, früher oder später aufklären würde. Gleichzeitig wusste er aber aus Erfahrung, dass dieses »früher oder später« ganz genau das war, was Garratt nicht von ihm hören wollte.

8

Fünf Tage später hatten sie alle Rinder südlich der Farm zusammengetrieben. Die Herde, die die Cowboys nun zu den Sammelkoppeln auf Mount Keating trieben, war inzwischen zu einer beachtlichen Größe angewachsen. Danach sollte die Suche nach Rindern nördlich der Station weitergehen.
Damit hatte Daryl zwei bis drei Tage Zeit, ehe er wieder als fliegender Cowboy zum Einsatz kommen würde. Diese Zeit nutzte er, um den Hubschrauber zu warten und einen Abstecher nach Kalumburu zu machen, wo inzwischen auch der Brief seines Chefs angekommen sein musste.
Aus der Luft wirkte die Mission, die nur wenige Kilometer von der Mündung des King Edward River entfernt lag, auf Daryl wie ein kleines Paradies am Ende der Welt. Der raue, steinige Track, der sich durch die Kimberleys hinauf bis nach Kalumburu wand, verwandelte sich kurz vor der Ortschaft in eine von Kokospalmen und Mangobäumen bestandene Allee, die den Besucher bis vor die alten, von Benediktinermönchen erbauten Sandsteingebäude der Mission und die dazugehörige Kirche führte. Ungefähr vierhundert Menschen lebten hier, der weitaus größte Teil von ihnen waren Aborigines. Außerdem gab es in Kalumburu eine Schule, ein Health Center, einen kleinen Supermarkt sowie fließend Wasser und sogar Strom. Die einfachen, farbigen Sperrholzhäuser lagen verstreut zwischen Kokospalmen, dichten Bananenstauden,

Mangobäumen und Bougainvillea-Ranken versteckt und verliehen dem Ort einen ganz eigenen Zauber.
Die Hughes 300 hatte den Boden noch nicht berührt, als eine Schar Eingeborenenkinder herbeiströmte, um den Hubschrauber zu bestaunen.
Nach der Landung pickte sich Daryl die drei Größten unter ihnen heraus und versprach jedem einen Dollar, wenn sie dafür sorgten, dass sich die übrigen Kinder vom Helikopter fern hielten. Das war eine reine Vorsichtsmaßnahme, denn er kannte die unstillbare Neugierde der Aborigine-Kinder. Wenn er die Hughes einfach unbeaufsichtigt stehen ließ, würde er sie nach seiner Rückkehr womöglich zur Hälfte in ihre Einzelteile zerlegt vorfinden, ohne dass das freilich böse Absicht gewesen wäre.
Im General Store, der gleichzeitig auch als Poststelle diente, holte er den Brief ab. Als er den Absender auf dem dicken Briefumschlag sah, lächelte er anerkennend. Chefinspektor Garratt hatte, um niemanden neugierig zu machen, anstelle der Adresse des Police Department von Perth seine Privatanschrift angegeben.
Daryl kaufte sich eine Flasche Ginger-Bier und setzte sich in den Schatten eines mächtigen Mangobaums. Ein richtiges Bier wäre ihm bei der Hitze zwar lieber gewesen, aber Alkohol war in Kalumburu, wie auch in anderen Missionen und den meisten Communitys, zum Schutz der Eingeborenen verboten.
Zunächst las Daryl Chefinspektor Garratts Brief, in dem er sich in seiner üblichen schroffen Art darüber beschwerte, dass der Detective bisher noch nicht telefonisch Bericht erstattet habe, und ihn anwies, dies gefälligst umgehend nach-

zuholen. Danach beschäftigte er sich mit den Ergebnissen der Untersuchungen, um die Daryl gebeten hatte.

Die Überprüfungen von Ray Hill und Agnes Sharp hatten nichts Neues ergeben. Beide waren weder vorbestraft, noch gab es in ihrer Vergangenheit irgendwelche Besonderheiten. Anders sah dies bei Poison-Joe aus.

Nach den Polizeiakten hieß der alte Farmarbeiter eigentlich Joe Banks und war ein unbeschriebenes Blatt. Doch die Überprüfung der Fingerabdrücke auf Poison-Joes Cola-Dose hatte ergeben, dass sein wahrer Name Joseph Forbes war und er knapp zwei Jahre in Südaustralien im Gefängnis gesessen hatte, weil er bei einer Schlägerei in einem Pub einen Mann zu Tode und einen anderen krankenhausreif geprügelt hatte. Drei Monate nachdem er auf Bewährung freigelassen worden war, erging erneut ein Haftbefehl gegen ihn. Diesmal wegen Verdachts auf bewaffneten Banküberfall und Mord. Doch Joseph Forbes war verschwunden.

Daryls Vermutung, dass der alte Farmarbeiter etwas verheimlichte, hatte sich also als richtig erwiesen. Blieb die Frage, ob diese Entdeckung überhaupt in irgendeiner Weise mit Floyd Buttlers Verschwinden zusammenhing. Grund genug hatte er jetzt jedenfalls, Joseph Forbes, alias Joe Banks, alias Poison-Joe etwas näher auf den Zahn zu fühlen.

Vom öffentlichen Telefon neben dem General Store rief Daryl die Polizeistation in Broome an und verlangte Sergeant Morley. Er vermutete, dass der rechtsmedizinische Schlussbericht noch einige Tage auf sich warten lassen würde. Aber wenn er Glück hatte, lagen bereits erste Ergebnisse vor, die ihm möglicherweise weiterhalfen.

»Ohne dem offiziellen Bericht vorzugreifen«, sagte der

Sergeant in sachlichem Ton, »lässt sich jetzt schon sagen, dass Sie Recht hatten. Floyd Buttler starb tatsächlich keines natürlichen Todes. In seinen Lungen fand man kein Wasser, was bedeutet, dass er nicht von einem Krokodil gepackt, nach unten gezogen und ertränkt wurde. Zwar wurden ihm die Gliedmassen offenbar von einem Krokodil abgerissen, aber post mortem, also erst nach seinem Tod, der, so wie es im Moment aussieht, durch Erdrosseln erfolgte.«

»Wie konnten die Rechtsmediziner das ohne Buttlers Kopf feststellen?«

»Weil dieser oberhalb der Trachea, der Luftröhre, abgetrennt wurde. Außerdem fanden sich noch Würgemale dicht oberhalb des Schlüsselbeines. Obwohl die Leiche schon einige Zeit im Pool lag, war der Grad der Verwesung noch nicht so weit fortgeschritten, wie man das hätte annehmen können. Offensichtlich hat Buttler an einer sehr tiefen Stelle gelegen, und da das Wasser in Billabongs extrem trübe ist, erwärmt die Sonne nur eine ganz dünne Schicht an der Oberfläche, darunter wird es rasch sehr kalt. Abschürfungen und Holzsplitter unter der Haut legen zudem die Vermutung nahe, dass Buttler von dem Reptil zwischen versunkenen Baumstämmen eingekeilt wurde. Ich habe mit einem Krokodilexperten in Broome gesprochen, der mir bestätigt hat, dass dies schon öfters bei Leistenkrokodilen beobachtet wurde. Man könnte sagen, es handelt sich dabei um so etwas wie das Anlegen eines Nahrungsvorrats.«

»Ich danke Ihnen. Dies war die Information, die ich haben wollte.«

»Darf ich Sie etwas fragen, Sir?«

»Nur zu, Sergeant.«

»Wieso waren Sie von Anfang an so sicher, dass wir es hier mit einem Mord zu tun haben?«

»Vermutlich werden Sie es mir nicht glauben: Ich hatte einfach so ein Gefühl.«

Einen Augenblick war nur das Rauschen in der Leitung zu hören. Dann sagte Sergeant Morley: »Ihr Vorgesetzter hat Recht. Sie sind wirklich ein seltsamer Polizist.«

»Das fasse ich als Kompliment auf, Morley.«

Bevor Daryl Kalumburu verließ, suchte er Ian O'Donnell auf. O'Donnell lebte schon über fünfunddreißig Jahre in den Kimberleys. Früher arbeitete er als Benediktinermönch in der Mission, ehe er aus dem Orden austrat und sich ganz seinen Studien über die Eingeborenen widmete.

Im Store fragte Daryl nach dem Weg zum Haus des ehemaligen Paters, das er, wie er wenig später feststellen musste, ohne genaue Beschreibung wohl nicht gefunden hätte. O'Donnells Häuschen stand unweit der Schule, inmitten eines völlig verwilderten Gartens und war bis zum Dach mit Schlingpflanzen und rosa Bougainvillea-Ranken überwachsen.

Als er sich dem ehemaligen Geistlichen vorgestellt hatte, führte ihn dieser in sein Wohnzimmer, dessen Wände bis unter die Decke mit prall gefüllten Bücherregalen bedeckt waren. Außer drei alten Kolonialstühlen, einer Leselampe und einem großen Holztisch, auf dem sich mehrere bedenklich schiefe Bücherstapel auftürmten, gab es keine weiteren Möbel in dem Raum.

Wie ihm Martin Barrow erzählt hatte, kannte Pater O'Donnell alle Eingeborenen im Umkreis von hundertfünfzig Kilometern, auch die, welche – wie er mit einem Schmunzeln meinte – nicht zu seiner Herde schwarzer Schäfchen gehörten. Daryl war skeptisch. Er kannte die Eingeborenen und wusste, dass die meisten kein großes Interesse am Kontakt mit Weißen hatten, schon gar nicht, wenn es sich dabei um Geistliche handelte. Als er dem Pater gegenübersaß, verflogen seine Zweifel jedoch rasch.

Ian O'Donnell war fünfundsechzig Jahre alt, klein und untersetzt, hatte einen grauschwarz gesprenkelten Bart und dunkelbraune Augen, in denen unaufhörlich ein schelmischer Funke glühte. Er interessierte sich leidenschaftlich für die Kultur der Aborigines, sprach mehrere Eingeborenendialekte und hatte es sich zur Lebensaufgabe gemacht, die Mythen und Stammesgeschichten der Kwini, Walmbi und Cambra-Kulari, die seit Jahrtausenden in diesem Gebiet lebten, niederzuschreiben. Außerdem arbeitete er an einem Aborigine-Wörterbuch sowie einem Naturheilkundebuch, in dem er das Wissen der Eingeborenen für die Nachwelt festhalten wollte.

»Sehen Sie«, erzählte der redselige Geistliche mit freundlicher, sanfter Stimme, »als ich in die Kimberleys kam, hielt man die Eingeborenen immer noch für primitive Wilde, die es – zu ihrem eigenen Wohl – zu zivilisieren galt. Zu meiner Schande muss ich gestehen, dass auch ich damals mit dieser Absicht hierher kam. Doch das hatte sich schon nach wenigen Wochen geändert. Ich war nicht nur verzaubert von der Schönheit dieser Landschaft, viel mehr noch faszinierten mich – und das tun sie noch heute – die Kultur und das Naturwissen der Ureinwohner. Man hatte mir gesagt, die Aborigines hätten keine Kultur. Doch dann stellte ich fest, sie besaßen sehr wohl eine. Und nicht nur das: Ihre Kultur war auch noch so komplex, dass ein Weißer sie niemals verstehen würde. Das rüttelte mich auf.«

»Und die Kirche hat Ihren Wissensdrang toleriert?«, fragte Daryl skeptisch.

»Wo denken Sie hin!«, brach es aus O'Donnell heraus. »Die drohten mir mit Versetzung. Und ich drohte ihnen, dass ich in diesem Fall aus der Kirche austreten und meine Arbeit eben ohne ihren Segen weiterführen würde. Nun, so kam es dann auch.«

Er hielt sich den Bauch vor Lachen. »Wahrscheinlich haben sie geglaubt, ich würde hier so etwas wie eine Sekte gründen, die der Mission Konkurrenz macht. Jedenfalls taten sie alles, um mich loszuwerden. Aber die Eingeborenen, allen voran der Ältestenrat, setzten sich für mich ein, so dass ich hier bleiben und meine Arbeit weiterführen konnte.«

Daryl, der nicht viel für Religion übrig hatte, fand den dicken Mann sehr sympathisch.

»Man erzählt, dass Sie besser über die Eingeborenen in diesem Gebiet Bescheid wissen als irgendwer sonst.«

»Das ist gut möglich. Vor gut dreißig Jahren habe ich damit begonnen, alles über die verschiedenen Clans aufzuschreiben. Man könnte sagen, ich führe so etwas wie deren Familienchronik. Natürlich trifft es das nicht ganz. Der Verwandtschaftsgrad innerhalb der einzelnen Familien lässt sich nämlich nicht so leicht definieren wie in unserer Gesellschaft. Zu einem Clan gehören nicht nur Blutsverwandte, sondern auch Menschen mit demselben Totemtier, demselben Dreaming. Und sehr gute Freunde können ebenfalls als Brüder oder Schwestern bezeichnet werden, wodurch sie automatisch auch zu Geschwistern der schon vorhandenen Brüder und Schwestern werden, genauso wie deren Eltern und Verwandte nun zu der neuen Familie gehören.« Er sah Daryl mit einem verschmitzten Lächeln an. »Sie sehen, es ist schwierig, den Überblick zu behalten, selbst für mich. Zu Anfang hatte ich aber noch mit ganz anderen Problemen zu kämpfen. Die Menschen lebten über ein weites Gebiet verstreut, und sie waren misstrauisch. Sie hatten ja auch allen Grund dazu.« Jetzt redete sich O'Donnell richtig in Rage: »Denken Sie nur an die vielen tausend Eingeborenenkinder, die ihren Eltern im letzten Jahrhundert weggenommen wurden. Man wollte sie in die Welt der Weißen integrieren und brachte sie in staatlichen Heimen, Missionsstationen und Pflegefamilien unter. Was ist dabei herausgekommen? Diese Kinder verloren nicht nur ihre Familien, sie wurden auch ihrer Identität beraubt. Kein Wunder also, dass mich die Aborigines zunächst nicht gerade mit offenen Armen empfangen haben!« Der Pater holte einmal tief Luft, dann fuhr er fort: »Als ich dann vor zweiundzwanzig Jahren den Hubschrauberflugschein machte, wurde es ein ganzes Stück einfacher. Ich konnte die Leute viel leichter erreichen. Endgültig änderte sich die Einstellung der Menschen hier aber erst, als es mir mit Hilfe meiner Unterlagen gelang, die Familien von zweien dieser gestohlenen Kinder ausfindig zu machen und wieder zusammenzuführen. Da begriffen die Eingeborenen, dass sie mir vertrauen konnten. Inzwischen kommen viele sogar von sich aus zu mir, um Geburten, Hochzeiten oder Todesfälle zu melden.«

Daryl war überrascht. »Dann besitzen Sie einen eigenen Helikopter?«

»Er gehört der Gemeinde«, korrigierte ihn der Pater, »ich

nutze und pflege ihn nur. Der Kauf war übrigens ein Schnäppchen. Nicht, dass Sie glauben, die Mission verfüge über unbeschränkte Mittel.«

»Trotzdem, ich bin überrascht.«

»Überrascht, dass ich einen Hubschrauber fliegen kann oder dass ich die Gemeinde überreden konnte, einen zu kaufen?«

»Beides.«

»Wissen Sie, mein Argument, wir würden die Eingeborenen aus der Luft viel besser erreichen und sie in Notfällen versorgen können, zog. Und dass ich leidenschaftlich gerne fliege – nun ja, wir haben eben alle unsere kleinen Schwächen.«

Daryl war klar, dass seine nächsten Fragen entscheidend waren. Wenn Ian O'Donnell bereit war, ihm zu vertrauen, würde er vielleicht etwas über Bill Murgura erfahren. Über die Vergangenheit eines Aborigines fand man nämlich nicht so leicht etwas heraus wie über die eines Weißen. Nicht, dass Eingeborene nicht auch gerne tratschten. Doch sie taten das garantiert nicht mit einem Weißen.

»Wie Sie sich vorstellen können«, begann Daryl vorsichtig, »bin ich aus einem ganz bestimmten Grund zu Ihnen gekommen. Ich hatte gehofft, dass Sie mir etwas über einen Eingeborenen namens Bill Murgura sagen können.«

O'Donnell sah seinem Gegenüber fest in die Augen. Schließlich begann er kaum merklich zu nicken.

»Ich habe mich schon gefragt, wann der amtliche Teil unserer Plauderei beginnt. Warum sind Sie an diesem Mann interessiert?«

Daryl erklärte dem Pater ohne Umschweife, weshalb er in den Kimberleys war. Wenn die Eingeborenen dem Mann vertrauten, dann konnte er das auch. Außerdem hatte er das

Gefühl, dass O'Donnell ein Mann war, bei dem man mit Ehrlichkeit und Offenheit am meisten erreichte.

Als er geendet hatte, bildeten sich die ersten Falten auf O'Donnells Stirn.

»Sie glauben also, dass Murgura etwas mit der Sache zu tun hat.«

»Das habe ich nicht gesagt. Ich möchte lediglich etwas mehr über den Mann erfahren.«

»Tut mir Leid, aber ich glaube nicht, dass ich Ihnen helfen kann. Sehen Sie, meine Aufzeichnungen über die Clans sind nicht für die Öffentlichkeit bestimmt.«

»Wie ich Ihnen bereits sagte, ist dies keine offizielle Untersuchung.«

»Noch nicht. Aber nachdem Sie jetzt wissen, dass Buttler umgebracht wurde, wird es bald zu einer offiziellen Angelegenheit. Und wir wissen ja, wie so was ausgeht: Am Ende wird die Schuld wieder einem Eingeborenen in die Schuhe geschoben. Die Statistik beweist es doch, Schwarze landen viel schneller im Gefängnis als Weiße. Vor allem in Fällen wie diesem, wo die Polizei nicht weiterkommt.«

Daryl spürte, dass er den Geistlichen nicht mit Worten allein überzeugen konnte. Ihm blieb noch eine letzte Möglichkeit. Pater O'Donnell beobachtete verwundert, wie der Detective aufstand und sich das Hemd aufknöpfte. Als er seinen Oberkörper entblößte und die Narben der Stammeszeichen mitten auf seiner Brust sichtbar wurden, klappte der Unterkiefer des Geistlichen herunter.

»Sie ... ein weißer Polizist ...«, stammelte er, »Sie tragen Stammeszeichen?« Langsam erhob er sich. Ohne den Blick von Daryls Brust zu nehmen, tastete er sich um den Tisch.

Als er vor Daryl stand, streckte er zögernd die Hand aus, hielt dann aber wenige Zentimeter vor Daryls Brust inne.
»Erlauben Sie, dass ich Ihre Narben berühre?«, fragte er mit rauer Stimme.
Daryl nickte.
Fasziniert folgten O'Donnells Finger dem Verlauf der fünf Millimeter dicken, wellenförmigen Wundmale, die sich vom Brustbein bis zum Bauch schlängelten, wo sie sich zu einem Kreis zusammenschlossen.
»Sie sind tatsächlich echt«, meinte der ehemalige Pater fast ehrfürchtig. »Das muss unglaublich schmerzhaft gewesen sein. Wird nicht, um diese typische Art der Vernarbung zu erzielen, heiße Asche in die frischen Wunden gestrichen? Auf jeden Fall: Ich weiß nicht, welchem Stamm ich sie zuordnen soll.«
»Pintubi«, half ihm Daryl.
»Pintubi«, wiederholte O'Donnell stirnrunzelnd. »Ich dachte, die Pintubi gehören zu den Stämmen, die bei der Initiation nur die Beschneidung und das Subincisio vornehmen.«
»Da stimmt«, antwortete Daryl und knöpfte sich das Hemd wieder zu. »In meiner Sippe ist das allerdings etwas anders. Die Beschneidung ist wie bei den anderen Stämmen fester Bestandteil der Initiation. Das Aufschneiden der Penisunterseite Gott sei Dank aber nicht.«
»Und was bedeuten die Zeichen auf Ihrer Brust?«
Daryl lächelte. »Das darf ich Ihnen nicht sagen. Sie sind ein Wuiei, ein uneingeweihtes Nichts, wie die Stammesältesten sagen würden.«
O'Donnell starrte noch immer auf Daryls Brust.
»Was denken Sie, können Sie mir nun vertrauen?«

O'Donnell zwinkerte ein paar Mal, als ob er gerade aus einer Hypnose erwacht sei. Dann nickte er langsam.

»Ich denke, das kann ich.« Er ging zu einem der Bücherregale hinüber. Zielsicher zog er ein dickes, ledergebundenes Buch heraus und kehrte zum Tisch zurück.

»Bill Murgura«, begann er, »gehört zum Stamm der Wunambal. Ursprünglich lebten diese im Gebiet des Mitchell-Plateaus. Die Wunambal sind eine der interessantesten Sippen, über die ich Buch führe. Gleichzeitig sind sie aber auch eine derjenigen Sippen, die ihre Angelegenheiten lieber für sich behalten. Murguras Clan gehört dem Krokodil-Dreaming an. Ich weiß über dieses Dreaming nur so viel: Wandjinas, menschenähnliche Wesen ohne Mund, aber mit riesigen Augen, sind für sie die Erschaffer ihres Stammesgebietes. Sie sind auch für den Regen, den ewigen Kreislauf der Natur und für den Lauf des Lebens verantwortlich. Sie gaben den Pflanzen und Tieren einen Namen und einen Platz zum Leben. Da die Wandjinas aber noch andere Gebiete erschaffen mussten, bestimmten sie einige Tiere, um den ersten Menschen Gesetze zu geben. Im Gegenzug durften die unterwiesenen Menschen-Clans diese Tiere weder töten noch essen. Murguras Urahnen haben ihre Gesetze vom Schöpfer-Krokodil erhalten, das seit diesem Tag ihr Totem ist. Es wacht über die Einhaltung der Vorschriften und beschützt die Mitglieder des Clans – zumindest solange sie sich an die Gesetze halten. Das ist leider schon alles, was ich Ihnen über das Dreaming von Murguras Clan erzählen kann. Was Murgura selbst anbelangt, so stammt er, wenn das, was ich herausgefunden habe, stimmt, in sechster Generation von Tjandamara ab. Der Mann war so etwas wie eine Berühmtheit, zumindest in den Kimberleys. Für die einen war er ein Geächteter, ein brutaler Mörder, für die anderen ein Freiheitskämpfer.«

»Ich glaube, ich habe schon von ihm gehört. War er nicht Fährtensucher der Polizei?«

»Bis 1894, da hat er die Fronten gewechselt und kämpfte für die Freiheit seines Volkes. Die Weißen nannten ihn Pigeon. Der Legende nach hat er in seinem letzten Kampf gegen die Polizei seine 38er-Munition mit Känguruhaut umwickelt, damit sie in seine 45er-Pistole passte. Bezeichnenderweise starb er durch die Kugel eines Aborigines, der damit verhinderte, dass er lebend den Weißen in die Hände fiel. Diese ließen Tjandamara dann zur Abschreckung enthaupten.«

»Und später wurde der Billabong auf der Mount-Keating-Station nach ihm benannt?«

»Ja. Es gibt darüber sogar eine Geschichte. Angeblich soll ihn die Polizei auf seiner Flucht am Ufer des Billabong in die Enge getrieben haben. Er sprang ins Wasser und versuchte, ans andere Ufer zu entkommen. Einige Männer sprangen ihm nach. Plötzlich tauchte ein großes Leistenkrokodil vor Tjandamara auf. Dieser schwamm unbeirrt weiter, direkt auf das Tier zu. Als das Krokodil abtauchte, glaubten die Polizisten schon, das wäre das Ende von Pigeon. Doch das Reptil tauchte unter ihm durch und griff stattdessen die Polizisten an, die gerade ans Ufer kletterten. Einen von ihnen packte es und zog ihn zurück ins Wasser. Natürlich feuerten die restlichen Männer auf das Tier. Dabei soll das Krokodil ein Auge verloren haben.«

Der Pater lächelte. »Diese Geschichte würde zumindest erklären, weshalb der Clan noch immer jedem Weißen misstraut und einen großen Bogen um die Mission macht. Ich kann mich auch nicht erinnern, jemals einen von ihnen in der Kirche gesehen zu haben. Dafür verbringen sie viel Zeit im Busch. Und sie bringen ihren Kindern das Wissen ihrer Vorfahren bei, was eigentlich sehr lobenswert ist.«

»Das klingt, als gäbe es da etwas, was Sie stört«, warf Daryl ein.

»Nicht direkt. Es ist viel mehr die Art, wie sie sich abschotten. Sie erzählen ihren Kindern, dass die Kirche etwas Schlechtes sei und dass sie keinem Weißen trauen können.«

»Aber Bill Murgura arbeitet doch gelegentlich auf Mount Keating.«

»Richtig. Aber er ist der Einzige des Clans. Seit er in den Ältestenrat aufgenommen wurde, hat er dafür gesorgt, dass keiner der Männer mehr auf einer von Weißen geführten Station arbeitet.«

»Und wieso tut er es dann?«

»Ich denke, das hat mit seiner Halbschwester zu tun.«

»Moment mal«, rief Daryl überrascht, »bedeutet das etwa, Meena ist Murguras Halbschwester?«

»Ja. Wussten Sie das nicht?«

9

Daryl flog nach Süden. Die Abendsonne malte bereits mit starken Farben und ließ die zerklüfteten Hügelkämme wie die eingestürzten Mauern jahrhundertealter Burgen erscheinen. Er folgte dem Carson River, der sich wie eine riesige, silbergraue Schlange durch die unwegsame Landschaft wand und ihm den Weg zurück zur Farm wies.

Noch einmal ließ Daryl das, was er an diesem Tag erfahren hatte, Revue passieren. Er war zufrieden. Irgendwie passte alles in das Bild, das er sich zu machen begann. Trotzdem, es blieb ein ganz entscheidendes Problem: Ihm fehlten Beweise. Floyd Buttlers Tod, das bewiesen sowohl der Untersuchungsbericht als auch Ricky Lees Verschwinden, war kein Unfall gewesen. Zwar würde Ricky die Kimberleys wohl kaum verlassen, doch das war auch gar nicht nötig. Einen Aborigine, der nicht gefunden werden wollte, den würde auch eine ganze Armee nicht aufspüren, schon gar nicht in einem der unzugänglichsten und wildesten Landstriche der Erde. Und selbst wenn: Ein Eingeborener würde lieber von einer Klippe springen, als etwas zu verraten. Ray Hill, Bruce Pierson, Poison-Joe, Murgura und Meena, sie waren der Schlüssel zur Aufklärung dieses Falles. Höchste Zeit also, dass er ihnen auf die Füße trat.

Am Abend saß er einmal mehr allein im Aufenthaltsraum. Meena hatte im Haupthaus gekocht und das Essen dann herübergebracht. Daryl versuchte, sie in eine Unterhaltung zu verwickeln, doch sie erklärte ihm, dass sie keine Zeit habe und noch viel erledigen müsse, da am nächsten Tag die Stockmen mit den Rindern erwartet wurden. Also beschloss Daryl, früh schlafen zu gehen. Zuvor wollte er sich aber noch in Floyd Buttlers Hütte umsehen. Als Vormann hatte dieser als Einziger eine eigene Unterkunft gehabt. Zwar hatte die Polizei diese schon untersucht und alle persönlichen Dinge darin mitgenommen, aber vielleicht gab es ja irgendeine Winzigkeit, die sie übersehen hatten und die ihm weiterhalf.

Daryl wartete, bis Meena das Geschirr holte, und verließ zusammen mit ihr den Aufenthaltsraum. Nachdem er ihr gute Nacht gewünscht hatte, ging er hinüber zu seiner Unterkunft. Dort, im Schatten des Vordachs, wartete er, bis er sicher war, dass sie das Farmhaus erreicht hatte und ihn nicht mehr sehen konnte. Dann schlich er sich hinüber zu Buttlers Wellblechbaracke.

Wie er inzwischen wusste, hatte die Tür ein altes Schloss, das er mühelos mit einem gebogenen Stück Stahldraht öffnen konnte. Als er eintrat, schlug ihm warme, abgestandene Luft entgegen. Er setzte sich zunächst für einige Minuten auf das Bett, bis sich seine Augen endgültig an die Dunkelheit gewöhnt hatten. Der Mond war halb voll und sein Licht fiel durch das einzige Fenster geradewegs in die Mitte des Raums. Das reichte, um sich in dem kleinen Zimmer umzusehen.

Die Einrichtung war spartanisch. Sie bestand lediglich aus einem Tisch, einem Stuhl, einer Gaslampe, einem rostigen Bett und einem Schrank, der auch schon bessere Zeiten erlebt

hatte und bei dem ein fehlender Holzfuß durch einen Stapel alter, verblichener Magazine ersetzt worden war.
Daryl untersuchte zunächst die Matratze und den Schrank, fand aber nichts. Anschließend sah er sich den Fußboden an, suchte nach einem lockeren Brett, unter dem sich vielleicht ein Versteck befand. Doch auch das erwies sich als Fehlschlag. Er hatte keine Ahnung, wonach er eigentlich suchte, trotzdem war er irgendwie enttäuscht. Gerade als er sich entschloss, die Hütte zu verlassen, fiel sein Blick erneut auf die zerfledderten Zeitschriften. Die Polizei hatte ihnen vermutlich keine Aufmerksamkeit geschenkt, weil sie offensichtlich nur dazu dienten, den Schrank vor dem Umkippen zu bewahren.
Daryl hob den Schrank an und schob den Stapel mit dem Fuß hervor. Als er das Möbelstück vorsichtig losließ, kippte es nach vorn, blieb aber stehen.
Er ließ die zerknitterten Seiten jedes Magazins vorsichtig durch seine Finger gleiten, anschließend drehte er sie um und schüttelte sie. In der untersten Zeitschrift entdeckte er schließlich ein kleines, dünnes Büchlein.
»Wer sagt's denn«, flüsterte er und hielt seinen Fund ins Mondlicht.
Es handelte sich um ein Sparbuch der Commonwealth Bank of Australia, das auf der Innenseite Floyd Buttlers Namen trug. Er überflog die Eintragungen. Als er die letzte Seite erreichte, pfiff er leise durch die Zähne. Er steckte das Heft in seine Gesäßtasche und legte das alte Sportjournal zu den anderen Zeitschriften.
Plötzlich schossen ihm einige Worte Ungjeeburras durch den Kopf: *»Wer seiner Beute nicht gewissenhaft nachstellt, dem*

wird sie entkommen.« Daryl nahm das Magazin erneut in die Hand und schüttelte es. Ein zusammengefalteter Zeitungsausschnitt, der ihm beim Durchblättern entgangen war, löste sich aus den Seiten und fiel zu Boden. Daryl lächelte. Ungjeeburra, dieser alte Fuchs, hatte wie immer Recht gehabt.

Daryl wollte den Zeitungsbericht gerade näher in Augenschein nehmen, als ein langer Schatten den Raum durchschnitt. Daryl zuckte zusammen und duckte sich instinktiv. Als er den Kopf herumdrehte und zum Fenster schaute, sah er gerade noch eine schwarze Silhouette verschwinden.

Es bestand kein Zweifel, jemand war dicht an Buttlers Unterkunft vorbeigegangen. Ob die Person einen Blick durch das Fenster geworfen und ihn gesehen hatte, konnte er nicht sagen. Daryl steckte den Ausschnitt in aller Eile ein und schob den Zeitschriftenstapel unter den Schrank zurück. Leise schlich er zur Tür und lauschte. Draußen war es totenstill. Er wartete noch eine halbe Minute, dann öffnete er behutsam die Tür und schlüpfte hinaus.

Vorsichtig spähte er um die Hütte herum, konnte aber niemanden entdecken. Er schlug die Richtung ein, in die die Gestalt verschwunden war. Angestrengt suchten seine Augen den staubigen Boden nach frischen Fußspuren ab.

Schließlich fand er Abdrücke von nackten Füßen. Als er ihnen folgte, wurde rasch klar, dass sie zum Haupthaus führten. Daryl hielt sich so gut es ging im Schatten der Bäume. Zehn Meter vor dem Haus kauerte er sich hinter einem der riesigen Eisenholzbäume nieder. Weder im Haus noch in der Küche brannte Licht. Aus einem der angrenzenden Schlaf-

räume drang jedoch ein schwacher Lichtschimmer durch die dicken Vorhänge. Es war Meenas Zimmer.
Die Fußspuren konnten nicht von ihr stammen, dafür waren sie zu groß. Der barfüßige Unbekannte musste also ein Mann sein. Zu Daryls Bedauern tauchte das dichte Blätterdach der Bäume das Wohnhaus in tiefe Dunkelheit, so dass er nicht erkennen konnte, wo sich dieser aufhielt. Ihm blieb nichts anderes übrig, als abzuwarten.
Plötzlich hatte er das Gefühl, dass sich jemand von hinten an ihn heranschlich. Er versuchte sich umzudrehen, doch es war bereits zu spät.
Ein Schmerz wie von tausend glühenden Nadeln durchzuckte seinen Schädel, fraß sich in Sekundenschnelle in sein Hirn, wo er ein unerträgliches Feuerwerk aus Farben und hellen Blitzen verursachte. Das Letzte, woran er sich erinnern konnte, war der schwarze, lautlose Wirbel, in den seine Gedanken gesogen wurden.

Als Daryl die Augen öffnete, fiel sein Blick als Erstes auf ein Landschaftsgemälde von Sidney Nolan, das an der gegenüberliegenden Wand hing. Es zeigte einen sterbenden Mann, der einsam und verlassen in einer weiten, kargen Buschlandschaft lag. Er selbst fühlte sich im Augenblick auch nicht gerade besonders, vielleicht musste er deshalb beim Anblick des Bildes lächeln. Im Gegensatz zu dem armen Teufel auf dem Gemälde hatte er Glück gehabt, denn er lag wenigstens in einem breiten, bequemen Bett.
Daryl wartete noch einen Moment, dann richtete er sich vorsichtig auf. Offenbar hatte man ihn in eins der Gästezimmer des Haupthauses gebracht. Als er sich umschaute, entdeckte

er Martin Barrow, der am Fenster stand und nachdenklich nach draußen blickte.

»Na, halten Sie Totenwache?«, witzelte Daryl.

Barrow zuckte zusammen und drehte sich um.

»Gott sei Dank, Sie sind aufgewacht. Wie fühlen Sie sich?«

»Als ob in meinem Kopf ein Wildpferd eingesperrt wäre, das in einem fort gegen die Tür tritt.«

»Kann ich mir vorstellen. Sie haben eine ganz schön große Beule abgekriegt.«

Daryl befühlte die Schwellung an seinem Hinterkopf und verzog das Gesicht.

»Glück muss man haben.«

Der Viehzüchter trat an den Nachttisch, schenkte dem Detective ein Glas Wasser ein und reichte ihm ein Aspirin.

»Und was ist Glück daran, wenn einem fast der Schädel eingeschlagen wird?«

»Die Tatsache, dass ich offenbar auf der richtigen Spur bin – und gewisse Leute langsam nervös werden.«

»Welche Leute? Und wer – und warum – hat man Sie überhaupt k. o. geschlagen?«

»Das sind Fragen, auf die ich Ihnen keine Antwort geben kann. Noch nicht. Haben Sie Geduld. Ich habe einige Vermutungen. Aber solange diese sich nicht bestätigt haben, möchte ich lieber nichts weiter dazu sagen.«

Barrow sah ihn neugierig an. »Hat das möglicherweise etwas mit meiner Freundschaft zu Chefinspektor Garratt zu tun?«

»Was wollen Sie hören?«

»Schon gut«, seufzte der Rinderzüchter lächelnd. »Vermutlich haben Sie ja Recht. Paul und ich kennen uns, seit wir Kinder sind. Er würde sofort merken, wenn ich etwas verheimliche. Allerdings verstehe ich nicht, weshalb Sie ihn nicht über den Stand Ihrer Ermittlungen informieren.«

»Dafür gibt es mehrere Gründe. Der Chef hat mir vier Wochen bezahlten Urlaub gegeben, unter anderem, um herauszufinden, was mit Buttler geschehen ist. Diese Zeitspanne läuft in wenigen Tagen ab. Wenn ich ihm jetzt mitteilte, was ich bisher herausgefunden habe, würde er sagen, dass ich gar nichts erreicht habe. Er würde mir befehlen, pünktlich in sechs Tagen in seinem Büro zu stehen. Das will ich aber nicht. Ich bin sicher, dass ich diesen Fall lösen werde. Doch nicht unter Zeitdruck und nur mit meinen Methoden.«

»Sie können Ihren Vorgesetzten aber doch nicht ewig ignorieren.«

»Natürlich nicht. Aber wie heißt es doch so schön? Eins nach dem andern. Und nun erzählen Sie mir erst einmal, was während meines unfreiwilligen Schläfchens alles passiert ist.«

Nachdem ihm Martin Barrow das Versprechen abgerungen hatte, mindestens noch bis zum Mittag im Bett zu bleiben und sich auszuruhen, war der Viehzüchter zu den Sammelkoppeln geeilt, wo das Ausmustern der Rinder bereits in vollem Gange war.

Kaum war Barrow zur Tür hinaus, stand Daryl auf und ging zum Stuhl, über dem seine Kleider hingen. Er war noch etwas wacklig auf den Beinen, aber das hatte er erwartet. Enttäuscht stellte er fest, dass Bankheft und Zeitungsausschnitt verschwunden waren. Nachdenklich kehrte er zum

Bett zurück und legte sich wieder hin. Das Wildpferd in seinem Kopf trat nun erneut heftig gegen seine Schläfen, so dass er die Augen schließen musste.
Als die Schmerzen nachließen, versuchte er, sich an die letzte Seite des Bankheftes zu erinnern. Drei Einträge waren ihm aufgefallen. Schließlich gelang es ihm, sich sowohl an die Höhe dieser Einzahlungen als auch an die Monate zu erinnern, an denen sie erfolgten.
Auf den vergilbten Zeitungsausschnitt hatte er hingegen leider nur einen kurzen Blick werfen können. An etwas konnte er sich aber erinnern: an das Foto eines Mannes. Das Licht war zwar zu schwach gewesen, als dass er sicher sein konnte. Aber wenn ihn nicht alles täuschte, hatte er in dem Bankheft ein Mordmotiv gefunden – und in dem Zeitungssauschnitt einen möglichen Mörder.
Daryl überlegte sich sein weiteres Vorgehen, dann stand er auf und zog sich an. Er wollte gerade das Zimmer verlassen, als Meena mit einem Tablett im Türrahmen stand.
»Oh, Sie sind aufgestanden«, sagte sie sichtlich überrascht.
»Ja. Fühle mich schon wieder ganz gut, sieht man von meinem angekratzten Stolz mal ab. Übrigens, der Boss hat gesagt, dass Sie mich heute Morgen gefunden und verarztet haben. Danke.«
Sie nickte. »Mr. Barrow erzählte, sie hätten jemanden auf der Station herumschleichen sehen. Haben Sie erkannt, wer es war?«
»Nein. Wie steht's mit Ihnen?«
Meena versuchte seinem Blick auszuweichen. »Ich habe nichts Auffälliges bemerkt.«
»Ziemlich mysteriöse Geschichte, nicht wahr?«

»Ich weiß nicht. Vielleicht war es ja einer der Stockmen«, meinte das Mischlingsmädchen wenig überzeugend. »Wie ich gehört habe, hat Poison-Joe einige von ihnen gestern Abend zu den Sammelkoppeln gefahren, damit sie alles für die Ankunft der Herde vorbereiten können. Vielleicht hatte einer Hunger und wollte sich in die Küche schleichen, um Essen zu stehlen.«
»Ziemlich unwahrscheinlich. Die Sammelkoppeln sind gut zwei Kilometer von den Farmgebäuden entfernt. Ich denke nicht, dass einem der Männer so sehr der Magen geknurrt hat, dass er sich die Mühe machen würde, im Dunkeln bis hierher zu laufen, noch dazu barfuß.« Er nahm ihr das Tablett ab und lächelte sie an. »Wie auch immer, ich bin froh, dass ich Mr. Barrow überzeugen konnte, den Vorfall vorläufig auf sich beruhen zu lassen.«
»Ja, er hat mir schon gesagt, dass ich die Sache für mich behalten soll. Wieso ist Ihnen das so wichtig?«
»Weil sonst Unruhe unter den Männern aufkommen könnte. Und ich denke, das ist das Letzte, was man während eines Viehauftriebs gebrauchen kann. Fürs Erste reicht es, dass Mr. Barrow Poison-Joe informiert hat. Der ist tagtäglich mit den Männern zusammen und kann sie vermutlich am besten im Auge behalten.«
»Vielleicht haben Sie Recht.« Meena zögerte einen Moment, dann sah sie ihn mit großen Augen an. »Ich bin wirklich sehr froh, dass Sie nicht schwer verletzt wurden.«
Die Art wie sie das sagte, berührte Daryl. Es war aufrichtig und ehrlich gemeint, kein Zweifel. Gleichzeitig klang ihre Stimme aber zutiefst verzweifelt. Für einen kurzen Augenblick hatte Daryl das Gefühl, dass sie ihm etwas anvertrauen

wollte. Doch dann verlor sie den Mut, wandte sich schweigend um und ging hinaus.

Die Männer waren müde und erschöpft. Tagelang hatten sie von Sonnenaufgang bis Sonnenuntergang im Sattel gesessen, sich ausschließlich von Brot, Fleisch und Tee ernährt und auf der nackten Erde geschlafen.

Umso mehr freuten sie sich, dass sie jetzt endlich wieder einmal eine Dusche genießen konnten, eine richtige Mahlzeit und einen Nachtisch bekamen und in einem richtigen Bett schlafen durften.

Daryl und Bruce Pierson halfen Mrs. Sharp und Meena noch beim Abwasch. Bruce versuchte mehrmals, Meena in ein Gespräch zu verwickeln, doch das Mischlingsmädchen war nicht sehr mitteilsam. Ray Hill beobachtete die Szene von seinem Platz aus. Nach einer Weile stand er auf und verließ vor allen anderen mit mürrischem Gesicht den Aufenthaltsraum.

Als sie mit der Arbeit fertig waren und die Frauen sich zurückzogen, setzte sich Daryl zu Poison-Joe an den Tisch. Der alte Farmarbeiter schaute von der zwei Wochen alten Sportzeitung auf, in die er vertieft gewesen war, und schob das Blatt beiseite.

»Scheint, wir sind zäher als der Rest der Meute«, sagte Poison-Joe mit einem zufriedenen Lächeln. »Na ja, eigentlich zählen Sie nicht richtig. Schließlich konnten Sie die letzten zwei Tage eine ziemlich ruhige Kugel schieben.«

»Und was ist mit der Beule an meinem Hinterkopf? Zählt die etwa nicht?«

»Ja«, antwortete Poison-Joe gedehnt, »merkwürdige Sache.

Gefällt mir gar nicht. Ich zerbreche mir schon den ganzen Tag den Kopf, wer von den Jungs Ihnen eins übergebraten hat – und warum.«

»Und, irgendeine Erleuchtung?«

»Nicht wirklich. Ist mehr so ein Gefühl.«

»Spucken Sie's aus.«

Poison-Joe lehnte sich über den Tisch, als wären sie nicht allein und könnten belauscht werden.

»Bill Murgura.« Er ließ sich in seinen Stuhl zurückfallen und bedachte Daryl mit einem Blick, als seien damit alle weiteren Erklärungen überflüssig.

»Wie kommen Sie gerade auf ihn?«

»Ist 'ne merkwürdige Type. Sie wissen ja, er arbeitet eigentlich nur während des Viehauftriebs auf Mount Keating. Trotzdem treibt er sich das ganze Jahr über immer wieder hier rum. Haben Sie ihm schon mal fest in die Augen geschaut? Da ist was, ich kann's nicht richtig beschreiben. Aber da brennt ein Feuer, irgendwie unheimlich und geheimnisvoll. Die anderen Schwarzen haben großen Respekt vor ihm. Klar, er ist ein ausgezeichneter Reiter. Aber das allein ist es nicht. Es ist, als hätte er eine ganz besondere Stellung unter ihnen.«

»Sie meinen, so wie ein Stammesältester oder ein Medizinmann?«

»Ja, genau.« Er strich sich nachdenklich durch den Bart. »Ich trau ihm nicht recht über den Weg.«

»Wie ich hörte«, versuchte Daryl dem Gespräch eine neue Richtung zu geben, »hat er sich einmal mit Floyd Buttler geprügelt. Wissen Sie, worum es dabei ging?«

»Ne, keinen Schimmer. Aber jetzt, da Sie's sagen: War auch 'ne merkwürdige Geschichte. Ich weiß bis heute nicht, warum ihn Floyd nicht rausgeworfen hat. Die Kompetenz dazu hätte er gehabt.«

»Vielleicht, weil er dann Ray Hill gleichfalls hätte rausschmeißen müssen. Immerhin gerieten sie sich ja auch in die Haare.«

»Das war was anderes. Ray hat bei der Rauferei mit Buttler ganz klar den Kürzeren gezogen, Floyd hatte nicht mal einen Kratzer. Bei Murgura war's genau umgekehrt. Und glauben Sie mir, Buttler war der Letzte, der sich von einem Eingeborenen verprügeln lässt, ohne sich dafür zu rächen.«

»Dann halten Sie es für möglich, dass Bill Murgura was mit Buttlers Tod zu tun hat?«

Der Farmarbeiter wiegte den Kopf hin und her. Schließlich sagte er vorsichtig: »Schon möglich. Er, Ray – oder Bruce.«

»Welche Probleme hatte Ray eigentlich mit Buttler?«

»Das hat er nie ausgeplaudert, aber ich kann's mir denken.«

»Und, weihen Sie mich in dieses Geheimnis mit ein?«

Poison-Joe kaute einen Augenblick unschlüssig auf seiner Unterlippe herum. »Baby-Ray ist 'n feiner Kerl. Ich will nicht, dass er Schwierigkeiten bekommt.«

»Dann sind wir schon zwei.«

Poison-Joe erzählte Daryl zunächst nichts, was er nicht bereits selbst herausgefunden hatte. Dass Ray auf das hübsche Mischlingsmädchen ein Auge geworfen hatte, war ihm bekannt. Auch dass er eifersüchtig auf jeden war, der ihr zu nahe kam, hatte Daryl längst erkannt. Neu war für ihn lediglich, dass Poison-Joe am Tag von Buttlers Verschwinden über Stunden hinweg vergeblich versucht hatte, Ray Hill über Funk zu erreichen. Vielleicht hatte der junge Farmarbeiter das Funkgerät tatsächlich nicht gehört, weil er Schweißarbeiten an einem Bullenrammer durchführen musste. So hatte er selbst es wenigstens erzählt. Vielleicht war er aber auch nicht die ganze Zeit auf der Station gewesen.

»Trotzdem, ich kann mir einfach nicht vorstellen, dass unser Baby-Ray zu einem Mord fähig ist. Deshalb hab ich der Polizei auch nichts davon erzählt«, beendete Poison-Joe seine Ausführungen. »Was meinen Sie? War das falsch?«

»Kann ich nicht beurteilen. Sie kennen ihn besser als ich.«

Poison-Joe nickte. »Ja, tue ich. Und solange es keinen Beweis gibt, dass Buttler eines unnatürlichen Todes gestorben ist, halt ich auch weiterhin den Mund.«

»Was ist mit Bruce?«

»Als er hier auftauchte, war er ein richtiges Greenhorn. Hielt sich für 'ne ganz harte Type, aber die körperliche Arbeit hat ihn rasch kuriert. Manchmal denke ich, er hat die Kurve gekriegt. Dann wiederum bin ich mir nicht sicher, ob man ihm wirklich trauen kann.«

»Wie kam er mit Buttler aus?«

»Ging so. Floyd nahm ihn hart ran. Das sorgte anfangs ein paar Mal für dicke Luft zwischen den beiden. Aber Agnes brachte das in Ordnung. Allerdings, Busenfreunde wurden die zwei nie.«

»Und wie steht's mit Ray?«

Poison-Joe kniff die Augen zusammen. »Sie wissen von der kleinen Rangelei zwischen den beiden?«, fragte er vorsichtig.

»Der Boss erzählte mir davon.«

»Da ging's wohl auch um Meena. Merkwürdig ist, dass Bruce sich erst nach Buttlers Verschwinden für das Mädchen zu interessieren begann.«

Daryl war unschlüssig, was er von Poison-Joe halten sollte.

Einerseits schien er eine ehrliche Haut zu sein, andererseits belastete ihn seine Vergangenheit. Ohne Zweifel gehörte Poison-Joe zum engsten Kreis der Verdächtigen. Im Moment fehlten aber noch immer eine ganze Reihe von Puzzleteilen. Bevor er die nicht gefunden und richtig zusammengesetzt hatte, wollte Daryl nichts überstürzen. Deshalb beschloss er, den Haftbefehl gegen den Farmarbeiter vorläufig zu ignorieren und ihn erst einmal nicht festnehmen zu lassen.

»Wie wär's vor dem Zubettgehen mit einem Schlummertrunk?«, wechselte Daryl das Thema. »Habe eine kleine Flasche irischen Whisky im Hubschrauber. Für alle Fälle.«

Ein schwaches Lächeln umspielte den Mund des alten Mannes. »Haben Sie denn etwas zu feiern?«

»Eigentlich nicht. Dachte nur, Sie hätten vielleicht auch Lust auf einen Schluck.«

»Ist nett, aber nein danke.«

»Ich dachte auch nicht, dass wir uns betrinken. Ich weiß ja, der Boss will nicht, dass auf der Station Alkohol konsumiert wird.«

»Das ist es nicht. Ich trinke nur nicht.«

»Was?«, rief Daryl überrascht. »Ein alter Dingo-Jäger wie Sie?«

»Glauben Sie mir, es war nicht leicht. Durch meine Kehle ist schon mehr Alkohol geflossen als zwei Ihrer Sorte in ihrem ganzen Leben je trinken werden.« Er lächelte grimmig. »Erst glaubt man, man könnte ewig so weitermachen. Aber irgendwann passiert etwas, und man muss sich entscheiden. Entweder säuft man sich zu Tode, oder man stellt sein Leben um. Ich hab die Kurve gerade noch gekriegt. Heute genehmige ich mir zwei- bis dreimal im Jahr ein Gläschen Bier. Das reicht.«

»Was war es? Ich meine, wie haben Sie es geschafft, sich zu ändern?«

Poison-Joe sah seinem Gegenüber fest in die Augen. »Ich habe das Böse in mir gesehen.«

10

Daryl war früher als üblich aufgestanden, weil er den Hubschrauber noch auftanken musste. Als er zum Duschhaus ging, hörte er plötzlich Schreie aus dem Aufenthaltsraum der Farmarbeiter.
Er lief hinüber und riss die Tür auf. Sein Blick fiel auf Mrs. Sharp. Sie drehte sich zu ihm um und starrte ihn mit großen Augen an. Dann schlug sie die Hände vors Gesicht. Daryl trat neben sie. Jetzt erst sah er den Körper, der vom Querbalken des Wellblechdaches herabhing.
Kurz hintereinander stürzten mehrere Stockmen in den Raum. Sobald sie den Toten sahen, blieben sie abrupt stehen oder wichen langsam zurück. Jetzt drängte sich Poison-Joe durch die Gruppe der Männer. Als er den erhängten Farmarbeiter sah, rief er zornig: »Verdammt, steht nicht wie die Ölgötzen rum! Bringt Mrs. Sharp hier raus und holt den Boss, wird's bald!« Er trat neben Daryl und blickte zu dem Toten auf.
Bruce Piersons Augen waren weit geöffnet. Er sah aus, als würde er mit strafendem Blick auf sie hinunterschauen.
Poison-Joe schüttelte ungläubig den Kopf. »Scheiße, warum hat sich der Kerl denn bloß umgebracht?«

Bis auf Daryl und Poison-Joe hatte Martin Barrow alle Männer nach draußen geschickt, wo sie nun durch die Fenster und die offene Tür starrten.

»Sollten wir ihn nicht langsam mal da runterholen?«, fragte Poison-Joe.
Barrow warf Daryl einen unschlüssigen Blick zu.
»Einen Moment noch«, meinte Daryl. Er ging um den Körper herum und betrachtete das Seil, an dem Bruce hing. Es war ein typisches Lassoseil, wie es alle Stockmen besaßen. Das Ende des Stricks war über den Querbalken geworfen und dann an einem der Stützbalken befestigt worden. Daryl hob den umgekippten Stuhl, der hinter dem Erhängten lag, auf und stellte ihn neben ihn. Dann verzog sich sein Gesicht zu einem grimmigen Lächeln.
»Was soll das, spielen Sie neuerdings Sherlock Holmes?«, fragte Poison-Joe genervt. »Ich weiß nicht, wie es Ihnen geht, aber mich macht dieser Anblick langsam nervös.«
»Ich wollte nur sicher sein, dass wir nichts übersehen haben«, erwiderte Daryl. »Also, holen wir ihn runter.«
Daryl schnitt das Seil einige Zentimeter hinter Bruce' Nacken ab, während Poison-Joe den Leichnam festhielt. Dann legten sie den Toten auf einen der Tische, deckten ihn mit einer Tischdecke zu und gingen nach draußen.
Barrow hielt eine kurze Rede und bat die Männer, trotz dieses traurigen Ereignisses an die Arbeit zu gehen. Anschließend ging er ins Haupthaus, um nach der Köchin zu sehen. Mrs. Sharp wirkte schon wieder ziemlich gefasst. Meena kümmerte sich um sie, so dass sich Barrow nach ein paar mitfühlenden Worten wieder zurück zum Aufenthaltsraum begab, wo Daryl auf ihn wartete.
»Wenn mir jetzt noch ein paar Eingeborene weglaufen, kann ich den Laden dichtmachen«, sagte Barrow besorgt. »Ich weiß, das klingt herzlos, aber im Augenblick ist hier so viel

los, dass ich langsam nicht mehr weiß, wo mir der Kopf steht.«

»Verständlich«, antwortete Daryl. »Übrigens, ich habe eben über Funk Sergeant Morley benachrichtigt. Er macht sich gleich auf den Weg hierher. Bis er eintrifft, möchte ich Sie bitten, dafür zu sorgen, dass niemand den Raum betritt und alles so bleibt, wie es ist.«

Der Rinderzüchter sah ihn fragend an. »Wieso das? Glauben Sie, es war kein Selbstmord?«

»Ich glaube das nicht nur, ich weiß es. Angenommen, Sie wollten sich hier drin erhängen. Wie würden Sie vorgehen?«

Martin Barrow überlegte kurz. »Wahrscheinlich genau so wie Bruce Pierson. Ich würde das Seil am Querbalken befestigen, auf einen Stuhl steigen und ihn dann umkippen.«

»Aber würden Sie den Strick nicht viel eher am Balken selbst festbinden, als ihn erst über ihn zu werfen und ihn dann hinüber zu einem Stützbalken zu ziehen, um ihn da zu befestigen?«

Barrows Blick folgte dem Seil. «Zugegeben, andersherum wäre es wesentlich einfacher. So sieht es fast so aus, als hätte er gewollt, dass man ihn einfacher wieder herunterlassen kann.«

»Oder heraufziehen«, bemerkte Daryl ernst.

Der Rinderzüchter starrte Daryl entgeistert an. »Sie glauben, jemand hat ihm die Schlinge um den Hals gelegt und ihn dann hochgezogen, damit es wie ein Selbstmord aussieht?«

»Genau das. Hätte der Mörder das Seil einfach nur am Querbalken befestigt, dann hätte er sein Opfer hochheben und dessen Kopf in die Schlinge legen müssen, was ein einzelner Mann aber unmöglich bewerkstelligen kann.«

»Verstehe. Aber was ist, wenn sich Bruce doch selbst erhängt hat? Ich meine, wer weiß schon, was in einem Menschen, der Selbstmord begehen will, vorgeht?«

»Genau aus diesem Grund habe ich Bruce vom Seil abgeschnitten, statt ihn mit Hilfe des Stricks herunterzulassen.« Er ging zu dem Stuhl, der neben Bruce' Leiche gelegen hatte. »Vermutlich ist es Ihnen nicht aufgefallen. Die Sitzfläche des Stuhls befindet sich auf einer Höhe von ungefähr fünfzig Zentimetern. Bruces Füße hingen aber gut vierzig Zentimeter höher. Nicht mal, wenn er auf den Zehenspitzen gestanden hätte, wäre es ihm möglich gewesen, seinen Kopf in die Schlinge zu legen.«

»Donnerwetter«, rief der Rinderzüchter bewundernd, »Sie haben Recht! Das würde bedeuten, dass Bruce bewusstlos oder bereits tot war, als man ihn aufhängte.«

»Warten wir den Obduktionsbefund ab.« Daryl schaute auf die Uhr. »Höchste Zeit, mich an die Arbeit zu machen.«

»Was haben Sie denn vor?«

»Rinder zusammentreiben, was sonst?«

Martin Barrow sah ihn verständnislos an. »Und was wird aus Bruce und dem Sergeant?«

Daryl tippte sich an die Stirn. »Das werden Sie schon machen, Boss.«

Daryl steuerte den Hubschrauber hoch über den Baumwipfeln nach Nordwesten. Die rote Erde unter ihm glühte in der Morgensonne, als stünde sie in Flammen, während die Bäume in den verschiedensten Grüntönen glitzerten. Daryl genoss den Ausblick und freute sich auf die Arbeit, die vor ihm lag.

Von seinen Erkundungsflügen wusste er, dass das Gebiet nördlich der Station von unzähligen felsigen Schluchten durchzogen war. Diese waren jedoch meist weniger tief, ihre Ränder flacher und die Vegetation dort war lockerer als in den Schluchten im Süden, wodurch sie aus der Luft besser zu überblicken waren. Außerdem gab es nur wenige Wasserstellen. Das erleichterte Daryl die Arbeit, denn nach der Hitze des Tages sammelten sich die Rinder an diesen wenigen Stellen in großen Gruppen, um ihren Durst zu löschen.
Trotzdem hatte Daryl Mühe, sich aufs Fliegen zu konzentrieren, denn er musste immer wieder an Bruce Pierson denken. Er fragte sich, ob er vielleicht etwas übersehen hatte und so mitschuldig an Bruce' Tod war. Aber sosehr er sich auch anstrengte, er konnte nicht erkennen, wie er die Tat hätte verhindern können. Bis auf die Auseinandersetzung mit Ray Hill, die Daryl vor einigen Tagen zufällig beobachtet hatte, hatte sich Bruce Pierson nur einmal auffällig verhalten, nämlich an jenem Morgen, als Daryl Zeuge des Streits zwischen Bill Murgura und Meena geworden war. Bruce hatte sich versteckt und war Murgura dann zu den Koppeln gefolgt. Mit wem sich der Aborigine dort getroffen hatte, glaubte Daryl inzwischen zu wissen. Doch ob Bruce' Ermordung mit diesem Ereignis oder mit der Rivalität zwischen ihm und Ray Hill zu tun hatte, war nicht klar. Und doch musste Bruce etwas gewusst oder jemanden bedroht oder vielleicht sogar erpresst haben, so dass er selbst zum Opfer wurde. Jeder der Männer auf der Station wäre kräftig genug gewesen, um Bruce an dem Dachbalken hochziehen zu können. Doch nur wenige hätten ihm wohl ein Seil um den Hals legen und ihn mit solcher Kraft erdrosseln können, dass dieser sich nicht

einmal zur Wehr setzen konnte. Spuren eines Kampfes hatte Daryl jedenfalls weder im Aufenthaltsraum noch rund um das Gebäude finden können. Daryl hatte gesehen, mit welcher Gewandtheit und Leichtigkeit Pierson sich gegen Rays Angriff verteidigt hatte. Es gab also nur eine Schlussfolgerung: Sein Mörder musste ihn von hinten überfallen und in Sekundenschnelle erdrosselt haben.

In diesem Augenblick machte Daryl eine kleine Herde aus, die an einem Seitenarm des Morgan Rivers ihren Durst löschte.

»Echo-Hotel-Lima ruft Mount Keating-Mobile-1, bitte kommen.«

»Hier Mount Keating-Mobile-1. Was gibt's, geflügelter Cowboy?«, drang Poison-Joes Stimme knisternd an Daryls Ohren.

»Habe am Little Morgan River eine kleine Herde aufgespürt. Kann sie aber nicht ganz bis zu euch rüberbringen, da der Treibstoff bald zu Ende geht.«

»Okay, ich schick Ihnen sechs Mann entgegen.«

»Nehmt besser den Bullenrammer mit, da ist …«

Plötzlich stotterte der Motor. Daryl warf einen Blick auf die Treibstoffanzeige. Er hatte noch für mindestens eine halbe Stunde Benzin. Für ein paar Sekunden klang der Motor wieder normal, doch dann stotterte und spuckte die Hughes 300 erneut.

»Scheiße!«, rief Daryl laut.

»Was ist los, Echo-Hotel-Lima?«, hörte er Poison-Joes besorgte Stimme.

Daryl blieb keine Zeit zu antworten. Als der Motor aussetzte, schmierte die Maschine augenblicklich ab. Verzweifelt zog Daryl den Steuerknüppel nach rechts.

Der Hubschrauber raste nur knapp über ein Felsenkliff. Die Eukalyptusbäume unter ihm verschmolzen zu einer grünen Fläche, kamen mit unglaublicher Geschwindigkeit auf ihn zu. Dann streifte die Hughes die ersten Wipfel. Äste und Blätter schlugen gegen die Plexiglashaube oder durchbohrten sie, und die Rotoren fraßen sich wie eine riesige Kreissäge durch die Baumkronen, ehe sie krachend zersplitterten. Als die Maschine die grüne Blätterwand durchschlagen hatte, war sie nur noch ein flügelloses, totes Insekt.
Das Letzte, was Daryl sah, war eine olivgrüne Wand, die in Lichtgeschwindigkeit auf ihn zuzurasen schien.

Als Daryl zu sich kam, stand ihm das Wasser buchstäblich bis zum Hals. Zunächst wusste er nicht, wo er war, doch dann dämmerte es ihm langsam. Das Stottern des Motors, das plötzliche Abschmieren der Maschine, die auf ihn zuschießenden Baumwipfel und dann … Weiter konnte er sich nicht erinnern. Immer noch etwas benommen hob er den Kopf und sah sich um.
Die Hughes 300 war zum Glück an einer nicht allzu tiefen, sandigen Stelle in den Fluss gestürzt, wodurch der Aufprall gemindert worden war. Das hatte ihm das Leben gerettet.
Zitternd vor Kälte tastete Daryl mit einer Hand nach seiner Stirn. Die dicke Beule und das verkrustete Blut sagten ihm, das er beim Aufprall aufs Wasser mit dem Kopf irgendwo gegen geschlagen sein musste. Daher also auch seine Kopfschmerzen. Sonst war er aber anscheinend unverletzt, zumindest spürte er keine Schmerzen, als er jetzt seine unterkühlten Arme und Beine prüfend bewegte. Offenbar war er eine ganze Weile bewusstlos gewesen, denn die untergehende

Sonne stand weit im Westen, und gespenstische Schatten krochen langsam in das Tal, wo sie das Bild der Landschaft mit jeder Minute veränderten.

Allmählich begriff er, welch unglaubliches Glück er gehabt hatte, und das versetzte ihm einen ziemlichen Schock. Für einen kurzen Moment schloss er die Augen und mahnte sich zur Ruhe. Er war am Leben, er war unverletzt, und das bedeutete, dass es keinen Grund gab, in Panik zu geraten. Daryl tastete nach dem Sicherheitsgurt um seinen Bauch, der ihn noch immer auf dem Sitz festhielt. Er konnte von Glück reden, dass er angeschnallt gewesen war und dass der Hubschrauber schräg im Wasser lag, so dass sein Körper nur nach hinten hatte fallen können, als er ohnmächtig wurde. Andenfalls wäre er vermutlich ertrunken. Mit zitternden Fingern versuchte er, unter Wasser den Sicherheitsgurt zu lösen, doch dieser ließ sich nicht öffnen. »Okay, kein Grund zur Panik«, ermahnte er sich erneut. Seine Stimme klang zittrig und für seinen Geschmack ein wenig zu schrill. Für einen Moment schloss er die Augen. *»Lerne gelassen zu sein, denn nur so wirst du die Weisheit und den Mut finden, auch schwierige oder unlösbar scheinende Situationen zu meistern.«* Ungjeeburra. Manchmal fragte er sich wirklich, was er ohne dessen Weisheiten machen würde.

Nachdem sich Daryl etwas beruhigt hatte, tastete er nach dem Klappmesser in seiner Hosentasche. Seine Finger zitterten, jedoch nicht mehr vor Angst, sondern vor Kälte. Als er das Messer endlich zu fassen bekam, herauszog und mit den Fingern der anderen Hand die Klinge aufklappen wollte, glitt es ihm aus der Hand. »Verfluchte Scheiße!«, rief er entsetzt aus. Dann versuchte er erneut, sich zur Ruhe zu zwingen: »Okay, nichts passiert. Du kommst hier raus, brauchst nur ruhig zu bleiben und dich zu konzentrieren.« Daryl holte tief Luft, tauchte unter Wasser und beugte sich so weit vor, wie es der Gurt zuließ. Sorgfältig, mit gespreizten Fingern, suchte er rund um den Pilotensitz nach dem Messer. Als er es nach dreißig Sekunden noch immer nicht gefunden hatte, tauchte er auf und rang nach Luft. Seine Erleichterung war riesig, als er es beim zweiten Versuch schließlich fand. Nun verlor er keine Zeit mehr. Er durchschnitt den Gurt, dann holte er noch einmal tief Luft, verschwand wieder unter Wasser und suchte nach dem Notfallset, das mit Klettband unter dem Kopilotensitz befestigt war. Als er es gefunden hatte, und wieder aufgetaucht war, klemmte er es zwischen die Zähne und glitt aus der halb versunkenen Maschine. Er wusste nicht, ob es in dem Fluss Krokodile gab, deshalb zwang er sich, so geräuschlos wie möglich ans Ufer zu schwimmen.

Einige Meter vom Ufer entfernt, entdeckte er ein lang gezogenes, oben abgeflachtes Felsmassiv. Daryl kletterte vorsichtig über die großen rotbraunen Steinquader hinauf zum Plateau. Als er es erreichte, berührte die Sonne im Nordwesten gerade den Horizont. Er sah zu, wie sich ihre glühenden Strahlen rasch aus der Ebene zurückzogen, das letzte Licht aus den gleißend roten Felsen sogen und die eben noch grün schimmernden Bäume in dumpfe, graue Skulpturen verwandelten.

Die Gegend, in der Daryl abgestürzt war, lag schätzungsweise zehn bis fünfzehn Kilometer südöstlich von der Stelle, wo er die Männer mit der Herde vermutete. Bei Tageslicht hätte er trotz des unwegsamen Terrains problemlos zu Fuß dorthin gehen können. Doch bei Dunkelheit war das zu

gefährlich. Er kramte deshalb den kleinen stoß- und wasserdichten Notrufsender hervor, zog die Antenne heraus, tippte eine kurze Meldung und drückte den Sendeknopf. Irgendwo weit über ihm würde ein Satellit sein Notrufsignal auffangen, seine genaue Position errechnen und sie an die Rettungszentrale weiterleiten. Er musste nur abwarten, bis Hilfe kam.
Daryl sammelte Feuerholz und zündete mit den Wachsstreichhölzern aus dem Notfallset vier kleine Feuer an. Dann zog er die nassen Kleider aus und setzte sich nackt im Schneidersitz zwischen die Feuerstellen. Wohlige Wärme umhüllte ihn, und er schloss die Augen. Nach einer Weile begann er leise zu singen. Es war ein monotoner Gesang, die Worte überliefert aus grauer Vorzeit. Vor seinem geistigen Auge sah er zunächst einen grauen Nebel, der sich nach einigen Minuten langsam zu lichten begann. Hinter dem Nebel, der eigentlich der Rauch eines Feuers war, saß eine Gestalt. Sie war ebenfalls nackt, saß ebenso wie er ihm Schneidersitz vor einem Lagerfeuer und summte leise vor sich hin. Daryl erkannte einen alten, weißbärtigen Eingeborenen mit breiten, rissigen Lippen, die sich langsam zu einem zufriedenen Lächeln verzogen. Es war Ungjeeburra. Daryl, der bis zu diesem Moment den Schock des Hubschrauberabsturzes so gut es ging verdrängt hatte, durchlebte nun noch einmal den Schrecken der vergangenen Stunden, doch diesmal war er nicht allein. Ungjeeburra war bei ihm, hielt wie mit unsichtbaren Fäden Kontakt zu ihm und verhinderte so, dass Daryl erneut in Panik geriet.
Die Fähigkeit der australischen Ureinwohner, über weite Entfernungen mit anderen Stammesmitgliedern in telepathische Verbindung zu treten, war ein Phänomen, das in einschlägigen

Fachkreisen immer wieder behandelt wurde, aber nie befriedigend geklärt werden konnte. Daryl hatte es längst aufgegeben, sich über diese Frage den Kopf zu zerbrechen. Er war überzeugt, der Verstand eines Weißen würde dieses Rätsel ohnehin nie lösen können. Er selbst hatte oft versucht, auf diese Art mit Ungjeeburra in Kontakt zu treten, bisher allerdings ohne großen Erfolg. Vielleicht lag es daran, dass er nie die Blätter der Mingulpa, einer Pflanze mit starker halluzinatorischer Wirkung, gekaut hatte, wie es die Pintubi taten, wenn sie sich in Trance versetzen wollten. Nur ein einziges Mal war es ihm zuvor gelungen, so etwas wie eine telepathische Verbindung mit Ungjeeburra herzustellen. Es war der Tag gewesen, an dem er erfahren hatte, dass seine Verlobte Michelle nicht mehr lebte. Grenzenlose Verzweiflung, unbändige Wut und schließlich tiefe Traurigkeit hatten ihn in die Wüste getrieben, wo er sich unter einen Mulgabaum setzte, die Augen schloss und nur noch einen Wunsch verspürte: zu sterben. *»Der Wind sang mir deine Gedanken«*, hatte ihm Ungjeeburra später erzählt. Daryl wusste nicht, wie es der alte Aborigine gemacht hatte. Aber Ungjeeburra, der zu diesem Zeitpunkt über vierhundert Kilometer von ihm entfernt war, hatte mit ihm gesprochen, hatte ihm Mut gemacht und ihm mit seiner Nähe geholfen, nicht aufzugeben.

Daryl hatte Michelles Mörder gefasst. Aber die Narben, die ihr Verlust hinterlassen hatte, waren geblieben.

Wie damals saß er nun draußen im Busch, allein und aufgewühlt. Und wie damals sprach Ungjeeburra zu ihm, beruhigte ihn und half ihm, alles wieder im richtigen Licht zu sehen.

Er war hierher gekommen, um diesen Fall zu lösen. Nun ja, nicht nur. Er war auch hier, um herauszufinden, ob er noch weiter Polizist sein wollte. Manchmal sehnte er sich einfach nur danach, mit Ungjeeburra durch die Wüste zu ziehen, ohne festes Ziel, losgelöst von all den Zwängen, die ein Leben in der Zivilisation mit sich brachte. Eines Tages würde er diesen Schritt vermutlich auch tun. Doch so weit war es noch nicht.

Daryl war gerne Polizist, doch er war im Busch zu Hause, nicht im Großstadtdschungel. Er war kein Stadtcop, das wusste er schon seit langem. Und Chef Garratt wusste das ebenfalls. Aus diesem Grund hatte ihn »Die Killertomate« sicherlich auch auf diesen Fall angesetzt. Doch Garratt war bestimmt auch klar, dass er Daryl nicht von seiner Absicht abbringen konnte, seinen Job an den Nagel zu hängen, nur indem er ihn auf Mount Keating auf einen Fall ansetzte, der genau auf Daryls Ermittlungstaktiken zugeschnitten war. Garratt führte irgendetwas im Schilde, und langsam wurde Daryl neugierig, was es war.

Zwei Tage später war Daryl bereits wieder in der Luft. Die Maschine, die er flog, war eine Bell 47G und gehörte Pater O'Donnell. Zwar hatten die Sicherheitsgurte, die ihn beim Aufprall ins Wasser auf seinem Pilotensitz festgehalten hatten, auf seiner Brust schmerzhafte Blutergüsse hinterlassen, die ihn beim Fliegen etwas behinderten – außerdem zierte eine stattliche Beule seine Stirn, und seine Rippen fühlten sich an, als hätte ihm ein großes Graukänguru einen Tritt verpasst – aber davon ließ sich Daryl nicht aufhalten.

Nachdem ihn ein Suchtrupp, bestehend aus Poison-Joe und einigen Eingeborenen, gefunden hatte, war er zur Station zurückgekehrt. Alle waren schrecklich besorgt um ihn gewesen, ganz besonders Mrs. Sharp, Meena und Mr. Barrow, was Daryl fast als ein wenig unangenehm empfunden hatte. Er war froh, dass sie sich bald beruhigten, als sie merkten, wie gefasst und ausgeglichen er wirkte. Daryl wusste, dass er das allein seinem »Gespräch« mit Ungjeeburra verdankte, wenngleich er sich inzwischen fragte, ob er tatsächlich mit ihm in telepatischem Kontakt gestanden hatte. Was Martin Barrow anging, so hatte er ihm versichert, dass ihm wirklich nichts passiert war und dass er auch schon wusste, wo er für die letzten Tage des Viehauftriebs einen Hubschrauber herbekam. Noch am selben Abend hatte Daryl über Funk mit Pater O'Donnell Verbindung aufgenommen und ihm von seinem Absturz berichtet, worauf sich dieser sofort bereit erklärt hatte, ihm für ein paar Tage seine Maschine zur Verfügung zu stellen. Daryl war mit einem der Motorräder der Station zur Aborigine-Mission gefahren, um den kleinen, zweisitzigen Hubschrauber zu holen. Er hatte sich mit voller Absicht so rasch wieder hinter den Steuerknüppel gesetzt, so konnte er das schreckliche Erlebnis am schnellsten verarbeiten. Auf dem Flug zurück zur Station landete er bei der Absturzstelle. Die Tanköffnungen der beiden Treibstoffbehälter hinter dem Cockpit lagen zum Glück knapp über der Wasseroberfläche, so dass er Proben in Flaschen abfüllen konnte, die er ins technische Polizeilabor nach Perth schicken wollte. Seit Daryl mit der Hughes 300 flog, hatte er die Maschine regelmäßig überprüft und gewartet. Er war überzeugt, dass der Absturz kein Zufall war. Wer auch immer die Morde auf Mount-Keating-Station begangen hatte, er wurde nervös.

An den folgenden zwei Tagen unternahm Daryl nur noch zwei Flüge täglich, spürte in dieser Zeit aber wesentlich mehr

Rinder auf als zuvor. Außerdem half er beim Aufbau des mobilen Geheges, das immer dann eingesetzt wurde, wenn die Männer die Herde vor Anbruch der Dunkelheit nicht mehr bis zu einem der über die ganze Farm verstreuten Sammelpferche treiben konnten. Ray Hill transportierte die zusammensteckbaren Metallgatter auf dem Lastwagen an den zuvor verabredeten Ort, wo sie von ihm, Daryl und zwei weiteren Männern aufgebaut wurden. Es war eine schweißtreibende Arbeit, die sich für die Männer aber auszahlte, mussten sie doch nun nicht mehr befürchten, dass die Herde in der Nacht durch irgendetwas aufgeschreckt wurde, durchging und sich wieder in alle Richtungen zerstreute.

11

Daryl landete den Helikopter, stellte den Motor ab und wartete, bis die Rotorblätter aufhörten, sich zu drehen. Seufzend schaute er zu, wie sich der aufgewirbelte Staub langsam legte, anschließend betrachtete er wehmütig das Cockpit. Es war sein letzter Tag als fliegender Cowboy und gleichzeitig das Ende seines offiziellen »Urlaubs«. Dies bedeutete aber nicht, dass er auch nur eine Sekunde daran dachte, nach Perth zurückzukehren.

Die meisten Rinder waren zusammengetrieben und auf dem Weg zu den großen Sammelkoppeln nahe der Farm, die sie in zwei Tagen erreichen würden. Der Viehauftrieb war zwar noch nicht ganz zu Ende, aber von nun an wurde der Hubschrauber nicht mehr gebraucht. In den nächsten Tagen würde er ihn zu Pater O'Donnell nach Kalumburu zurückbringen.

Nachdem Daryl die Rotorblätter mit einer Leine gegen mögliche Windböen gesichert hatte, ging er zum Arbeitsschuppen hinüber.

Ray Hill stand über den Motor eines Bullenrammers gebeugt und schraubte an ihm herum.

Als der Detective neben ihn trat, blickte er kurz auf und arbeitete dann weiter.

»G'Day, Mate!«, begrüßte Daryl ihn. »Geht's voran?«

»Ja«, kam die knappe Antwort.

»Wann können wir los?«
»Gleich. Muss nur noch einen neuen Keilriemen montieren.«
Daryl lehnte sich gegen die verbeulte Karosserie des Toyotas und schaute dem jungen Mann bei der Arbeit zu.
»Was ist los, Ray?«
»Nichts.«
»Es geht immer noch um Meena, nicht wahr?«
Der junge Farmarbeiter lief rot an, blieb aber stumm.
»Ich habe also Recht«, bohrte Daryl weiter.
»Scher dich zum Teufel, Simmons!«
»Meine Güte, was ist eigentlich das Problem, Ray? Wenn Sie Meena lieben, dann sagen Sie es ihr. Und seien Sie nicht auf jeden eifersüchtig, der sich ihr nur auf fünf Meter nähert.«
Nun hatte Daryl den Jungen da, wo er ihn haben wollte. Mit zornigem Blick richtete sich Ray auf und hielt ihm den Schraubenschlüssel unter die Nase.
»Sie wollen einfach nicht locker lassen, was? Sie legen es darauf an, dass ich meine Drohung wahr mache und Sie verprügle.«
»Wie ich gehört habe, ist das Ihre bevorzugte Methode, um Probleme zu lösen. Ging es bei Ihren Auseinandersetzungen mit Buttler und Bruce auch um Meena? Nun, spielt ja eigentlich keine Rolle mehr, sie sind beide tot«, provozierte ihn Daryl bewusst weiter.
Für einen kurzen Moment zuckte der rothaarige Junge zusammen. Als er antwortete, war seine Stimme kalt wie Eis.
»Was wollen Sie damit andeuten?«
Nun war es Daryl, der nichts sagte. Lediglich ein schwaches

Lächeln umspielte seinen Mund, doch das reichte, um sein Gegenüber zu verunsichern.

Langsam ließ Ray den Schraubenschlüssel sinken. Er zwinkerte ein paar Mal, dann fragte er unsicher: »Wollen Sie etwa behaupten, ich hätte etwas mit dem Tod der beiden zu tun?«

Daryl schwieg.

»Hören Sie auf zu grinsen, und machen Sie den Mund auf! Bruce hatte den Verdacht, dass mit Ihnen etwas nicht stimmt. Langsam glaube ich, er hatte Recht. Na los, sagen Sie, was Sie glauben zu wissen. Oder hat Sie jetzt plötzlich der Mut verlassen?«

»Wie kommen Sie darauf, dass ich etwas vermute – oder gar weiß.«

»Sie weichen aus.«

»Sehen Sie, Ray, ich glaube, Sie haben etwas zu verbergen«, sagte der Detective freundlich und nahm Hill das Werkzeug aus der Hand, um an seiner Stelle die Arbeit am Bullenrammer zu beenden. »Ich weiß nicht, was es ist. Und wie Sie mir ja schon einmal gesagt haben, geht's mich vermutlich auch nichts an. Aber wenn es mit dem Tod der beiden zu tun hat, dann sollten Sie's vielleicht besser der Polizei sagen.«

»Da liegen Sie komplett falsch.«

»Vielleicht. Allerdings frage ich mich dann, warum Sie Meena nicht längst gesagt haben, was Sie für sie empfinden. Oh, ich weiß schon, was Sie jetzt wieder sagen wollen: Sie sind nicht gut genug für sie, niemand ist das. Glauben Sie wirklich, diese Scheiße kauft Ihnen jemand ab?«

»Es ist die Wahrheit.«

»Es ist Unfug.«
Daryl ließ die Motorhaube zufallen und drückte Ray Hill den Schraubenschlüssel wieder in die Hand. »Vielleicht sollten Sie aufhören, alles in sich hineinzufressen. Reden Sie. Ich an Ihrer Stelle würde bei Meena damit anfangen.«
In diesem Augenblick trat Martin Barrow in den Schuppen.
»Wie sieht's aus, ist der Bullenrammer fertig?«
Ray nickte.
»Okay, dann los. Wir müssen uns beeilen, wenn wir das Übernachtungsgehege am Morgans Bluff bis zum Abend aufgestellt haben wollen. Sie, Simmons, fahren mit mir. Und du, Ray, nimmst den Bullenrammer.«

Der Viehzüchter machte ein grimmiges Gesicht. Schweigend kaute er auf dem Mundstück seiner Pfeife herum, als handelte es sich dabei um ein zähes Stück Fleisch.
Amüsiert beobachtete ihn Daryl eine Zeit lang, dann fragte er: »Ärger?«
»Sagen Sie's mir. Das eben war doch bestimmt keine Plauderei unter Freunden.«
»Nicht wirklich.«
»Dachte ich mir. Sehen Sie, Simmons, eine Rinderstation kann man nur erfolgreich führen, wenn man immer und überall auf dem Laufenden ist. Im Augenblick geschieht aber einiges, auf das ich mir keinen Reim machen kann, und das macht mich verdammt nervös. Nehmen wir nur mal Ray Hill. Der Junge war eigentlich ein schüchterner, zurückhaltender Bursche. So wütend und angespannt wie in den letzten Wochen habe ich ihn noch nie erlebt. Und Meena wird immer verschlossener. Dann schlägt Sie jemand nieder, Poison-

Joes Gewehr wird gestohlen, ein weiterer Mann wird ermordet, und Sie stürzen aus unerklärlichen Gründen mit dem Hubschrauber ab. Langsam habe ich das Gefühl, es braut sich hier ein riesengroßes Unwetter zusammen, und ich weiß nicht, was ich dagegen tun kann.«

»Was sagten Sie eben? Poison-Joes Winchester wurde gestohlen? Wann?«

»Das weiß er nicht. Vor zwei Tagen, als er kurz hier war, um den defekten Bullenrammer vorbeizubringen, ging er in die Unterkunft, um sich ein frisches Hemd zu holen. Da bemerkte er es zufällig. Hat er es Ihnen gegenüber nicht erwähnt?«

»Nein, mit keiner Silbe.«

Der Rinderzüchter warf Daryl einen besorgten Blick zu. »Ich habe langsam ein ungutes Gefühl bei der Sache.«

Für einen kurzen Moment bildeten sich Furchen auf Daryls Stirn, dann entspannten sich seine Züge, und er begann zu lächeln. »Wenn man in einem Ameisenhaufen herumstochert, dann schwärmt gleich ein ganzes Heer von Soldaten aus, um den Störenfried zu vertreiben. Stößt man dagegen in ein menschliches Wespennest, dann scheucht man nur diejenigen auf, die etwas zu verbergen haben. Genau das habe ich getan. Glauben Sie mir, Mr. Barrow, es kommt Bewegung in den Fall.«

»Ihr Wort in Gottes Ohr«, meinte der Viehzüchter skeptisch. »Übrigens, Ihr Boss hat sich wieder gemeldet. Er erwartet, dass Sie sich unverzüglich bei ihm melden.«

»Was hat er denn genau gesagt?«, wollte Daryl wissen.

»Das möchte ich lieber nicht wiederholen. Er war jedenfalls ziemlich ungehalten.«

»Kann ich mir lebhaft vorstellen.«

»Außerdem sagte er, den Hubschrauber würden Sie aus der eigenen Tasche bezahlen müssen. Das meint er hoffentlich nicht ernst, oder?«

Daryl zuckte mit den Schultern. »Wer weiß? Am besten, ich lass ihn noch ein wenig schmoren. Wird Gift für seinen Blutdruck sein, aber in ein paar Tagen hat er sich bestimmt etwas beruhigt.«

»Ich glaube nicht, dass das eine gute Idee ist. Er war kurz davor, unsere Freundschaft aufzukünden.«

»Oh, er wird's schon verkraften, machen Sie sich mal keine Sorgen.«

»Er vielleicht. Aber was ist mit Ihnen? Sie könnten wirklich Ärger kriegen oder sogar entlassen werden.«

»Genau genommen, ist das nicht einmal mehr nötig. Mein Kündigungsschreiben liegt bereits auf seinem Tisch.«

Der Rinderzüchter sah ihn verwundert an. »Sie wollen Ihren Job an den Nagel hängen?«

»Ich hatte es vor. Und sobald ich diesen Fall aufgeklärt habe, werd ich es wohl auch tun – wenn mich der Chef bis dahin nicht schon von sich aus gefeuert hat.«

Barrow schüttelte den Kopf. »Warum tun Sie das? Ich meine, Sie haben selbst gesagt, dass, selbst wenn Sie beweisen können, dass Buttler ermordet wurde, es Ihnen vielleicht nicht möglich sein wird, den Mörder vor Gericht zu bringen.«

»Richtig. Ich habe aber auch gesagt, dass ich die Umstände seines Todes auf jeden Fall aufklären werde. Ob ich am Ende stichhaltige Beweise vorlegen kann, ist eine andere Sache. Außerdem gibt es inzwischen noch einen weiteren Mordfall, den es zu lösen gilt.«

»Trotzdem, ich verstehe nicht, weshalb Sie dafür Ihre berufliche Laufbahn aufs Spiel setzen wollen.«
»Nennen wir es unstillbare Neugierde, gepaart mit einer riesigen Portion Ehrgeiz.«

12

Es war der letzte Tag des Viehtriebs. Daryl schälte sich aus dem Schlafsack und holte einen Becher von dem Tee, den Mrs. Sharp bereits vor einer Stunde zubereitet hatte.
Nach und nach sammelten sich auch die anderen Männer um das wärmende Feuer, über dem die Köchin gerade auf einem Metallrost die Steaks für das Frühstück grillte. Das eintönige Essen der vergangenen Wochen hatte den Stockmen offenbar den Appetit noch nicht verleidet, jedenfalls hauten sie rein, als sei es ihre letzte Mahlzeit für lange Zeit.
Bis auf Martin Barrow waren alle Männer am Vorabend beim letzten provisorischen Gehege vor der Farm geblieben. Da die Herde in den vergangenen zwei Tagen nochmals um über einhundertfünfzig Tiere gewachsen war, brauchten sie für die letzte Etappe jeden Mann.
Die ganze Nacht hindurch war immer wieder das Brüllen eines verwilderten Bullen zu hören gewesen, der sich irgendwo außerhalb des Lagers herumtrieb. Das Vieh war dadurch sehr unruhig, und die Männer waren dementsprechend nervös. Die Herde konnte zwar normalerweise von einem Dutzend Männern problemlos unter Kontrolle gehalten werden. Besonders heikel blieb aber der Moment, in dem die Rinder aus dem provisorischen Gehege gelassen wurden. Wenn die Tiere dann urplötzlich aufschreckten, davonpreschten und sich wieder im Busch verstreuten, war

die Arbeit von vielen Tagen auf einen Schlag zunichte gemacht.
Während die Männer ihr Frühstück verspeisten, gesellte sich Poison-Joe zu Daryl.
»Dieser Bulle macht mir Sorgen«, sagte er mit finsterem Gesicht. »Falls der auftaucht, wenn wir die Herde aus dem Pferch lassen, ist hier der Teufel los.«
»Vielleicht sollten wir ihn suchen und vorsichtshalber erschießen«, schlug Daryl vor.
»Keine gute Idee. Wenn wir herumballern, werden die Rinder womöglich noch nervöser. Nein, ich denke, am besten sichern wir die Flanken mit den Bullenrammern. An die hat sich die Herde in den letzten Tagen einigermaßen gewöhnt, hat aber immer noch einen Heidenrespekt vor ihnen. Sollte der Bulle auftauchen, fahren wir ihn eben um.«
Nachdem die Pferde gesattelt waren, wurden ihnen die Fußfesseln abgenommen. Dann saßen die Männer auf, und Poison-Joe gab ihnen letzte Anweisungen.
Als die Reiter ihre Positionen eingenommen hatten, wurde das Gatter geöffnet, und die Tiere wurden herausgetrieben. Gleich zu Beginn versuchte eine Gruppe unter der Führung eines jungen Bullen seitlich auszubrechen, doch die Eingeborenen-Cowboys drängten sie gleich wieder zurück in die Herde.
Daryl, der einen der Bullenrammer steuerte, fuhr in einigem Abstand links neben dem Viehtreck her. Für ihn gab es im Moment nichts zu tun, worüber er aber nicht unglücklich war. Die Vorstellung, einen wild gewordenen Stier, der auf ihn zustürmte, mit seinem Fahrzeug aufhalten zu müssen, behagte ihm gar nicht.
Während er sich noch Gedanken machte, ob er sich in einer

solchen Situation instinktiv richtig verhalten würde, stürzte plötzlich ein riesiger Stier hinter einer Gruppe junger Weißzedern hervor. Wütend und mit Schaum vor dem Maul raste er direkt auf einen der Stockmen zu. Das gewaltige Tier war an die fünfhundert Kilo schwer, mit Hörnern, so spitz wie Bajonette.

Bei dem Reiter handelte es sich um Billy Parker, den jüngsten Stockman. Als dieser bemerkte, was vor sich ging, versuchte er, sein Pferd herumzureißen. Doch das Tier scheute, stolperte über eine Wurzel und stürzte. Im letzten Moment gelang es dem jungen Aborigine, seine Füße aus den Steigbügeln zu bekommen und abzuspringen, sonst wäre er unter seinem Pferd begraben worden. Damit war die Gefahr aber noch keineswegs gebannt.

Daryl riss das Steuer herum, trat aufs Gaspedal und mit heulendem Motor schoss der verbeulte Toyota vorwärts.

Nun war buchstäblich der Teufel los. Die verschreckten Rinder begannen loszustürmen, scherten nach rechts aus und drohten, die Männer an ihrer Flanke einfach niederzutrampeln. Anstatt in Panik zu geraten, trieben die Cowboys ihre Pferde an, vergrößerten den seitlichen Abstand zur Herde und gaben ihr so mehr Platz, um vom Ort des Geschehens wegzukommen. Gleichzeitig versuchten sie, die Tiere zusammenzuhalten und weiter vorwärts zu treiben.

Während die verstörte Stute auf die Beine zu kommen versuchte, griff Billy bereits nach dem Sattelknauf und schwang sich auf den Rücken des Tieres. Wenige Sekunden später standen Pferd und Reiter wieder. Bevor Billy Parker jedoch seine Stute antreiben und sich aus der Gefahrenzone bringen konnte, rammte der riesige Bulle das Pferd mit gesenktem Kopf und riss es um. Entsetzt musste Daryl mit ansehen, wie der Aborigine aus dem Sattel geschleudert wurde und dann durch den aufgewirbelten Staub aus seinem Blickfeld verschwand. Als er ihn Sekunden später wieder sah, hatte ihn der rasende Stier auf die Hörner genommen und wirbelte ihn wie eine Strohpuppe durch die Luft. Billy Parker wurde mindestens drei Meter weit weggeschleudert. Dadurch hatte Daryl freie Bahn. Mit einem waghalsigen Manöver schnitt er dem dunkelbraunen Riesen den Weg ab und rammte ihn aus voller Fahrt in die Seite. Der Bullenrammer wurde durchgeschüttelt und blieb beinahe stehen. Überrascht stellte Daryl fest, dass sich der Stier dennoch bereits wieder aufrappelte. Sofort legte er den Rückwärtsgang ein und fuhr erneut in das gewaltige Tier. Diesmal gerieten dessen Hinterläufe unter die Räder. Der Bulle versuchte, sich aufzurichten, aber ein Bein war unter dem Wagen eingeklemmt. Der Koloss gab sich jedoch noch nicht geschlagen. Wild strampelnd kämpfte er darum, sich zu befreien, und schlug gleichzeitig immer wieder wütend seine spitzen Hörner in die Karosserie. Daryl wurde hin und her geworfen, bis seine Füße von Bremse und Kupplung rutschten. Das Fahrzeug machte einen Satz nach vorn, und der Motor ging aus. Jetzt war der Bulle wieder frei. Daryl versuchte, den abgewürgten Motor neu zu starten, aber der Wagen sprang nicht an. In diesem Augenblick attackierte der Stier die Fahrerseite. Daryl hatte Glück, dass der Stoß dicht unter dem seitlich angeschweißten Stahlrohr erfolgte, sonst hätten ihn die Hörner glatt aufgespießt. Doch auch so war es dem Bullen gelungen, die Karosserie mit den Spitzen seiner Hörner zu durchbohren. Endlich sprang der Bullenrammer wieder an. Daryl trat aufs Gaspedal, und die Räder drehten durch. Der Kopf des Tieres hatte sich zwischen Blech und Metallrohr eingeklemmt, so dass es sich nicht mehr befreien konnte.

Schließlich war der Toyota stärker. Ein letztes wütendes Brüllen, ein hässliches Knacken, dann sank der stolze Bulle mit gebrochenem Genick in den Sand.

Daryl sprang aus dem Wagen. Ohne noch einen Blick auf das tote Tier zu werfen, rannte er zu dem verletzten Reiter. Dieser schrie, wälzte sich am Boden und hielt sich den Oberschenkel. Blut spritzte zwischen seinen Händen hervor.

»Hinlegen, Billy!«, schrie Daryl und packte den Eingeborenen an den Schultern. Er wollte ihn zurück auf die Erde pressen, doch der Junge hatte einen Schock und wehrte sich. Jetzt schoss das Blut in weitem Bogen aus der tiefen Wunde. Daryl war sofort klar, dass die Schlagader verletzt war. Schließlich gelang es ihm, sich rittlings auf den Bauch des Jungen zu setzen. Er versuchte, die verletzte Arterie abzudrücken, in dem er sie in der Leistenbeuge mit beiden Daumen fest gegen den darunter liegenden Knochen presste. Der Eingeborene schrie vor Schmerz und hämmerte mit den Fäusten gegen Daryls Rücken. Hilfe suchend blickte sich dieser nach allen Seiten um. Aus der Staubwolke der sich rasch entfernenden Herde tauchte die Silhouette eines Reiters auf. Es war Bill Murgura, der als Schlussreiter die ganze Szene beobachtet hatte.

Noch bevor sein Rappe stillstand, sprang er von dessen Rücken und rannte auf die beiden Männer zu.

»Kümmern Sie sich um die Wunde, ich beruhige Billy«, rief er Daryl zu.

In diesem Moment erreichte sie auch Mrs. Sharp. Geistesgegenwärtig war sie von der mobilen Buschküche zum Landrover gerannt, um den Erste-Hilfe-Koffer zu holen.

»Schnell, wir müssen einen Druckverband anlegen«, übernahm Daryl das Kommando. »Ist Verbandsmaterial im Koffer und etwas, was wir als Wundauflage und Druckpolster gebrauchen können?«
»Einen Augenblick«, rief die Köchin außer Atem.
Daryl warf einen raschen Blick über die Schulter. Bill Murgura hielt den jungen Eingeborenen an den Achseln fest. Sein Gesicht war dicht vor dem des Verletzten. In der Eingeborenensprache redete er auf ihn ein. Es waren jedoch keine gesprochenen Worte, die er benutzte, sondern vielmehr ein merkwürdiger Singsang.
Daryl wies Mrs. Sharp an, erst einige Wundkompressen auf die Verletzung aufzulegen und sie dann mit einem Verband zu fixieren. Anschließend befahl er ihr, ein Verbandspäckchen als Druckpolster zu verwenden und das Bein mit einer elastischen Binde zu umwickeln.
Der junge Eingeborene war jetzt ganz ruhig. Er schien sich völlig auf Bill Murguras Stimme zu konzentrieren, wenngleich seine Augenlider nun langsam zu flackern begannen.
»Mist, verfluchter, er stirbt doch nicht, oder?«, rief Mrs. Sharp besorgt.
»Nein. Ich habe ihn nur in Trance versetzt«, antwortete Murgura.
Daryl, der nicht im Geringsten überrascht war, nickte anerkennend. »Gut gemacht!«
»In Trance?«, wiederholte die Köchin. »Wo sind wir hier, auf einem Voodoo-Treffen?«
Der zweite Bullenrammer brauste heran. Ray Hill sprang heraus, eilte auf die Gruppe zu und rief: »Wie sieht's aus?«
»Nicht so gut. Er muss schnellstens in ein Krankenhaus.

Holen Sie den Landrover her und rufen Sie über Funk die Station, sie sollen den Royal Flying Doctor Service in Derby alarmieren.«

Ray nickte und lief zu Mrs. Sharps Wagen.

»Wenn wir ihn in den Landrover gelegt haben, müssen wir sein Bein höher lagern, außerdem muss jemand während der Fahrt bei ihm bleiben«, sagte Daryl. Er sah Bill Murgura an. »Vielleicht ist es besser, Sie kommen mit«, schlug er vor. »Kann ja sein, dass er wieder in Panik gerät.«

Der Aborigine schüttelte den Kopf. »Das ist nicht nötig, er wird von nun an ruhig bleiben. Außerdem braucht man meine Hilfe bei der Herde. Ich werde den anderen sagen, was passiert ist.« Er stand auf und ging zu seinem Pferd, das einige Meter entfernt unter einem Eukalyptusbaum stand und nach Futter suchte. Als er sich in den Sattel geschwungen hatte, wandte er sich nochmals an Daryl. »Danke, dass Sie dem Jungen das Leben gerettet haben.« Ehe Daryl etwas erwidern konnte, gab Murgura seinem Pferd die Sporen und galoppierte davon.

Ray hielt den Landrover neben ihnen an und rannte dann um das Fahrzeug herum, um die Ladeklappe herunterzulassen. Als er wieder zu ihnen kam, sah Daryl sofort, dass mit ihm etwas nicht stimmte.

»Was ist los, haben Sie niemanden erreicht?«, wollte er wissen.

»Doch, Mr. Barrow. Er meldet sich, sobald er den Royal Flying Doctor Service erreicht hat. Aber wir haben noch ein anderes Problem: Meena ist verschwunden ...«

13

Daryl saß hinten beim Verletzten, während Mrs. Sharp den Landrover fuhr.

Der junge Aborigine hatte die Augen geschlossen und schien zu schlafen. Er atmete ruhig und gleichmäßig, was Daryl als ein gutes Zeichen betrachtete.

Kurz zuvor hatte sich Martin Barrow über Funk gemeldet und durchgegeben, dass ein Team der fliegenden Ärzte unterwegs war und in ungefähr einer Stunde auf Mount Keating landen würde. So wie es aussah, erhielt Billy also rechtzeitig ärztliche Hilfe.

»Wie geht's ihm?«, fragte die Köchin und betrachtete Daryl im Rückspiegel.

»So weit ganz gut. Der Puls ist etwas schwach, aber ich denke, er wird es packen. Und wie geht es Ihnen?«

»Gut. Was soll die Frage?«

»Ich dachte nur wegen dem Tod ihres Neffen ...«

Mrs. Sharp zögerte einen Augenblick, dann sagte sie: »Das mag jetzt vielleicht herzlos klingen, aber meine Schwester und ich hatten keinen sehr engen Kontakt. Eine Karte zu Geburtstagen oder Weihnachten, das war eigentlich alles. Bruce und ich standen uns daher nicht sehr nahe. Das lag wohl auch daran, dass wir uns hier auf der Station zum ersten Mal begegnet sind. Selbstverständlich finde ich es tragisch, dass er sich umgebracht hat, vor allem für meine Schwester. Ich frage mich oft, was ihn dazu bewogen hat. Doch letzten Endes geht das Leben weiter, und was geschehen ist, lässt sich nicht mehr rückgängig machen.«

Daryl nickte verständnisvoll. Mrs. Sharp war keine gefühlskalte Person. Sie war lediglich aus einem besonderen Holz geschnitzt. Nur solche Menschen konnten hier draußen bestehen.

Eine Weile schwiegen sie, dann schüttelte Mrs. Sharp nachdenklich den Kopf. »Schaumschläger, Pilot, Rodeoreiter, Cowboy und Arzt – was sind Sie eigentlich noch, Simmons?«

»Ein verdammt guter Zuhörer – wenn Sie einen brauchen sollten.«

»Wie kommen Sie drauf, dass ich Ihnen etwas erzählen will?«

»Nur so ein Gefühl.«

»Vielleicht stimmt ja was mit Ihren Gefühlen nicht.«

»Oder Sie haben Angst.«

»Sie müssen wohl immer das letzte Wort haben, was?«

Daryl zuckte mit den Schultern. »Ich hab doch Recht, oder?«

»Verdammt, was wollen Sie eigentlich?«

»Klarstellen, dass Sie mit mir reden können, wenn Sie das wollen. Dasselbe habe ich Meena angeboten. Aber leider hat sie mir nicht vertraut.«

»Wieso sollte ich es dann?«

»Meena ist verschwunden, und Ihr Neffe hat sich erhängt«, antwortete Daryl trocken. »Haben Sie eine andere Wahl?«

»Moment mal, Simmons!« Daryl konnte im Rückspiegel sehen, wie Mrs. Sharps eng beieinander liegende Augen misstrauisch funkelten. »Was wissen Sie?«

»Dass Meena schwanger ist und dass dies – und möglicherweise auch noch etwas anderes – sie schwer belastet. So schwer, dass sie offenbar keinen anderen Weg mehr gesehen hat, als die Farm zu verlassen.«

Die Köchin warf ihm einen kurzen, durchdringenden Blick zu.

»Wie haben Sie es herausbekommen?«

»War nicht weiter schwer. Ihr war in den letzten Wochen mehrmals schwindlig und übel. Außerdem trägt sie nur noch weite Kleider, von denen einige eindeutig viel zu warm für diese Jahreszeit sind.«

»Also gut«, sagte Mrs. Sharp bestimmt, »ich werde Ihnen erzählen, was ich weiß. Aber ich warne Sie: Falls Sie auch nur ein Wort von dem, was ich Ihnen jetzt sage, weitererzählen, ergeht es Ihnen wie dem verwilderten Bullen, klar?«

Die Pilatus PC-12 des Royal Flying Doctor Service stieg steil in den kobaltblauen Himmel. Daryl und Martin Barrow sahen zu, wie sie nach Westen abdrehte und rasch kleiner wurde. Als sie schließlich zu einem winzigen weißen Punkt geschrumpft war, wandten sie sich ab und gingen zum Wagen.

»Was jetzt?«, fragte der Rinderzüchter mit sorgenvoller Miene. »Wo sollen wir mit der Suche nach Meena beginnen?«

»Ich wünschte, ich wüsste es. Sie sagten, dass Sie sie gestern Abend zum letzten Mal gesehen haben?«

»Genau. Sie brachte mir wie üblich das Abendessen. Heute Morgen, als sie nicht zur üblichen Zeit mit dem Frühstück erschien, ging ich nachsehen und stellte fest, dass sie weg war.«

»Und sie hat keine Nachricht hinterlassen?«

»Nein, nichts. Weder in der Küche noch in ihrem Zimmer. Meena war immer sehr zuverlässig. Daher dachte ich erst, ihr sei vielleicht etwas zugestoßen. Dann, als ich sie nirgendwo auf der Station fand, nahm ich an, dass sie weggefahren sei. Doch keins der Fahrzeuge fehlte. Ich mache mir wirklich Sorgen. Würde es mir nicht verzeihen, wenn ihr etwas passiert sein sollte.«

»Vielleicht habe ich einen Fehler gemacht und zu lange gewartet«, meinte Daryl stirnrunzelnd.

»Was meinen Sie damit?«

»Dass ich damit hätte rechnen müssen, dass so etwas passiert.«

Martin Barrow blieb stehen. Er zog eine Schachtel Streichhölzer sowie seine gestopfte Pfeife aus der Tasche und zündete sie sich an. »Sie reden wieder mal in Rätseln.«

»Tut mir Leid. Es ist nur so, dass ich mir inzwischen ziemlich sicher bin, wie Floyd Buttler ums Leben gekommen ist.«

»Tatsächlich? Nun bin ich aber platt. Erzählen Sie's mir?«

»Haben Sie noch ein paar Tage Geduld. Dann erfahren Sie alles. Doch jetzt sollten wir uns erst einmal überlegen, was wir in Meenas Fall unternehmen.«

Ray Hill kehrte gegen Mittag zur Farm zurück und brachte die gute Nachricht mit, dass die Herde wieder unter Kontrolle war. Ihm folgte wenig später Mrs. Sharp, die noch einmal zum Buschlager zurückgefahren war, um das in der Eile zurückgelassene Kochgeschirr zu holen. Während sich die Köchin daranmachte, das Abendessen herzurichten, begaben sich die Männer zu den Sammelkoppeln, wo sie alles für die Ankunft der Rinder vorbereiteten.

Ray war anzusehen, dass er viel lieber nach Meena gesucht hätte. Immer wieder schaute er ungeduldig nach Norden, in

der Hoffnung, dass endlich eine Staubwolke am Himmel die Ankunft der Herde ankündigen würde.
Kurz vor halb zwei brauste Mrs. Sharp in ihrem Landrover heran. Als sie ausstieg, hielt sie einen Brief in ihrer Hand, mit dem sie aufgeregt herumwedelte.
»Ich ging kurz rüber in mein Zimmer, um mich umzuziehen, da fand ich das hier.« Sie blickte kurz zwischen Daryl und Martin Barrow hin und her, dann faltete sie das Papier auseinander und begann vorzulesen.

Liebe Agnes,
bitte verzeih mir! Ich weiß, du warst bereit, mir zu helfen, das alles durchzustehen. Aber ich habe dir nicht die ganze Wahrheit gesagt. Die Sache mit Floyd und Bruce war erst der Anfang. Inzwischen sind Dinge passiert, die niemand mehr aufhalten kann. Wenn ich hier bleibe, wird mein Baby sterben und ich vermutlich mit ihm. Bitte sag Mr. Barrow, dass er nicht nach mir suchen lassen soll.
Danke für alles,
Meena

Martin Barrow war erschüttert. Während er noch nach Worten suchte, sprudelten sie aus Ray nur so heraus.
»Sie werden doch nicht tun, worum Meena Sie gebeten hat? Wir müssen sie suchen. Sobald die Männer mit der Herde hier sind, müssen wir einen Suchtrupp aufstellen. Sie ist irgendwo da draußen, ganz allein. Gott weiß, was ihr dort alles zustoßen kann!«
»Nun beruhigen Sie sich erst mal«, riet ihm Daryl.

»Beruhigen? Jemand trachtet ihr doch ganz offensichtlich nach dem Leben«, widersprach Ray aufgebracht.
»Sie hat lediglich geschrieben, dass sie sterben wird, wenn sie auf der Station bleibt. Das kann auch einfach bedeuten, dass sie es hier nicht mehr aushält und ihr plötzlich alles zu viel wurde. Vergessen wir nicht, sie ist zur Hälfte Aborigine. Gut möglich, dass sie jetzt auf dem Weg zu ihren Leuten ist.«
»Meena bekommt ein Kind?«, stammelte Barrow ungläubig. »Von wem? Und warum weiß ich nichts davon?«
»Sie bat mich, es niemandem zu sagen«, gestand die Köchin. »Sie meinte, sie wolle es so lange wie möglich geheim halten.«
»Weshalb?«
»Das ist ein wenig kompliziert«, antwortete Mrs. Sharp und warf Daryl einen Hilfe suchenden Blick zu.
»Ich werde es Ihnen erklären«, antwortete der Detective. Er griff nach dem Arm des Viehzüchters und führte ihn ein Stück von den anderen weg.
»Was soll das?«, rief Ray wütend. Er wollte den beiden Männern folgen, doch die Köchin hielt ihn am Arm fest.
»Du bleibst hier und hältst dein Maul«, fuhr sie ihn schroff an. »Wenn mich nicht alles täuscht, steckst du ganz schön tief in der Sache mit drin.«
Der junge Stockman starrte sie erst mit tiefrotem Gesicht an, dann riss er sich los und stapfte wütend in Richtung Station davon.
»Ich kann einfach nicht verstehen«, sagte Barrow als Daryl seine Ausführungen beendet hatte, »dass ich das alles übersehen habe.«
»Sie hatten genug mit dem Viehauftrieb um die Ohren.«
»Das ist keine Entschuldigung. Es gab genügend Anzeichen.

Nehmen wir nur die Prügeleien zwischen Buttler und Ray und Murgura. Oder wie merkwürdig sich Poison-Joe seit Floyds Verschwinden verhalten hat.«
»Es ist jetzt nicht der richtige Zeitpunkt, um sich Vorwürfe zu machen. Viel wichtiger ist, dass wir Meena finden.«
Der Rinderzüchter nickte. »Natürlich, Sie haben Recht. Wenn die Herde hier ist, stelle ich sofort einen Suchtrupp zusammen. Wir wissen zwar nicht, in welche Richtung sie gegangen ist, aber allzu weit kann sie ja noch nicht gekommen sein.«
»Warten Sie bis morgen.«
Barrow zog fragend die Brauen hoch. »Weshalb? Es ist noch mindestens fünf Stunden hell.«
»Ich weiß. Aber wenn ich mich nicht sehr irre, droht ihr im Augenblick keine Gefahr.«
»Glauben Sie denn auch, dass ihr jemand etwas antun will?«
Daryl machte ein grimmiges Gesicht. »Schon möglich. Um das festzustellen, wäre ich Ihnen dankbar, wenn Sie erst morgen einen Suchtrupp losschicken würden. Und nun entschuldigen Sie mich bitte, ich habe noch etwas Dringendes zu erledigen.«
Mit diesen Worten ließ er den Rinderfarmer stehen und folgte Ray Hill zu den Unterkünften.
Auf Rays Bett lag ein geöffneter Rucksack, in den er gerade einige Kleider und seinen Schlafsack stopfte.
»Hier sind Sie also«, begann Daryl. »Ich dachte mir schon, dass Sie nicht warten wollen. Halten Sie es wirklich für eine gute Idee, alleine nach Meena zu suchen? Sie wissen doch nicht einmal, in welche Richtung sie gegangen ist. Besser, Sie warten bis morgen. Dann wird Mr. Barrow einen Suchtrupp zusammenstellen.«

»Morgen ist's vielleicht schon zu spät.«
»Glaube ich nicht. Meena kann ganz gut auf sich selbst aufpassen. Außerdem war es ihre eigene Entscheidung zu gehen.«
»So eine gequirlte Scheiße! Sie halten sich wohl für besonders schlau, Simmons, aber Sie haben keinen blassen Schimmer. Wenn der Boss erst morgen etwas unternehmen will, ist das seine Sache. Ich werde jedenfalls keine Zeit verplempern.«
»Allein werden Sie nichts erreichen, glauben Sie mir.«
»Was Sie glauben, Simmons, interessiert mich nicht im Geringsten.«
»Vielleicht sollte es das aber. Schließlich interessieren Sie sich ja auch sonst für alles, was auf der Station geschieht.«
Für einen kurzen Augenblick blieb Ray Hill wie angewurzelt stehen. Dann wandte er sich langsam um.
»Was wollen Sie jetzt schon wieder andeuten?«, fragte er mit scharfer Stimme.
»Ich denke, das wissen Sie. Ich habe Ihnen schon einmal gesagt: Ich bin sicher, dass Sie etwas zu verbergen haben. Und mittlerweile bin ich mir auch ziemlich sicher, was es ist.«
Bevor Ray etwas erwidern konnte, wurde die Eingangstür aufgestoßen. Wie eine riesige Bulldogge stand Mrs. Sharp im Türrahmen und knurrte: »Verdammt, die Rinder sind schon zu hören! Macht gefälligst, dass ihr wieder rüberkommt zu den Sammelkoppeln, der Boss schafft das nicht allein.«

Vor dem Abendessen hielt Martin Barrow eine Ansprache. Natürlich wussten die Männer inzwischen, dass Meena verschwunden war. Doch keiner der Eingeborenen schien sich deshalb Sorgen zu machen.

»Weiß einer von euch vielleicht, was Meena dazu veranlasst hat, die Farm so plötzlich zu verlassen?«, fragte der Viehzüchter.

Niemand sagte ein Wort. Daryl studierte möglichst unauffällig die Reaktionen der Männer, doch nur Ray und Poison-Joe ließen eine Regung erkennen.

»Na schön. Da ich nicht will, dass Meena etwas zustößt, möchte ich morgen früh drei Suchteams losschicken, die in Zweiergruppen nach ihr suchen. Simmons wird zudem versuchen, sie aus der Luft ausfindig zu machen.«

»Sechs Mann sind doch viel zu wenig«, unterbrach ihn Ray Hill.

»Mehr kann ich aber nicht einsetzten. Ich kann das Ausmustern und Brandmarken der Rinder unmöglich hinauszögern.«

»Der Boss hat Recht«, stimmte ihm Poison-Joe zu. »Ich möchte auch nicht, dass Meena etwas geschieht. Aber morgen trifft bereits der erste Viehtransporter ein. Wir können die Arbeit auf der Station deswegen nicht einfach liegen lassen.«

Martin Barrow nickte. »Dann sind wir uns einig. Sprecht euch ab, wer dabei sein will, und meldet euch nachher bei mir, damit wir die morgige Suche besprechen können. Und vergesst nicht, wir brauchen vor allem Fährtensucher.«

Wie Daryl nicht anders erwartet hatte, schwiegen die Eingeborenen während des ganzen Essens. Ray, der mit Daryl und Poison-Joe an einem separaten Tisch saß, brachte das in Rage. Wütend schob er den Teller, von dem er noch keinen Bissen gegessen hatte, beiseite.

»Warum reden die nicht miteinander?«, flüsterte er seinen Tischgefährten zu. »Was ist los mit ihnen?«

»Er hat Recht«, meinte der alte Stockman an Daryl gewandt. »Man könnte wirklich glauben, Meenas Verschwinden kümmert die überhaupt nicht.«

»Ich denke eher, sie halten die Suche für überflüssig«, meinte Daryl und schob sich genüsslich ein großes, saftiges Stück Fleisch in den Mund. Als er fertig gekaut und heruntergeschluckt hatte, fügte er hinzu: »Vermutlich wissen sie, weshalb Meena davongelaufen ist, und akzeptieren es.«

Als Ray aufbegehren wollte, hob Daryl beschwichtigend die Hand. »Nicht aufregen, mein Junge. Sie werden trotzdem nach ihr suchen.«

»Was macht Sie da so sicher?«, erkundigte sich Poison-Joe.

»Weil der Boss es von ihnen verlangt. Sie selbst halten es allerdings für Zeitverschwendung.«

»Woher wollen Sie das alles so genau wissen?«

»Ganz einfach. Die Aborigines wanderten schon vor über vierzigtausend Jahren durch dieses Land. Für sie hat die Wildnis nichts Bedrohliches. Wenn sie sich allein oder in Gruppen auf den Weg in den Busch machen, so ist das weder außergewöhnlich noch etwas, worüber man sich Sorgen machen müsste. Im Gegenteil. Eine solche Wanderung kann sogar eine Quelle der geistigen und körperlichen Stärkung sein.«

»Sie scheinen sich ja recht gut mit den Eingeborenen auszukennen«, meinte Poison-Joe mit einem seltsamen Blick. »Woher kommt das?«

»Ich bin in einer Aborigine Community aufgewachsen. Da kriegt man so einiges mit.«

»Das mag ja interessant sein«, unterbrach sie Ray genervt, »aber hier geht es um Meena.«

»Beruhig dich, Baby-Ray«, riet ihm der alte Farmarbeiter. »Ich weiß, du magst die Kleine. Aber ich denke, Simmons hat Recht. Meena wird ihre Gründe haben, weshalb sie die Station verlassen hat. Vielleicht musst du das akzeptieren, auch wenn's schwer fällt.«

»Darum geht es doch gar nicht! Ihr wollt es einfach nicht begreifen: Meena ist nicht freiwillig gegangen.« Er strich sich mit einer hilflosen Geste durch das rote Haar. »Jedenfalls nicht so, wie ihr euch das vorstellt.«

Die beiden Männer sahen Ray fragend an, doch der schwieg.

14

Als Daryl am Morgen den Hubschrauber startete, flog er zunächst über die Viehkoppeln, wo ein Teil der Männer schon seit Sonnenaufgang damit beschäftigt war, die fetten Ochsen auszusondern und in das Hauptgehege zu treiben, in dem sie bis zum Abtransport in die Schlachthäuser bleiben würden. Dicht daneben lag eine weitere Umzäunung, in der die Kälber und einjährigen Tiere auf ihre Markierung warteten, ehe sie wieder freigelassen wurden.

Er erkannte Poison-Joe, der ihm mit seinem Hut zuwinkte, und auch Murgura, der gerade einem gefleckten Kalb mit einem glühenden Eisen das Brandzeichen aufdrückte.

In einem weiten Bogen schwenkte Daryl nach Nordwesten, überflog einen der Suchtrupps, dann steuerte er die Bell 47G in Richtung Kalumburu. Ihm war klar, dass es eigentlich sinnlos war, aus der Luft nach Meena zu suchen. Sie hatte sich versteckt. Er hatte es weder Ray noch Martin Barrow gesagt, aber er war sicher, die Eingeborenen wussten, wo sie sich aufhielt. Ebenso sicher war er, dass sie einen großen Bogen um diesen Ort machen würden.

Für die Aborigines war Meenas Verschwinden eine interne Angelegenheit, die keinen Weißen etwas anging. Aus diesem Grund war es besser, Barrow und vor allem Ray in dem Glauben zu lassen, die Eingeborenen würden tatsächlich nach ihr suchen. Das gab ihm die Möglichkeit, Meena ausfindig zu machen und mit ihr zu reden, ohne dass ihm jemand in die Quere kam. Daryl war sich sicher, dass es ihr im Augenblick gut ging, doch das konnte sich schnell ändern. Er musste sie finden. Aus diesem Grund war es notwendig, nochmals mit Pater O'Donnell zu sprechen.

Als er in dessen verwilderten Garten trat, erwartete ihn der rundliche Mann bereits.

»Dachte mir schon, dass Sie das sind«, begrüßte ihn O'Donnell mit einem herzlichen Händedruck. »Freut mich, dass Sie mir mein Blech-Engelchen heil zurückbringen.«

Er führte seinen Gast wieder in sein Wohnzimmer, wo er erst einen Stapel Landkarten wegräumen musste, ehe er Daryl einen Stuhl anbieten konnte.

»Bin gerade dabei, die heiligen Stätten der Torres-Straßen-Insulaner auf den Karten einzuzeichnen. Seit die Kimberleys bei Touristen immer populärer werden, kommen auch immer mehr Bootstouristen in diese Gewässer. Inzwischen wurden auf den vorgelagerten Inseln schon einige heilige Plätze der Ureinwohner von Vandalen zerstört oder Schädel aus Begräbnishöhlen gestohlen. Indem ich die Stätten auf den Karten markiere, können die Behörden sie besser überwachen.« Er zwängte sich hinter den Schreibtisch und ließ sich in seinen Sessel plumpsen. »Aber das interessiert Sie vermutlich nur am Rande. Was haben Sie diesmal auf dem Herzen?«

Daryl berichtete O'Donnell in aller Kürze von Meenas Brief und ihrem überstürzten Aufbruch. Weshalb sie seiner Meinung nach die Station verlassen hatte, verschwieg er. Stattdessen betonte er, dass ihr Leben auf dem Spiel stand, wenn er sie nicht möglichst bald fand. Der Pater hörte schweigend

zu. Immer wieder strich er mit den Fingern durch seinen Bart, als würde ihm das beim Nachdenken helfen.
Als Daryl schließlich geendet hatte, nickte er. »Sie haben eine Vermutung, wo sie ist, richtig?«
Daryl nickte. »In einer heiligen Höhle der Frauen. Ich weiß nur nicht, wo sie liegt.«
»Das wird schwierig. Ich kenne nur wenige heilige Plätze der Eingeborenenfrauen. Wie Sie wissen, handelt es sich dabei um Orte, die auch Aborigine-Männer nicht betreten dürfen. Ich kenne lediglich zwei dieser Plätze, doch die liegen westlich von hier und dürften somit nicht in Frage kommen. Um sie von der Mount-Keating-Station aus zu erreichen, bräuchte man Wochen. Nein, ich fürchte, diesmal kann ich Ihnen nicht helfen.«
»Das hatte ich schon vermutet«, meinte Daryl. »Schade, aber ich werde es schon noch auf andere Weise herausfinden.« Er lächelte. »Eine letzte Frage: Lebt Meenas Vater noch?«
»Ja. Sein Name ist Jack Djanghara. Er hat sich etwa dreißig Kilometer nordwestlich an der Küste eine kleine Hütte gebaut. Dort lebt er seit vielen Jahren völlig zurückgezogen. Die Stelle nennt sich Tidepole Hill.«
Daryl machte ein zufriedenes Gesicht. »Eine Bitte hätte ich noch.«
»Schon klar, Sie möchten sich mein Engelchen nochmals für ein paar Tage ausleihen.«
Nachdem er Pater O'Donnell verlassen hatte, ging Daryl zum General Store und rief Sergeant Morley in Broome an. Der rechtsmedizinische Schlussbericht hatte bestätigt, was er bereits vermutet hatte. Bruce Pierson hatte sich nicht selber erhängt. Wer auch immer ihn umgebracht und versucht

hatte, es wie einen Selbstmord aussehen zu lassen, hatte dem Jungen erst das Genick gebrochen und ihn dann aufgehängt.
»Glauben Sie, der Killer ist in beiden Fällen derselbe?«, fragte Morley.
» Ja, da bin ich mir ganz sicher. Und die Art wie Bruce Pierson starb, sagt mir auch einiges über den Mörder. Aber nun hören Sie mir genau zu, Morley, denn ich brauche Ihre Unterstützung ...«

Daryl setzte auf einer roten Felsplatte auf, die die Form eines riesigen Tortenstückes hatte und aus verschiedenen Sandsteinschichten bestand. Ganz in der Nähe schlängelte sich ein kleiner Bach zwischen abgeschliffenen rostroten Felsen zur nahen Küste. Um das Camp des alten Aborigine zu erreichen, musste er ihm nur etwa einen Kilometer folgen.
Dort, eingebettet zwischen Schraubenpalmen und Pandanussbäumen, lag auf halber Höhe eines etwa zwanzig Meter hohen Felsenkliffs ein kleines Plateau, auf dem der Eingeborene seine Hütte gebaut hatte. Bei näherer Betrachtung handelte es sich dabei allerdings eher um einen auf zwei Seiten offenen Unterstand als um eine richtige Hütte. Das rostige Wellblechdach ruhte auf angeschwemmten, von Salz und Sonne gebleichten Baumstämmen, während die Wände aus geflochtenen Palmblättern gefertigt waren.
Einige Holzkisten, eine löchrige Hängematte sowie ein zum Trocknen aufgehängtes Fischernetz verliehen dem Ganzen das Aussehen eines Camps, in dem ein Schiffbrüchiger auf seine Rettung wartete.
Trotzdem strahlte der Ort eine friedliche, fast würdevolle Ruhe aus. Ein schneeweißer, sichelförmiger Strand zog sich

vom Kliff gut zweihundert Meter bis zu einer Ansammlung weiterer Felsen. Das Meer war klar und türkisblau, und seine sanfte Brandung ließ weit auseinander liegende Wellen auf den Strand rollen, wo sie gemächlich ihre leuchtend weißen Schaumkronen ausbreiteten.

Daryl entdeckte den Eingeborenen am Ende des Strandes, wo er mit gekreuzten Beinen im warmen Sand saß und auf die Bucht hinausblickte. Daryl stieg zum Ufer hinunter und zog Hemd, Hose und Schuhe aus. Anschließend näherte er sich dem Aborigine bis auf gut zwanzig Meter und setzte sich, um zu warten.

Wie alt Jack Djanghara war, konnte er auf diese Distanz nur schätzen. Der Aborigine hatte langes, schneeweißes Haar und einen ebensolchen Bart, der ihm bis auf die Brust reichte und einen Großteil seines Gesichts verdeckte. Bis auf ein rotes Stirnband aus gefärbtem Känguruhaar und einem Beutel aus Emuleder, der um seinen Hals baumelte, war er nackt. Unbeweglich wie eine Statue aus Ebenholz saß er da, während seine langen, schlanken Hände mit den Handflächen nach oben entspannt auf seinen Unterschenkeln ruhten.

Minutenlang verweilten seine Augen auf den sanften Wellen, die sich neugierig einige Meter über den Sand tasteten, ehe sie wieder in ihr angestammtes Element zurückkehrten. Endlich wanderte sein Blick langsam über das Ufer zu Daryl hinüber. Zwischen zusammengekniffenen Lidern musterte er den Fremden eine Weile, dann murmelte er etwas, stand auf, ging die Hälfte des Weges auf den Unbekannten zu und setzte sich wieder hin.

Dies war das Zeichen, auf das Daryl gewartet hatte und das ihm erlaubte, sich endgültig zu Djanghara zu setzen. Diese jahrtausendealte Anstandsregel für ein Treffen zwischen Fremden wurde zwar von den Eingeborenen nur noch selten praktiziert, doch Daryl hatte instinktiv gewusst, dass Jack Djanghara ein Mann war, für den dieses Ritual noch immer Bedeutung hatte. Indem Daryl sich seiner Kleider entledigt und sich in gebührendem Abstand von Djanghara hingesetzt hatte, brachte er seinen Respekt zum Ausdruck und gab zu verstehen, dass er seinen Platz in Frieden gewählt und nichts zu verbergen hatte.

Als sich die beiden Männer schließlich dicht gegenübersaßen, musterten sie sich gemessen und ernst. Am Ende schien jeder genau zu wissen, mit wem er es zu tun hatte.

»Ein weißer Aborigine, die Zeiten haben sich geändert«, begann Djanghara.

Daryl warf einen kurzen Blick an dem Eingeborenen vorbei zur Uferböschung. »Aluminiumboot anstelle eines Rindenfloßes, ja die Zeiten haben sich geändert.«

Der Aborigine grunzte vergnügt.

»Armbanduhr statt Sonnenstand.«

»Außenbordmotor statt Paddel.«

Jetzt lachten beide.

»Wie ist dein Eingeborenenname, weißer Aborigine.«

»Munkumbole.«

»Das ist Pintubi und bedeutet Schlauer Mann, nicht wahr?«

»Du kennst dich aus.«

»Für einen Eingeborenen bin ich früher ganz schön herumgekommen«, sagte Djanghara mit wehmütiger Stimme. Für einen Moment schweiften seine freundlichen, dunklen Augen wieder über das Meer. Sanft, beinahe zärtlich strich der Wind durch seinen langen Bart.

Als er sich schließlich wieder umwandte, hatte sich sein Blick verändert. »Was hat dich hierher geführt, Schlauer Mann.«
»Deine Tochter und dein Sohn.«
»Du meinst Meena und Murgura«, sagte er ernst. »Ich habe viele Kinder, musst du wissen. Doch Meena und Murgura sind etwas Besonderes. Meenas Haut ist nicht schwarz, doch ihr Herz ist rein, und das ist, was zählt. Sie hat viel von ihrer Mutter. Geduld, Güte und Verständnis.«
»Und Murgura?«
»Oh, Murgura ist stark! Er ist stolz, Aborigine zu sein, versucht, die alten Traditionen aufrechtzuerhalten. Und er liebt Meena, obwohl ihre Mutter weiß war und sie eigentlich nur seine Halbschwester ist.«
»Würde er töten, um seine Schwester vor Schaden zu bewahren?«
»Natürlich würde er das.«
»Würde er auch seine Schwester töten, um sie vor Schaden zu bewahren?«
Diese Frage mochte für einen Außenstehenden merkwürdig anmuten, für Djanghara war sie es nicht.
»Ja, das würde er.«
Daryl erzählte dem alten Aborigine, dass Meena schwanger war und dass er sich um sie sorgte, weil er vermutete, ihr Bruder wolle sie mit allen Mittel davon abhalten, dieses Kind zu bekommen. Er war sicher, dass sich Meena in eine heilige Höhle der Frauen zurückgezogen hatte, weil Murgura ihr dorthin nicht folgen und ihr an diesem Ort kein noch so starker Zauber etwas anhaben konnte.
»Jetzt möchtest du wissen, wo diese Höhle liegt«, sagte der alte Mann mit tiefer, bedeutungsvoller Stimme.

»Das will ich, ja.«
»Weshalb? Wenn Murgura das Deutebein auf sie gerichtet und sie verflucht hat, um sie zu töten, wird er dafür seine Gründe haben. Ihr Kind wird sterben – und sie mit ihm, wenn sie sich dagegen wehrt. Du trägst das Zeichen der Mannbarkeit, du solltest das wissen.«
»Und du solltest wissen, dass es immer Mittel und Wege gibt, einen Fluch umzukehren. Jeder Stamm hat seine eigenen geheimen Zeremonien und Rituale, um einen tödlichen Fluch über einen der ihren zu verhängen, und kein anderer Stamm kennt diese. Deshalb kann ich den Zauber deines Stammes auch nicht brechen. Aber du könntest es.«
Jetzt begann Djanghara zu lachen. »Munkumbole, Schlauer Mann, ja dieser Name passt zu dir. Überzeuge mich, weshalb ich dir helfen soll. Vielleicht werde ich dir dann verraten, was du wissen willst.«

Daryl hätte sich noch stundenlang mit dem alten Einsiedler unterhalten und dazwischen über den friedlichen Ozean blicken können, aber er musste aufbrechen. Es war schon spät, und Martin Barrow fragte sich sicher schon, wo er blieb.
Er flog erst den Carson River entlang, drehte dann nach Osten ab und hielt sich schließlich genau an den Lauf des Drysdale River. Beeindruckende Bergketten, bizarre Felsformationen und tiefe Schluchten zogen unter ihm vorbei, während die Abendsonne Bäume und Felsen in intensive Farben tauchte.
Kurz nachdem er die spektakulären Solea Falls passiert hatte, erblickte er eine Hügelformation, die sich auf den ersten

Blick kaum von den anderen unterschied. Erst als Daryl tiefer ging, sah er, dass sie nach Nordwesten eine Reihe überhängender Felswände aufwies, die teilweise abgebrochen und als mächtige, kompakte Gesteinsplatten bis zum Fuß des kleinen Berges gerutscht waren, wo sie verschieden große Höhlen geschaffen hatten.

Zufrieden mit dieser Entdeckung, schwenkte Daryl nach Westen und flog zurück zur Station.

Beim Abendessen saß er wie üblich mit Poison-Joe und Ray Hill an einem Tisch. Während Ray im Essen herumstocherte und ein nachdenkliches Gesicht machte, berichtete Poison-Joe vom Ausmustern der Rinder. Der erste Roadtrain, wie man in Australien jene monströsen, 500 PS starken, mehrachsigen Lastwagen nannte, hatte die Station am Morgen erreicht und am späteren Nachmittag bereits wieder verlassen. In den kommenden zwei Tagen würden noch weitere Roadtrains folgen, dann war der Viehauftrieb auf der Mount-Keating-Station für dieses Jahr beendet.

»Übrigens«, beendete Poison-Joe seinen Bericht, »der Boss hat Nachricht aus Broome erhalten. Billy Parker ist operiert worden, und es geht ihm gut.« Er zwinkerte. »Angeblich wird der Glückliche von den Krankenschwestern geradezu umschwärmt.«

»Wie schön für ihn«, bemerkte Ray sarkastisch. »Und was ist mit Meena? Ihr Schicksal interessiert dich wohl überhaupt nicht.«

»Komm schon, Baby-Ray. Du nimmst das alles viel zu schwer. Wahrscheinlich kommt Meena sogar von allein wieder zurück.«

»Woher willst du das wissen, bist du etwa Hellseher?«, fauchte

der junge Stockman. »Und nenn mich gefälligst nicht immer Baby-Ray. Ich bin verdammt noch mal kein Kind mehr!«
Jetzt warf Poison-Joe Daryl einen Hilfe suchenden Blick zu.
»Lassen Sie's gut sein, Ray«, versuchte dieser zu schlichten.
»Poison-Joe meint es nur gut. Sie sollten wirklich versuchen, sich nicht zu viele Sorgen zu machen. Morgen geht die Suche weiter, man wird sie schon finden.«
»Das hoffe ich. Wenn nicht, weiß ich, an wen ich mich zu halten habe.« Mit diesen grimmigen Worten schob er den Stuhl zurück und verließ den Aufenthaltsraum.
»Was sollte das jetzt wieder?«, fragte Poison-Joe stirnrunzelnd.
Daryl zuckte mit den Schultern. »Fragen Sie mich was Leichteres.«

Daryl ging früh zu Bett. Er wollte sich wenigsten ein paar Stunden Schlaf gönnen, ehe er sich wie schon die Nacht zuvor auf die Lauer legte.
Als er erwachte, warf er einen kurzen Blick auf seine Armbanduhr. Es war kurz vor zweiundzwanzig Uhr. Er musste lächeln. Wie er es sich vorgenommen hatte, war Daryl zwei Stunden vor Mitternacht aufgewacht. Dazu musste er keinen Wecker stellen, was auch gar nicht möglich gewesen wäre, da er die Männer, mit denen er die Unterkunft teilte, ja nicht aufwecken durfte. Ungjeeburra hatte ihm einst beigebracht, sich auf die Notwendigkeit zu konzentrieren, zum richtigen Zeitpunkt wieder wach zu werden. Das war der ganze Trick.
Die Weißen sagten über die Eingeborenen, dass sie unzuverlässig seien und kein Zeitgefühl besäßen. Doch das stimmte nicht. Zeit hatte für Aborigines lediglich eine andere Bedeu-

tung. Sie maßen sie nicht in Monaten, Tagen und Stunden, sondern unterteilten sie in Ereignisse, ihr Eintreffen und ihre Wichtigkeit sowie die Wirkung auf das eigene Leben. Zum Beispiel war es bei Wanderungen durch die Wildnis wichtig zu wissen, wann und wo Regen fiel, frisches Gras wuchs und Wild zu finden war. Und beim Zubereiten eines Kängurus in der heißen Asche musste man je nach Größe und Gewicht des Tieres entscheiden, wie lange es dauerte, bis es essbar war, aber immer noch genügend lebenswichtige Flüssigkeit enthielt. Eine festgelegte Kochzeit half da nicht weiter. Als Daryl dieses Prinzip der Zeitrechnung begriffen hatte, war ihm vieles in seinem Leben leichter gefallen. Er hatte gelernt, Entscheidungen zu treffen, ohne sich dabei zeitlich unter Druck zu setzen. So verhielt er sich auch bei seiner Arbeit. Man konnte die Lösung eines Falles nicht erzwingen, sondern musste den Dingen die Zeit lassen, sich zu entwickeln.

Nachdem er sich vergewissert hatte, dass seine beiden Zimmergenossen fest schliefen, rollte Daryl die Decke zusammen und präparierte sie so, dass es aussah, als würde er in seinem Bett liegen. Anschließend verließ er leise die Baracke und schlich barfuss und nur mit einer Hose bekleidet zum Aufenthaltsraum. Wie fast alle Gebäude auf Mount Keating, war er nicht verschlossen. Daryl nahm sich einen Stuhl, setzte sich an ein Fenster, von wo er die Eingänge zu den Mannschaftsunterkünften überblicken konnte, und wartete. Sein Hauptaugenmerk galt dabei der Baracke, in der Bill Murgura schlief. Der Aborigine hatte sich weder den Suchtrupps angeschlossen, noch schien er sich Sorgen zu machen, dass Meena die Station Hals über Kopf verlassen hatte. Murgura, da war sich Daryl nach dem Gespräch mit dessen Vater ganz sicher, war der Grund für ihre Flucht. Trotzdem verfolgte er sie nicht. Das konnte nur bedeuten, dass er wusste, wohin sie gegangen war. Gleichzeitig schien er aber auch zu wissen, dass sie diesen Ort nicht wieder verlassen konnte.

Wenn er Recht hatte, würde sich der Eingeborene auch diese Nacht nicht vom Fleck rühren. Doch Daryl wollte sichergehen.

Gegen zwei Uhr morgens war er überzeugt, dass sich nichts mehr tun würde. Er stand auf, gähnte und streckte seine müden Glieder. In dem Moment, als er nach dem Stuhl griff, um ihn an seinen Platz zurückzustellen, nahm er draußen eine Bewegung wahr. Vorsichtig ging er zurück ans Fenster und spähte in die Dunkelheit hinaus.

Obwohl es zu finster war, um den Unbekannten zu erkennen, war klar, dass es nicht Bill Murgura sein konnte. Die Gestalt war aus einer der anderen Hütten gekommen. Zunächst hielt sie sich im Schatten der Veranda, dann huschte sie über den Platz vor den Unterkünften. Als sie den im schwachen Mondlicht schimmernden Boabbaum passierte, erhellte silbriges Licht einen kurzen Augenblick die Silhouette, und Daryl sah, dass es sich bei dem Mann um Poison-Joe handelte.

Lautlos verließ er den Aufenthaltsraum und folgte Poison-Joe in einiger Entfernung bis zum steilen Felsufer des Carson River. Als der alte Mann die fast senkrechten Felsklippen hinunterzuklettern begann, wartete Daryl, bis er aus seinem Blickfeld verschwand. Dann eilte er zum Rand der Felsen und riskierte einen vorsichtigen Blick nach unten.

Poison-Joe kletterte geschickt zwischen vorstehenden Steinquadern hinunter. An seinem Gürtel hatte er einen Sack befestigt, dessen Inhalt ziemlich leicht sein musste, da er bei jeder

Bewegung hin und her schwang. Schließlich verschwand Poison-Joe hinter einem großen, vorragenden Felsen. Daryl blieb nichts anderes übrig, als sich die Stelle so gut es ging einzuprägen. Er konnte dem alten Mann nicht nachklettern. Zum einen hätten lose Steine herunterfallen und Poison-Joe verraten können, dass ihm jemand folgte. Zum anderen konnte er nicht wissen, ob der Farmarbeiter nicht jeden Augenblick wieder auftauchte.

Daryl verwischte vorsichtig seine Spuren und versteckte sich einige Meter entfernt hinter einem dicken Eukalyptusbaum. Fünfzehn Minuten musste er warten, dann erschien Poison-Joe wieder auf der Klippe. Nachdem er sich kurz umgeschaut hatte, ging er zielstrebig zurück zu den Unterkünften. Als er an Daryls Versteck vorbeikam, konnte dieser sehen, dass der Beutel, der zuvor noch an seinem Gürtel gehangen hatte, verschwunden war.

Daryl wartete fünf Minuten, dann ging er zum Steilufer, suchte die Stelle, an der er Poison-Joe aus den Augen verloren hatte, und kletterte die Felsen hinab.

Der fahle Mondschein warf dunkle, trügerische Schatten über das Gestein, ließ Vorsprünge vermuten, wo keine waren, und zwang ihn, höllisch aufzupassen. Ein Fehltritt und er würde zehn Meter in die Tiefe stürzen. Er fragte sich, wie der alte Mann so rasch die Felswand hatte hinuntersteigen können. Vermutlich war es nicht das erste Mal, und er kannte den besten Weg.

Als Daryl den gewünschten Platz erreicht hatte, befand er sich noch gut sechs Meter über den stillen, bleigrauen Fluten des Carson River. Ein Blick hinüber zum anderen Ufer, wo das Gestein im unteren Bereich eine deutlich hellere Färbung aufwies, zeigte ihm, dass der Fluss in der Regenzeit an dieser Stelle bis zu einer Höhe von schätzungsweise fünf Metern anschwellen konnte. Wenn Poison-Joe hier irgendwo ein Versteck hatte – und davon ging er nun aus –, konnte es nicht mehr als einen Meter tiefer liegen.

Daryl suchte die in Frage kommenden Felsspalten ab. In einer ertastete er den Schwanz einer schlafenden Echse, in der nächsten raschelte es bereits verdächtig, noch bevor er hineingegriffen hatte. Daryl tippte auf eine nachtaktive Pythonschlange und verzichtete daher darauf, die Höhlung zu untersuchen. Die anderen Felsspalten dagegen waren leer. Daryl überlegte. Wenn Poison-Joe parallel zur Felswand weiter nach links oder rechts ausgewichen wäre, hätte ihn die vorstehende Klippe nicht länger verbergen können, und er hätte ihn von oben sehen müssen. Also begann er, das Gestein noch einmal zu untersuchen.

Die Spalte war kaum auszumachen. Sie war zur Hälfte von den verdrehten Wurzeln eines Geistereukalyptus verdeckt, der Rest war mit Steinen abgedeckt. Als Daryl hineingriff, ertastete er einen länglichen Gegenstand, der in Plastik eingewickelt war. Darin befanden sich Poison-Joes Winchester, fein säuberlich in Stoff verpackt, sowie Floyd Buttlers Sparbuch.

15

Der einzige Landeplatz für den Hubschrauber lag auf der anderen Seite der Hügelkette. Für die schätzungsweise drei Kilometer bis zur heiligen Höhle der Frauen brauchte Daryl über eine Stunde, denn das Gelände war steil, unwegsam und teilweise dicht bewachsen. Erst als er die gegenüberliegende Bergseite erreichte, kam er besser voran. An ein paar Stellen waren von Wind und Regen in Jahrmillionen aus dem Berg herausgelöste Gesteinsschichten ins Tal gerutscht und hatten Schneisen aus blankem Fels hinterlassen, denen er wie auf gepflasterten Wegen folgen konnte. Unten angekommen, waren die meisten dieser Felsen in große Quader zerbrochen, die nun wie rote Inseln aus dem dichten grünen Kranz aus großen Eukalypten und undurchdringlichem Buschwerk herausragten.

Die heilige Höhle der Frauen lag leicht erhöht auf einem kleinen Plateau. Eine riesige Steinplatte hatte sich über einen Einschnitt in der Bergflanke geschoben, so dass eine Höhle entstanden war, die recht geräumig sein musste und in die, entlang des Einschnitts, auch Licht gelangen konnte. Vor dem hohen, schmalen Eingang bildete ein überhängendes Kliff eine Art Vordach. Darunter zierten filigrane Felsmalereien die Wände.

Daryl wusste, dass die Gesetze der Aborigines keinem Mann – und schon gar keinem Fremden – erlaubten, eine heilige Höhle der Frauen zu betreten. Wer es dennoch wagte, der musste sterben. Zumindest war das früher so gewesen. Die Höhle selbst war eine Stätte des Friedens. In ihr durfte niemand getötet werden. Auch böser Zauber war hier wirkungslos.

Die Felsmalereien waren verblichen und teilweise von Lehmwespen, die ihre Nester über ihnen errichtet hatten, zerstört worden. Dies ließ vermuten, dass nur noch selten Eingeborenenfrauen hierher kamen. Aus Respekt vor den Sitten und Gebräuchen der Ureinwohner wollte er die Höhle aber nur im äußersten Notfall betreten.

Daryl kletterte auf das Plateau und setzte sich an dessen Rand. Ehrfürchtig betrachtete er die uralten Felszeichnungen. Er entdeckte abstrakte Zeichen, deren Bedeutung er nicht verstand, aber auch Darstellungen von Frauen und Kindern, von Geburt und Tod. Eine Szene zog sein Augenmerk ganz besonders auf sich. Es war die einer schwangeren Frau, in deren Seele eine Art Geist eindrang und durch ihren Körper weiter in das ungeborene Kind wanderte. Dieses Bild war das Einzige, das durch kräftige Farben und scharfe Konturen auffiel. Offenbar war es erst kürzlich frisch übermalt worden.

In diesem Moment trat Meena aus der Höhle. Als sie Daryl sah, zuckte sie zusammen und wich zurück, bis sie mit dem Rücken an die Felswand stieß.

»Was machen Sie hier?«, fragte sie mit zittriger Stimme.

»Ich wollte wissen, wie es Ihnen geht.«

Meena, die lediglich mit einem schwarzen Tuch um ihre Taille bekleidet war, schien sich ihrer Blöße nicht bewusst zu sein, oder sie war viel zu sehr in Sorge, dass jemand Daryl

gefolgt sein könnte, um darüber nachzudenken. Jedenfalls schaute sie sich ängstlich nach allen Seiten um.
»Keine Sorge, ich bin allein. Es ist mir auch niemand gefolgt«, beruhigte er sie.
»Woher wissen Sie, dass ich hier bin?«
»Durch Jack Djanghara, Ihren Vater. Ich habe ihm erzählt, was geschehen ist und dass Ihr Halbbruder nicht will, dass man Sie findet.«
»Sie wissen, dass Murgura mein Bruder ist? Woher? Und was wollen Sie von mir?«
»Zunächst einmal möchte ich Ihnen sagen«, meinte Daryl und öffnete in aller Ruhe den kleinen Rucksack, den er neben sich gelegt hatte, »dass Sie vor mir keine Angst zu haben brauchen. Ich habe Ihnen schon einmal meine Freundschaft angeboten, und das Angebot gilt heute noch mehr als früher. Außerdem sollten Sie wissen, dass ich mein Geld eigentlich nicht als fliegender Cowboy verdiene, obwohl ich mir das mittlerweile ganz gut vorstellen könnte. Viel mehr bin ich Detective bei der Kriminalpolizei in Perth.«
Meena sah ihn überrascht an. »Dann sind Sie hierher gekommen, um Floyds Verschwinden aufzuklären?«
»Das ist richtig.«
»Seine Leiche wurde aber doch gefunden, warum sind Sie immer noch hier?«
»Weil Floyd Buttler ermordet wurde – genauso wie Bruce Pierson.«
Für einen Augenblick schloss Meena die Augen. Als sie wieder aufblickte, standen Tränen in ihnen.
»Haben Sie Buttler geliebt?«
»Nein.«

»Das hab ich mir schon gedacht. Trotzdem, das Kind ist von ihm, nicht wahr?«
»Hat Agnes Ihnen das von meiner Schwangerschaft erzählt?«
»Das war nicht nötig. Etwas Beobachtungsgabe reichte völlig aus.«
Nun begann Meena leise zu weinen.
»Kommen Sie, setzen Sie sich zu mir.« Daryl entnahm dem Rucksack eine Thermosflasche und ein großes, in Folie eingewickeltes Stück Kürbiskuchen, dann schob er alles zu Meena hinüber. »Hier, für Sie. Tee und so viel Kuchen, wie ich Mrs. Sharp abluchsen konnte.«
Das Mischlingsmädchen wischte sich die Tränen aus dem Gesicht. Einen Moment zögerte sie, dann setzte sie sich Daryl gegenüber auf die Felsen. Als sie ihre Fassung wiedergefunden hatte, rief sie aus: »Das ist ja der halbe Kuchen! Sie scheinen große Fortschritte bei ihr gemacht zu haben. Oder haben Sie ihr gesagt, dass Sie wissen, wo ich bin, und dass Sie mich aufsuchen wollen?«
»Sie weiß ebenso wenig, dass ich hier bin, wie alle andern.«
»Und was ist mit Mr. Barrow? Lässt er mich suchen?«
»Natürlich tut er das, was denken Sie denn? Er macht sich Sorgen, will, dass Sie zurückkommen. Allerdings führen die Eingeborenen ihn ganz schön an der Nase herum.« Daryl lachte verschmitzt. »Oh, selbstverständlich suchen sie gewissenhaft jeden Zentimeter nach Ihnen ab. Aber da sie wissen, wo Sie sind, und Ihr Bruder Ihnen befohlen hat, Sie nicht zu finden, suchen sie eben überall, nur nicht hier.«
Meena füllte sich den Thermosbecher. »Warum sind Sie gekommen?«
»Um Sie zurückzuholen.«

Meena schüttelte energisch den Kopf. »Das geht nicht.«
Daryl aß genüsslich seinen Kuchen. Nach einer Weile blickte er zu den Felsmalereien auf und fragte: »Haben Sie das Bild frisch übermalt?«
»Ja.«
»Eine schwangere Frau an einem heiligen Ort, deren Seele ein Geistkind empfängt. Deute ich es richtig?«
Nun sah ihn Meena mit großen Augen an. »Ja, genau. Sie wissen, was Geistkinder sind?«
»Natürlich«, antwortete Daryl, als gehöre dies zum Allgemeinwissen jedes Weißen. »Die Schöpferwesen bringen an den heiligen Stätten unaufhörlich die Seelen der Menschen hervor, die so genannten Geistkinder. Diese machen sich entweder von sich aus auf die Suche nach ihren Eltern, oder diese suchen nach ihnen. Meist erscheinen sie den Männern im Traum, und diese geben sie dann an die Frau weiter. Doch sie können sich auch direkt mit ihren Müttern verbinden, wenn diese sich an einem heiligen Ort aufhalten. Sollte eine Frau jedoch ein Kind zur Welt bringen, das kein Geistkind, keine Seele, empfangen hat, wird das Baby nach der Geburt sterben.«
Meena war die Verwunderung buchstäblich ins Gesicht geschrieben. »Woher wissen Sie so viel über uns?«, wollte sie wissen.
Daryl erzählte es ihr. »Daher weiß ich auch, dass das regelmäßige Übermalen der heiligen Felszeichnungen wichtig ist, um die Verbindung zu den Vorfahren und ihre Kräfte zu wahren.«
Ein trauriges Lächeln zog über sein Gesicht. »Leider sind die meisten Malerein hier nicht gerade in einem guten Zustand.«

»Das ist wahr. Die Ältesten des Stammes kommen immer seltener hierher, und die Jungen interessieren sich nicht mehr für die Geschichte dieser heiligen Stätte. Als ich das erste Mal hierher kam, war ich dreizehn Jahre alt. Ich liebte diesen Ort, er war für mich voller Leben. Ich hatte das Gefühl, von unzähligen guten, unsichtbaren Wesen umgeben zu sein. Heute spüre ich das kaum noch. Mit dem Verblassen der Felszeichnungen verschwindet auch die Kraft dieses Ortes. Bald werden hier nie wieder Geburten, geheime Initiationsriten oder andere heilige Zeremonien stattfinden. Die Stammesältesten, die diesen Platz noch aus ihrer Jugend kennen und für die er noch ein Teil ihres Lebens ist, sind alt und werden bald sterben. Mit ihrem Tod wird auch der Kontakt zu den Ahnen abbrechen.«

Daryl glaubte zu wissen, weshalb Meena ausgerechnet diese eine Zeichnung wiederhergestellt hatte. Das Kind, das sie erwartete, war zwar von Floyd Buttler gezeugt worden, doch es sollte eine Seele erhalten, die sich von sich aus an diesem heiligen Ort mit ihr verband und nicht von Floyd an sie weitergegeben worden war.

»Warum wollen Sie nicht mit mir auf die Station zurückkehren?«, fragte er.

Meena senkte den Blick. »Weil Murgura sonst dafür sorgen wird, dass ich mein Kind verliere. Wenn nötig, indem er mich tötet.«

»Ich könnte ihn mir vorknöpfen, nötigenfalls festnehmen.«

»Sie verstehen das nicht. Er fände trotzdem einen Weg. Er gehört dem Stammesrat an, und sein Wort hat viel Gewicht.«

»Dann sind Sie in die heilige Frauenhöhle geflüchtet, weil er Ihnen hier nichts antun kann?«

Sie nickte. »Es ist der einzige Ort, wo ich sicher bin. Er achtet die jahrtausendealten Gesetze und würde es nie wagen, diese Höhle zu betreten.«
Sie schwiegen einige Minuten. Dann meinte Daryl: »Ich denke, ich weiß, wie ich Murgura dazu bringen kann, seine Meinung zu ändern. Doch dafür müssen Sie auch etwas für mich tun. Erzählen Sie mir alles, was Sie über Floyds Verschwinden wissen.«

Auf dem Marsch zurück zum Hubschrauber ließ Daryl das eben Gehörte nochmals Revue passieren.
Was Meena widerfahren war, ging ihm unter die Haut. Es bestärkte ihn jedoch auch in seiner Absicht, ihr mit allen Mitteln zu helfen.
Traditionen und Liebe – das waren die Gründe, weshalb Murgura Meenas Kind töten wollte. Kein Zweifel, er liebte seine Halbschwester. Doch tat er das auf eine Weise, die schwer zu verstehen war.
Angefangen hatte alles vor einigen Monaten, als Floyd Buttler damit begann, Meena den Hof zu machen. Diese hatte sich zwar geschmeichelt gefühlt, aber nie vorgehabt, sich mit dem Vormann einzulassen, denn sie war in Ray Hill verliebt. Zunächst glaubte sie, dass dieser das Gleiche für sie empfand, doch nachdem sie vergeblich darauf gewartet hatte, dass er ihr seine Liebe gestand, war sie allmählich unsicher geworden. Schließlich hatte sie gehofft, Ray eifersüchtig zu machen, indem sie mit Buttler flirtete, und ihn so dazu zu bringen, seine wahren Gefühle zu zeigen.
Doch so weit kam es nicht. Eines Tages, als Meena am Pigeon Pool Krabbenfallen auslegte, stand plötzlich Buttler vor ihr

und war zudringlich geworden. Er versuchte, sie zu küssen. Als sie sich wehrte, schlug er sie.
Unter Tränen hatte sie Daryl vorhin berichtet, wie sie versucht hatte, sich gegen ihn zur Wehr zu setzen. Doch sie hatte keine Chance. Floyd Buttler vergewaltigte sie und drohte, sie umzubringen, wenn sie es irgendjemandem erzählen sollte. Meena stand unter Schock. Sie fühlte sich mitschuldig an dem, was ihr zugestoßen war, hatte sie doch zugelassen, dass Floyd ihr schöne Augen machte. Sie schämte sich so sehr, dass sie sich schwor, niemals jemandem etwas davon zu erzählen.
Doch es kam noch schlimmer. Als sie merkte, dass sie schwanger war, und ihr klar wurde, dass sie das bald nicht mehr würde verheimlichen können, sprach sie mit Buttler. Dieser war außer sich, stieß die wüstesten Drohungen aus und verlangte von ihr, das Kind abzutreiben.
Tage später nahm sie ihren ganzen Mut zusammen und erklärte ihm, sie werde das Kind behalten. Es kam erneut zu einem bitterbösen Streit zwischen ihnen, bei dem ihr Floyd Buttler ein Ultimatum stellte. Am darauf folgenden Morgen prügelte sich Ray mit dem Vorarbeiter.
Meena wusste, dass es bei dieser Auseinandersetzung um sie ging. Sie fand Ray bewusstlos im Geräteschuppen und verarztete ihn. Einen Augenblick lang hatte sie sogar daran gedacht, ihm alles zu erzählen. Doch als er wieder zu sich kam, verließ sie der Mut.
In der folgenden Zeit veränderte sich Rays Verhalten ihr gegenüber. Er ging auf Distanz, und wenn sie ihn ansprach, war er abweisend und manchmal sogar geradezu schroff.
In ihrer Verzweiflung wandte sie sich schließlich an ihren

Halbbruder. Dieser knöpfte sich Buttler noch am gleichen Tag vor. Von diesem Moment an ging ihr der Vormann zwar aus dem Weg, ihre Probleme waren damit aber nicht gelöst. Nun war es Murgura, der darauf bestand, dass sie das Baby abtreiben ließ. Um Zeit zu gewinnen, willigte sie schließlich ein. Sie nahm sich zwei Tage frei, fuhr nach Derby und erzählte Murgura, dass sie dort eine Abtreibung vornehmen lassen würde.

Als sie auf die Station zurückkehrte, ließ sie ihren Bruder im Glauben, alles sei wieder in Ordnung. Sie zog weite Kleider an, aus Angst, dass Murgura etwas auffallen könnte, obwohl ihrem Bauch noch nichts anzusehen war. Sie hatte vorgehabt, ihren Halbbruder so lange zu täuschen, bis ein Schwangerschaftsabbruch nicht mehr möglich war. Aber Murgura hatte, als sie ihm die Täuschung schließlich gestand, dennoch darauf bestanden, dass ihr Baby sterben müsse. Für ihn war es eine Angelegenheit des Stolzes und der Ehre. Außerdem war er sicher, dass dieses Kind Meena Unglück bringen würde. So hatte Meena schließlich keinen anderen Ausweg gewusst, als in der heiligen Höhle der Frauen Zuflucht zu suchen.

Daryl hatte einen Plan. Er würde Murgura mit seinen eigenen Waffen schlagen und ihn dazu bringen, seine Halbschwester in Ruhe zu lassen. Und danach würde er sich um Floyd Buttlers Mörder kümmern.

16

Martin Barrow war an diesem Morgen gleich bei Sonnenaufgang mit der Piper nach Derby geflogen. Das tat er, ausgenommen zur Regenzeit, mindestens einmal im Monat. Meistens nahm er Mrs. Sharp und Meena mit, was die Frauen sehr schätzten. Das Leben unter lauter Männern war für sie nicht immer einfach. Auf diesen Ausflügen nach Derby konnten sie für kurze Zeit ihrem Alltag entfliehen, soziale Kontakte pflegen und Besorgungen erledigen. Mrs. Sharp nutzte diese Gelegenheit außerdem dazu, Lebensmittelbestellungen aufzugeben.

Für Martin Barrow waren diese Reisen allerdings weit weniger vergnüglich. Bankgeschäfte, Besprechungen mit Viehhändlern und anderes mehr ließ ihm meist keine Zeit für Vergnügungen. Ganz abgesehen davon, dass Derby auch nicht viel zu bieten hatte. Manchmal, wenn auf der Farm wenig los war, hängte er zwei Tage dran und flog weiter nach Broome, wo seine Schwester lebte. Das ehemalige Perlenfischerdorf hatte sich in den vergangenen zwanzig Jahren von einem verschlafenen Nest zu einem blühenden Touristenort verwandelt.

Diesmal hatte der Rinderzüchter jedoch ganz andere Pläne, weshalb er auch allein nach Derby geflogen war. Zunächst ging er zur Bank, wo er die Löhne seiner Arbeiter auf deren Gehaltskonten überwies. Das Geld, das sie zum Leben

brauchten, ließ er sich zusammen mit den Löhnen der Saisonarbeiter bar auszahlen.
Anschließend traf er sich mit seinem Viehhändler. Die letzte Ladung Rinder von Mount Keating war unterwegs und würde aller Voraussicht nach am nächsten Morgen in Derby ankommen. Martin Barrow selbst nahm seit Jahren an keiner Viehauktion mehr teil. Stattdessen überließ er die Verkaufsverhandlungen seinem Agenten. Da die Preise für Rindfleisch dieses Jahr ganz gut standen, war Barrow einigermaßen zufrieden, als er sich auf den Weg zurück zu seiner Maschine machte, um weiter nach Broome zu fliegen.
Dort angelangt, suchte er den Polizeiposten auf und verlangte, Sergeant Morley zu sprechen. Er wurde in ein kleines Büro geführt, wo man ihm eine Tasse Kaffee anbot und ihn wissen ließ, der Sergeant werde jeden Moment kommen. Als Morley eine Viertelstunde später schließlich erschien, ließ er sich stöhnend auf einen Stuhl sinken und entschuldigte sich für die Wartezeit.
»Manchmal«, begann er, »wünschte ich, ich hätte einen anderen Beruf.« Er warf einen Blick auf sein Taschentuch, das er bis zu diesem Moment gegen seine blutende Unterlippe gepresst hatte.
»Sind Sie in eine Prügelei geraten?«, fragte Martin Barrow.
»Das kann man wohl sagen! Ein betrunkener Eingeborener hat mitten im Supermarkt seine Frau verprügelt. Wir kamen hin und versuchten, den Mann zu beruhigen. Als das nicht klappte, haben wir ihm Handschellen angelegt.« Er versuchte zu lachen, verzog aber sofort schmerzlich das Gesicht. »sie hätten seine Frau sehen sollen! Kaum hatten wir ihrem Mann die Fesseln angelegt, ging sie auf uns los.

Ich kann Ihnen sagen, die Frau hatte eine Linke wie ein Preisboxer.«
Barrow schmunzelte, wurde aber gleich wieder ernst. »Detective Simmons hat mir diesen Brief für Sie mitgegeben.«
Sergeant Morley nahm den Umschlag entgegen, öffnete ihn und las den Text schweigend durch. Dann legte er das Blatt beiseite und wandte sich wieder dem Rinderzüchter zu.
»Scheint so, als würde sich da was zusammenbrauen. Detective Simmons bittet mich, am Montag zur Station zu fliegen.«

Daryl fand Mrs. Sharp in der Küche des Haupthauses.
Als er an den Rahmen der Fliegengittertür klopfte, schaute sie kurz auf und rief: »Das war ja zu erwarten, kommen Sie rein. Wieder mal der Nase gefolgt?«
Daryl knipste sein schönstes Lächeln an und schielte hinüber zum Tisch. »Schokoladentorte mit Kokosraspeln und Zimt.« Er schnupperte kurz in der Luft, dann fügte er hinzu: »Und einem Hauch Koriander.«
Mrs. Sharp schüttelte ungläubig den Kopf. »Sie haben die Nase eines Dingos. Mit dem Unterschied, dass Sie anstelle von Blut jede Süßigkeit im Umkreis von drei Meilen aufspüren können.«
«Nicht jede. Lediglich die, die es wert sind.«
Die Köchin kicherte. »Mann, ich wette, mit dieser Masche verdrehen Sie den kleinen, naiven Dingern in der Stadt gleich reihenweise den Kopf.«
Daryl machte ein betrübtes Gesicht. »Leider nicht. Jedenfalls habe ich noch keine kennen gelernt, die backen konnte. Das ist verdammt hart für einen Schokoladesüchtigen wie mich.«
»Sie Ärmster. Na, dann setzen Sie sich mal. Zwar haben Sie

mir gestern schon die Hälfte des Kuchens abgeschwatzt, aber wenn Sie den tatsächlich ohne Bauchschmerzen weggeputzt haben, scheinen Sie wirklich ein ernsthafter Suchtfall zu sein.«

Daryl genoss den noch warmen Kuchen, dazwischen nippte er an der Tasse Tee, die ihm Mrs. Sharp dazugestellt hatte. Die Köchin setzte sich zu ihm und erzählte von dem fahrenden Händler, der an diesem Nachmittag auf der Station angekommen war.

»Nennt sich Lucky Kiwi, ist Neuseeländer. Hält sich für den glücklichsten Menschen, weil er sein eigenes Geschäft auf vier Rädern hat, nach Herzenslust herumreisen und alle paar Tage an einem neuen Ort sein kann. Er taucht jedes Jahr pünktlich zum Ende des Viehauftriebs hier auf. Wir haben bis heute nicht herausgefunden, wie er das macht. Er grinst nur immer, wenn wir ihn darauf ansprechen.«

»Was bietet er denn an?«, wollte Daryl wissen.

»So ziemlich alles, was man zum Leben im Busch braucht. Inklusive Pfannen, Töpfe und Geschirr.«

»Wie sieht es mit Abführmitteln aus?«

Die Augen der Köchin funkelten misstrauisch. »Er verkauft keine Arzneimittel. Das weiß ich, weil ich ihn mal nach Kopfschmerztabletten gefragt habe. Wieso, leiden Sie unter Verstopfung?«

Daryl sah Mrs. Sharp mit einem verschlagenen Lächeln an. »Keine Sorge, mir geht's prächtig. Allerdings gibt es da jemanden, dem ich im wahrsten Sinne des Wortes gerne eine Abfuhr erteilen möchte.«

»Ich bin ganz Ohr. Wer ist dieser Jemand, und weshalb wollen Sie, dass er sich in die Hosen macht?«

Daryl hatte sich entschlossen, Mrs. Sharp ins Vertrauen zu ziehen.
Als er ihr erzählt hatte, wer es war und was er plante, hielt sich die Köchin vor Lachen den Bauch.
»Sie sind ja vielleicht eine Nummer, Simmons, also wirklich! Aber ich mach mit. Obwohl die Sache meinem Ruf ziemlich schaden wird.«
»Dafür entschuldige ich mich schon jetzt.«
»Schon gut. Wenn Sie Meena auf die Weise wieder zurückholen können, ist es das wert.«

Lucky Kiwi hatte die Seitenwand seines Lasters wie ein Sonnendach hochgeklappt. Davor hatte er eine Reihe Klappständer aufgestellt, Bretter darüber gelegt, das Ganze mit farbigen Tüchern dekoriert und rote Plastikkörbe mit Kleidern, Schuhen, Gürteln, Hüten, Toilettenartikeln und vielem mehr darauf gestellt.
Die Waren des fahrenden Händlers waren von guter Qualität, die Preise mehr als akzeptabel. Der Neuseeländer mochte ein glücklicher Mann sein, reich würde er aber mit seiner Arbeit ganz bestimmt nicht werden.
Nachdem sich Daryl eine Weile mit dem kleinen, drahtigen Mann unterhalten und seine Auslagen inspiziert hatte, kaufte er bei ihm einen Tabakbeutel aus Känguruleder und ein Paar lange Schnürsenkel.
»Wann fahren Sie weiter?«, fragte ihn Daryl.
»Geplant war morgen. Aber wie ich erfahren habe, bringt Mr. Barrow morgen die Löhne der Saisonarbeiter mit.« Er lächelte verschmitzt. »Da lohnt es sich, ein wenig zu warten.«
Als die Stockmen ihr Tageswerk beendet hatten und auf der

Station erschienen, pries Lucky Kiwi sein Angebot in der Manier eines Jahrmarktverkäufers an. Dabei machte er eine Menge derber Witze, die ausschließlich für Männerohren bestimmt waren. Rasch hatte er einige Geschäfte abgewickelt, und wer nicht bezahlen konnte, ließ sich die Sachen bis zum nächsten Tag auf die Seite legen.

Die Stimmung beim Abendessen war ausgelassen. Die letzten Kälber waren am Nachmittag gebrandmarkt und mit den Mutterkühen zusammen wieder freigelassen worden. Nun war der Viehauftrieb zu Ende. Die Männer, die nicht fest auf der Mount-Keating-Station angestellt waren, freuten sich auf ihren verdienten Lohn und das Wiedersehen mit ihren Familien. Die anderen auf eine Zeit, in der die Arbeit auf Mount Keating weniger hart sein würde.

Daryl, der wie üblich mit Poison-Joe und Ray Hill sowie heute auch mit dem Neuseeländer zusammensaß, schielte während des Abendessens einige Male zu Murgura hinüber. Der Aborigine saß etwas abseits und schien tief in Gedanken versunken. Doch er aß und trank, das war die Hauptsache.

Nach dem Essen machten sich die Männer über Mrs. Sharps Kuchen her, die wie üblich innerhalb einer halben Stunde bis auf den letzten Krümel weggeputzt waren. Da am nächsten Tag Samstag war und den Farmarbeitern zum ersten Mal seit mehreren Wochen wieder ein freies Wochenende zur Verfügung stand, hatte es keiner von ihnen eilig, ins Bett zu kommen. Stattdessen spielten sie Karten. Wer kein Geld hatte, setzte eben kurzerhand einen Teil des zu erwartenden Lohns. Die einzigen, die nicht an den Pokerpartien teilnahmen, waren Ray Hill, Daryl und Murgura.

Nach dem Essen war der Eingeborene zunächst nervös auf

seinem Stuhl herumgerutscht, ehe er plötzlich hochschoss und nach draußen rannte. Einige der Stockmen sahen ihm verwundert nach, konzentrierten sich dann aber wieder auf ihr Spiel. Mrs. Sharp hatte Daryl einen spitzbübischen Blick zugeworfen, den dieser mit einem kaum merklichen Nicken beantwortete. Er war zufrieden. Der erste Teil seines Plans hatte funktioniert. Nun streckte er sich und gähnte so übertrieben, wie er nur konnte. Poison-Joe, der ihn dabei beobachtete, schüttelte den Kopf.

»Sie wollen doch nicht schon schlafen gehen? Der Abend ist noch jung, und ich hatte gehofft, Ihnen noch ein paar Dollars aus der Tasche ziehen zu können.«

»Lieber nicht«, antwortete Daryl und inszenierte einen weiteren Gähnanfall. »Erstens bin ich wirklich ausgesprochen müde, und zweitens bin ich wohl der miserabelste Kartenspieler Westaustraliens.«

»Oh, kein Problem. Ist ein Kinderspiel, ich bring's Ihnen bei.«

Daryl lachte und stand auf. »Ich nehme an, auf die schmerzliche Tour.«

»Ist die erfolgreichste. Sie wissen ja, erst aus Schaden wird man klug.«

»Das mag vielleicht auf Sie zutreffen, Poison-Joe, aber nicht auf mich.« Mit diesen Worten verabschiedete sich Daryl und verließ den Aufenthaltsraum.

Draußen schlug ihm angenehm kühle Luft entgegen. Der Mond hatte zugenommen, stand aber noch weit im Osten. Sein Licht warf lange Schatten, die den Platz vor den Schlafbaracken fast gänzlich in Dunkelheit hüllten.

Daryl schlenderte zum Duschhaus, aus dem schwaches Licht

drang. Als er stehen blieb und lauschte, vernahm er aus einer der Toiletten leises Stöhnen, gefolgt vom Rauschen der Spülung. Murgura ging es nicht besonders gut, das war unüberhörbar. Daryl schloss daraus, dass Mrs. Sharps Abführcocktail seine Wirkung nicht verfehlt hatte. Nebst Rizinusöl, das sich in der Hausapotheke der Station fand, hatte die Köchin noch zu einem alten Hausmittel gegriffen, das sie von ihrer Großmutter kannte. Dazu mischte sie eingedickten Aloesaft, der den Vorteil hatte, so gut wie geschmacksneutral zu sein, mit dem Rizinusöl, wodurch ein richtiggehendes Teufelsgebräu entstand, das sie dann dem armen Murgura sowohl ins Essen als auch in den Tee gemischt hatte. Keine Dreiviertelstunde später hatten Murgura bereits Bauchschmerzen geplagt, gefolgt von plötzlichem Durchfall. Nebenbei hatte Mrs. Sharps »Rezept« auch noch eine effektvolle Nebenwirkung. Das Mittel führte zu einer Rötlichfärbung des Urins, die zwar völlig harmlos war, einem Nicht-Eingeweihten aber dennoch wenn nicht Panik, so zumindest einen gehörigen Schrecken einjagen konnte. Eigentlich griff Daryl nicht gerne zu solch heimtückischen Mitteln, aber in diesem Fall hatte er keine andere Wahl gehabt.

Da er im Augenblick nicht damit rechnen musste, von jemandem beobachtet zu werden, ging er geradewegs zu Murguras Unterkunft. Bevor er hineinging, vergewisserte er sich nochmals, dass alles ruhig war. Dann trat er ein und schaltete das Licht an.

Gegenüber dem Eingang an einer fensterlosen Wellblechwand standen fünf Betten, die jeweils durch einen einfachen Blechspind voneinander getrennt waren. Daryl öffnete die Schränke der Reihe nach. Der letzte gehörte Murgura. Er schraubte zwei der drei Glühbirnen aus den alten Blechlampen an der Decke und schüttelte sie so lange, bis er ein leises Klirren hörte und sicher war, dass sie nicht mehr funktionierten. Dann schraubte er sie wieder in ihre Fassungen. Die verbliebene Lampe erhellte nur noch den Eingangsbereich, der hintere Teil des Raums dagegen, wo sich Murguras Bett befand, lag in schummrigem Dunkel. Ein prüfender Blick zum einzigen Fenster nahe der Tür sagte Daryl, dass der Schein des Mondes auf seiner nächtlichen Wanderung nicht weit genug in den Raum vordringen würde, um Murguras Schlafplatz zu erhellen. Nun zog Daryl seinen neu gekauften Tabakbeutel aus der Tasche, öffnete ihn und verstreute einen Teil des pulvrigfeinen, rötlichen Inhaltes über Murguras Kissen und die Decke. Anschließend löschte er das Licht und verließ die Wellblechhütte. Auf dem Weg zu seiner Unterkunft hob er wahllos einen pflaumengroßen Stein auf, den er in seinem Beutel verstaute. Dann ging er zu Bett. Der kommende Tag versprach, interessant zu werden.

17

Am Morgen fühlte sich Murgura bedeutend besser. Zwar hatten ihn in der Nacht noch mehrmals heftige Krämpfe heimgesucht, so dass er kaum geschlafen und die meiste Zeit auf der Toilette verbracht hatte. Nun ging es im aber wieder so gut, dass er glaubte, etwas zu sich nehmen zu können.

Er hatte entsetzlichen Durst. Außerdem waren Mund und Rachen staubtrocken. Er streifte sich eine Shorts über und überlegte, ob er gleich zum Aufenthaltsraum gehen sollte, um einige Tassen Tee zu trinken. Dann erinnerte er sich, dass die Köchin es nicht mochte, wenn die Männer ungeduscht zum Frühstück erschienen. Er war nicht in Stimmung, um sich mit dem dicken Weibsbild zu streiten, deshalb schnappte er sich Handtuch und Seife und machte sich auf den Weg zum Duschhaus.

Im Osten tasteten sich gerade die ersten Sonnenstrahlen über die Hügel, fluteten hinab ins Tal und begannen, sich wie ein roter Ascheregen über die Farmgebäude auszubreiten. Er war spät dran. Die anderen Männer saßen bestimmt schon alle beim Frühstück.

Auf der Hälfte des Weges trat plötzlich Ray Hill hinter dem mächtigen Boabbaum hervor und stellte sich Murgura in den Weg.

»Wo ist Meena?«, fragte er mit rauer Stimme.

Der Eingeborene sah ihn einen Augenblick mit ausdruckslosem Gesicht an. Dann schob er sich wortlos an ihm vorbei.
»Ich habe dich etwas gefragt, Abo, also bleib gefälligst hier!«
Murgura blieb stehen. Langsam wandte er sich um und erwiderte drohend: »Pass auf, was du sagst. Sonst ...«
»Sonst was? Meena kannst du vielleicht einschüchtern, mich aber nicht. Ich habe dich beobachtet. Deinetwegen hat Meena die Station verlassen. Du weißt, wo sie ist, also raus mit der Sprache!«
»Halt dich da raus, Kleiner. Diese Sache geht dich nichts an. Glaubst du etwa, ich wüsste nicht, dass du hinter Meena und mir hergeschnüffelt hast? Glaubst du, ich hätte nicht bemerkt, dass du in sie verliebt bist?«
»Und wenn schon!« Ray spuckte die Worte geradezu heraus. »Das tut nichts zur Sache. Ich weiß, dass du Meena bedrohst, und das lasse ich nicht zu!«
»Und ich weiß, dass du am Tag von Buttlers Verschwinden nicht die ganze Zeit über auf der Station warst, obwohl du das ausgesagt hast. Du siehst, wir beide haben unsere Geheimnisse. Belassen wir's dabei.« Mit diesen Worten drehte sich der Aborigine um und ging weiter.
Für einen Augenblick stockte Ray der Atem. Die Muskeln in seinem Gesicht begannen zu zucken, gleichzeitig hatte er das Gefühl, als fließe ätzende Säure seinen Hals hinab.
Ray rannte los. Von hinten stürzte er sich auf den Eingeborenen, schlang einen Arm um seinen Hals und riss ihn zu Boden.
»Du sagst mir jetzt, wo Meena ist!«, schrie er außer sich und rammte seinem Gegner die Faust in die Nieren.
Murguras Überraschung hatte nur den Bruchteil einer

Sekunde gedauert. Noch während er auf die staubige Erde stürzte, hatten sich seine Muskeln gespannt und sich auf die ersten Faustschläge vorbereitet. So krümmte er sich auch nicht vor Schmerz, als er zweimal kurz hintereinander in die Seite geboxt wurde.

Einen Moment lang rangen die beiden Männer miteinander, wälzten sich durch den aufgewirbelten Staub. Ray kämpfte mit der Kraft eines wütenden Tigers, doch er konnte seinen Widersacher nicht im Würgegriff halten. Wendig wie eine Schlange, gelang es Murgura, den Kopf aus der Umklammerung zu lösen und seinerseits zum Angriff überzugehen. Ein Doppelhieb gegen Hals und Kinn seines Gegners gab ihm genügend Spielraum, um wieder auf die Beine zu kommen. Doch auch Ray stand bereits wieder. Als er zu einem rechten Haken ansetzte, ließ Murgura Rays Faustschlag durch eine geschickte Körpertäuschung ins Leere gehen, worauf dieser das Gleichgewicht verlor und strauchelte. Der Eingeborene packte ihn sogleich an den Haaren, riss ihn wieder auf die Beine und versetzte ihm einen Schlag in den Magen, so dass Ray rückwärts taumelte.

Inzwischen waren die Männer nur noch wenige Meter vom Aufenthaltsgebäude entfernt. Wieder versetzte Murgura seinem Gegner einen Doppelschlag. Ray stolperte über die Verandastufe und stürzte krachend gegen die Wellblechwand. Als er sich wieder aufrappelte, griff er nach dem Henkel des blechernen Putzeimers, der neben dem Eingang stand, schwang ihn wie eine Keule und traf seinen Kontrahenten mit voller Wucht an der Stirn. Murgura sank augenblicklich zu Boden. Benommen versuchte er, Abstand zwischen sich und seinen Gegner zu bringen. Doch Ray gab ihm keine

Gelegenheit dazu. Erneut ließ er seine Waffe auf den Eingeborenen niedersausen. Diesmal traf er ihn aber lediglich am Rücken. Während Murgura verzweifelt hinter einem der Stützbalken auf der Veranda Schutz suchte, holte Ray bereits zum nächsten Schlag aus.
In diesem Augenblick wurde die Tür zum Aufenthaltsraum aufgestoßen. Ray hielt einen Moment inne und warf einen kurzen Blick auf Poison-Joe, der im Türrahmen stand. Dann schwang er den Eimer von neuem durch die Luft. Im gleichen Augenblick packte ihn Poison-Joes riesige Hand am Unterarm, während sich die andere um seine Kehle legte. Langsam schob Poison-Joe den Jungen gegen die Blechwand. Als er den Druck um den Arm verstärkte, ließ Ray den Eimer los, und er krachte scheppernd zu Boden.
Inzwischen drängten die restlichen Männer nach draußen. Schweigend starrten sie zwischen dem benommenen Aborigine, Poison-Joe und Ray Hill hin und her.
Daryl ging es nicht anders. Fasziniert beobachtete er, wie der alte Mann den Jüngeren scheinbar mühelos mit einer Hand an die Wand presste. Selbst als Ray wieder beide Hände frei hatte, gelang es ihm nicht, sich aus der eisernen Umklammerung zu lösen. Im Gegenteil. Je mehr er sich wehrte, um so mehr schlossen sich Poison-Joes Finger um seinen Hals. Die Leichtigkeit und Ruhe, mit der dieser seinen Gegner festhielt und ihn zu ersticken drohte, glich der einer großen Würgeschlange. Gerade als sich Rays weit aufgerissene Augen zu verdrehen begannen und Daryl das Gefühl hatte, eingreifen zu müssen, lockerte Poison-Joe seinen Griff.
»Na, wie sieht's aus, Baby-Ray«, fragte der alte Farmarbeiter eisig, »haben wir uns ein wenig beruhigt?«

Ray versuchte zu nicken, worauf ihn Poison-Joe augenblicklich losließ. Hustend sank der junge Mann auf die Knie. Er hielt sich die Kehle, rang mehrmals tief nach Luft und lehnte sich dann an die Hauswand.

»Was ist eigentlich in euch zwei Hornochsen gefahren?«, fuhr Poison-Joe die beiden Kontrahenten an. Murgura und Ray sahen sich hasserfüllt an, sagten aber kein Wort.

»Na schön, wie ihr wollt«, meinte Poison-Joe scharf. »Aber ich warne euch: Wenn ihr diese Show noch einmal abzieht, dann kriegt ihr's mit mir zu tun. Und nun verzieht euch in den Waschraum. Der Boss kann jede Minute landen. Wenn er euch so sieht, dann habt ihr das letzte Mal auf Mount Keating gearbeitet.«

Als Murgura später den Aufenthaltsraum betrat, waren die Männer längst mit ihrem Frühstück fertig. Einige saßen beisammen und spielten Karten, andere unterhielten sich oder blätterten in alten Zeitschriften. Keiner von ihnen schien sich jedoch hundertprozentig auf das zu konzentrieren, was er gerade tat. Eine merkwürdige Stimmung lag in der Luft, fand Daryl. Sie erinnerte ihn an jene Minuten vor einem Gewitter, in denen elektrische Spannung in dunklen Wolken darauf wartete, sich in Blitz und Donner zu entladen.

Murgura nahm an einem leeren Tisch Platz und wartete, bis ihm die Köchin einen Teller Bohnen mit Speck und eine Kanne Tee auf den Tisch stellte.

»Um was ging's denn vorhin?«, fragte sie neugierig.

»Privatsache, geht niemanden was an«, antwortete der Aborigine kurz angebunden.

»Privatsache also, na prächtig!« In ihrer unnachahmlichen

Art stemmte Mrs. Sharp die Fäuste in ihre dick gepolsterten Hüften. »Auf jedem Fall solltet ihr euch benehmen und euch nicht in aller Öffentlichkeit prügeln!«
Nachdem sie zu Daryl, der den Abwasch übernommen hatte, zurückgekehrt war, zwinkerte sie ihm verschwörerisch zu und flüsterte ihm ins Ohr: »Langsam macht es mir richtig Spaß, dem Kerl Abführmittel ins Essen und in seinen Tee zu mixen. Vielleicht sollten wir das bei Ray auch mal versuchen.«
Kurz darauf betrat Ray Hill den Raum. Wie zuvor Murgura, folgten nun auch ihm die verstohlenen Blicke der anderen Männer. Als er sich bei Mrs. Sharp eine Tasse Tee holte, konnte Daryl sehen, dass seine Unterlippe aufgeplatzt war und noch immer leicht blutete.
Mrs. Sharp hielt ihm eine frische Serviette hin. »Deine Lippe blutet, Kleiner.«
Ray nahm sie wortlos, presste sie gegen seine Unterlippe und setzte sich ans Ende eines Sechsertisches. Dann starrte er nachdenklich in seinen Becher.
»Männer«, stieß die Köchin kopfschüttelnd hervor. »Frauen, Alkohol und Machogehabe, mehr haben sie nicht im Kopf. Aber wehe, sie kriegen selber mal eins aufs Maul, dann werden sie ganz klein und weinerlich.«
In diesem Moment ging erneut die Tür auf, und Martin Barrow trat ein. Nun schlug die Stimmung schlagartig um.
»Guten Morgen, Männer!«, begrüßte sie Barrow und stellte seine dicke Aktentasche auf den erstbesten Tisch. »Ich werde mich wie jedes Jahr kurz fassen: Ihr habt hervorragend gearbeitet, ich danke euch. Bevor ich jedoch die Löhne auszahle, muss ich euch noch etwas mitteilen. Diejenigen, die vor-

hatten, heute oder morgen früh abzureisen, muss ich leider bitten, noch bis Montag hier zu bleiben. Ich weiß«, fuhr er lauter fort und übertönte so das Gemurmel der überraschten Stockmen, »ihr wollt zu euren Familien zurück. Aber wie mir die Polizei in Broome mitteilte, wird sie am Montag erneut jemanden hierher schicken, um jeden von euch noch einmal wegen Buttlers Tod zu befragen.«
Erneut ging ein Raunen durch den Raum. Diesmal klang es nicht überrascht, sondern verärgert.
»Die haben unsere Aussagen doch bereits«, meldete sich einer der Eingeborenen zu Wort. »Was versprechen die sich davon, uns die gleichen Fragen noch mal zu stellen?«
»Das weiß ich leider auch nicht.«

Nachdem die Männer ihr Geld erhalten hatten, gingen die meisten nach draußen. Lucky Kiwi hatte seine Waren bereits wieder ausgebreitet, doch nur wenige Farmarbeiter waren in der Stimmung, etwas zu kaufen.
Als die Hitze unerträglich wurde und die Buschfliegen begannen, auf jedes Lebewesen Jagd zu machen, das größer war als sie selbst, verzogen sich die Männer. Einige gingen zurück in den Aufenthaltsraum, andere suchten ihr Quartier auf.
Der Neuseeländer war gerade dabei, seine Auslagen einzupacken, als Poison-Joe neben ihn trat.
»Und, wie lief das Geschäft?«
»Schleppend«, antwortete der fahrende Händler. »Werde meine Zelte abräumen und weiterfahren.«
»Noch Platz für einen Mann?«
Lucky Kiwi sah ihn mit großen Augen an. »Wieso das denn? Sie arbeiten doch schon viele Jahre hier.«

»Neun, um genau zu sein. Höchste Zeit für eine Luftveränderung.«

»Und das hat nicht zufällig etwas mit dieser Polizei-Sache zu tun?«

Poison-Joe machte einen Schritt auf den fast zwei Köpfe kleineren Neuseeländer zu. Mit einem viel sagenden Lächeln sah er auf ihn hinunter. »Glauben Sie wirklich, dass ich vor irgendetwas davonlaufe?«

Lucky Kiwi schaute zu dem Farmarbeiter auf und schüttelte dann den Kopf. »Wenn Sie mich so fragen …«

18

Daryl saß entspannt auf dem abgenutzten ledernen Sofa in Martin Barrows Wohnzimmer. Das alte Stück war in keinem guten Zustand, dafür aber unglaublich bequem.
Daryls Arme lagen ausgestreckt auf der abgewetzten Rückenlehne, während sein Blick auf das große, bis zum Boden reichende Fenster gerichtet war. Er genoss den herrlichen Blick auf den Carson River und die dahinter liegenden roten Hügel, die in der Mittagshitze wie glühende Kohlen flimmerten. Gleichzeitig lauschte er dem Gespräch, das Martin Barrow über Funk mit seinem Vorgesetzten, Chefinspektor Garratt, führte. Der Viehzüchter saß an einem kleinen Tisch in der Ecke des großen Wohnzimmers und sprach in das fast schon antik anmutende Funkgerät.
»Aber wenn ich es dir doch sage, Paul, er ist irgendwo draußen bei den Männern ... Nein, ich weiß nicht, wo ... Ja, Sergeant Morley hat mir gesagt, dass du ihn zurückbeordert hast ...«
Zwischendurch warf Barrow verärgerte Blicke in Daryls Richtung, doch dieser saß nur da und schaute aus dem Fenster.
»Natürlich habe ich ihm gesagt, er soll sich bei dir melden ... Nun beruhige dich ... Ja, versprochen. Ich werde dafür sorgen, dass er dich so schnell wie möglich zurückruft ...«
Obwohl die Stimme seines Vorgesetzten nur als unverständliches Krächzen an seine Ohren drang, konnte Daryl dem

Gespräch mühelos folgen. Ohne Zweifel war Chefinspektor Garratt mit seiner Geduld am Ende. Jetzt mit ihm zu reden, hätte keinen Sinn gehabt. Erstens hätte er ihn nicht zu Wort kommen lassen und zweitens würde er ihm zweifellos befehlen, auf der Stelle nach Perth zurückzukehren. Ersteres war Daryl gewohnt, Letzteres konnte er gerade jetzt unmöglich befolgen.

Als der Viehzüchter das Gespräch beendet und das Funkgerät abgestellt hatte, ging er wortlos zu einem gläsernen Wandschrank, wo er einen kleinen Vorrat an hochprozentigen Getränken aufbewahrte. Gedankenversunken schenkte er sich einen großen Whisky ein. Erst nachdem er sich zu Daryl gesellt hatte, bemerkte er, dass er vergessen hatte, ihn zu fragen, ob er auch einen Drink wollte.

»Wie steht's mit was zu trinken?«

»Ich komme gerne darauf zurück, aber nicht heute«, erwiderte Daryl. »Außerdem haben Sie ihn jetzt sicher nötiger als ich.«

»Allerdings«, knurrte Barrow verstimmt. »Es ist wirklich nicht meine Art, einen Freund anzulügen.«

»Sehen Sie es bitte nicht als Lüge, sondern vielmehr als Mittel zum Zweck. Ich verspreche Ihnen, dass ich mich am Montag bei Garratt melden werde.«

»Ich nehme Sie beim Wort, und wenn ich Sie eigenhändig vor das Funkgerät schleifen und auf dem Stuhl festbinden muss.«

Daryl sah ihn amüsiert an. »Keine Bange, so weit wird es nicht kommen.«

»Was jetzt?«

»Das hängt einerseits von der Wirkung Ihrer Rede ab, anderseits von den Nerven unserer Verdächtigen. Ich möchte keine Wetten abschließen, aber ich bin ziemlich sicher, dass sich bis Montag einiges tun wird.«

Martin Barrow seufzte. »Und was? Sie haben mir noch immer nicht gesagt, was Sie bisher eigentlich herausgefunden haben.«

»Das ist richtig, und ich entschuldige mich dafür. Aber ich habe es mir nun einmal zum Grundsatz gemacht, möglichst nicht über meine Ermittlungen zu sprechen, ehe ich sicher bin, den Fall gelöst zu haben. Aber ich denke, dass ich jetzt alle Fakten kenne und Ihnen verraten kann, wer Floyd Buttler und Bruce Pierson getötet hat.«

In diesem Augenblick klopfte es an der Tür. Martin Barrow erhob sich mit einem ärgerlichen Grummeln, um zu öffnen. Als er wenig später mit Lucky Kiwi das Wohnzimmer betrat, erhob sich Daryl. Ein zufriedener Ausdruck lag auf seinem Gesicht, den der Viehzüchter so deutete, dass der Detective mit diesem Besuch gerechnet hatte.

»Ich breche jetzt auf«, sagte Lucky Kiwi zu ihm gewandt. »Wollte mich nur noch verabschieden und Ihnen mitteilen, dass Sie Recht hatten.«

Barrow sah die beiden Männer neugierig an und setzte sich wieder.

»Sie hatten mich gebeten, Ihnen zu sagen, falls jemand mitfahren will. Nun, Poison-Joe ist am Packen.«

»Poison-Joe will Mount Keating verlassen?«, rief der Viehzüchter erstaunt und sprang gleich wieder auf. »Was ist denn in den gefahren?«

»Genau das, was ich erwartet hatte«, entgegnete Daryl ruhig. »Was für einen Eindruck hat er auf Sie gemacht?«, wollte er von dem Neuseeländer wissen.

»Eigentlich einen ganz normalen. Er ist weder ängstlich noch nervös, wenn Sie das meinen.«
»Danke«, sagte Daryl. Er gab dem fahrenden Händler zum Abschied die Hand. »Ich fürchte, Sie werden auf Ihrer Weiterfahrt auf Gesellschaft verzichten müssen.«
»Das dachte ich mir schon. Sie sind Polizist, nicht wahr?«
»Und Sie ein ausgezeichneter Menschenkenner.«

Daryl eilte mit schnellen Schritten hinüber zu Poison-Joes Quartier.
Es hatte ihn einige Mühe gekostet, Martin Barrow davon zu überzeugen, dass es besser sein würde, wenn er allein mit dem alten Farmarbeiter sprach. Er wusste, es würde auch so schon schwer genug werden, den Mann am Gehen zu hindern. Offenbar ahnte Poison-Joe, dass man seinem Geheimnis auf die Spur gekommen war, und wollte sich deshalb verdrücken.
Die Tür zu Poison-Joes Quartier stand einen Spaltbreit offen. Als Daryl sie vorsichtig aufstieß, fiel sein Blick sofort auf den Stockman. Poison-Joe stand mit dem Rücken zu ihm und packte seine wenigen Habseligkeiten in eine Tasche.
»Wusste gar nicht, dass Sie Ihren Job gekündigt haben«, sagte Daryl in heiterem Ton und lehnte sich lässig gegen den Türrahmen.
Der alte Mann drehte sich erschrocken um. »Hab' ich auch nicht.«
»Dann wollen Sie sich einfach so aus dem Staub machen?«
Poison-Joe hatte sich bereits wieder im Griff. »Werd's dem Boss schon noch sagen.«
»Darf man nach dem Grund fragen?«

»Da gibt's keinen besonderen Grund. Bin einfach schon zu lange hier.« Er wandte sich um und packte weiter.
Daryl stieß sich von der Türumrandung ab und trat in den Raum. Als er sich vergewissert hatte, dass sie allein waren, gab er der Tür mit dem Absatz einen Stoß. Als sie ins Schloss fiel, drehte sich Poison-Joe erneut zu ihm um.
»Wenn Sie noch was auf dem Herzen haben, sollten Sie sich beeilen«, sagte er. »Der fahrende Händler wartet auf mich. Außerdem will ich mich noch vom Boss verabschieden.«
»Ich glaube nicht, dass ich das zulassen kann.«
»Was soll das denn werden?«, spottete Poison-Joe. »Sie wollen mir verbieten zu gehen? Mann, Sie sind zwar jünger und schneller als ich, aber glauben Sie mir, das hilft Ihnen wenig.«
»Darauf lass ich's ankommen. Sehen Sie, ich hätte Sie schon längst festnehmen können. Aber ich hab's nicht getan.«
Poison-Joe sah ihn aus zusammengekniffenen Augen an. »Bruce hatte also Recht. Er hatte von Anfang an so ein Gefühl, dass mit Ihnen etwas nicht stimmt.« Er strich sich langsam durch den Bart, dann setzte er sich aufs Bett. »Sind Sie ein Bulle?«
Daryl nickte.
»Inspector?«
»Detective.«
»Detective Simmons also«, stellte Poison-Joe mit einem ironischen Lächeln fest. »Nun, Detective, wie lautet die Anklage?«
»Lassen Sie uns erst mal ein wenig miteinander plaudern.«
»Und worüber?«
»Beginnen wir mit der Wahrheit.«

»Welche Wahrheit meinen Sie«, entgegnete der alte Mann vorsichtig.

Zum Beispiel ihrem richtigen Namen. Joe Banks klingt ganz nett, in Wirklichkeit heißen Sie aber Joseph Forbes.«

»Eins zu null für Sie. Wie haben Sie's rausgekriegt?«

»Indem ich Ihre Fingerabdrücke habe überprüfen lassen.«

»Es geht eben nichts über forensische Untersuchungen«, erwiderte Poison-Joe sarkastisch.

»Passen Sie auf, es kommt noch besser. Was würden Sie sagen, wenn ich behaupte, Buttler habe sie erpresst?«

»Dass Sie das erst einmal beweisen müssen.«

»Kein Problem. Sehen Sie, seit Floyd Buttler auf Mount Keating arbeitete, legte er jeden Monat dreihundert Dollar beiseite. Das allein ist schon ziemlich ungewöhnlich. Cowboys geben ihren Lohn normalerweise schneller wieder aus, als sie ihn verdienen. Buttler besaß zudem noch einen Hubschrauber, der im Unterhalt sehr teuer ist. Vielleicht schaffte er es tatsächlich mit dem Geld, das er durch gelegentliche Transportflüge nebenbei verdiente, diese Kosten zu decken. Trotzdem musste er ziemlich diszipliniert sein, um monatlich einen solchen Betrag beiseite legen zu können.«

»Und was soll das beweisen?«, unterbrach ihn der Farmarbeiter.

»Noch nichts. Aber zwei Monate, nachdem ihn Barrow zum Vorarbeiter befördert hatte, wurden neben dem üblichen Betrag zweitausend Dollar auf sein Konto überwiesen. Drei Monate später eintausend. Und kurz vor seinem Verschwinden weitere zweitausendfünfhundert. Das ist viel mehr, als Buttler hätte sparen können. Ich habe es nachprüfen lassen: Exakt diese Beträge wurden von Ihrem Konto bei der Westpac Bank abgehoben und auf Buttlers Konto überwiesen.«

»Ihre Beweise sind nicht viel wert. Ich kann Buttler das Geld ja schließlich auch geliehen haben.«

»So gut wie Ihr ganzes Vermögen? Sehr unwahrscheinlich. Vergessen wir auch nicht den Zeitungsausschnitt«, bluffte Daryl. »Ich stelle mir das Ganze folgendermaßen vor: Nachdem Buttler als Vorarbeiter in seine Unterkunft gezogen war, hat er vermutlich ein Versteck für sein Sparbuch gesucht. Er fand es in dem Zeitschriftenstapel unter dem Schrank. Bei der Gelegenheit muss er wohl die alten Magazine durchgeblättert haben. Wie es der Zufall so will, stieß er dabei auf einen Artikel über einen bewaffneten Banküberfall, in dessen Zusammenhang nach einem vorbestraften Mann namens Joseph Forbes gesucht wurde. Neben dem Bericht war sogar ein Foto abgedruckt. Obwohl das Bild schon einige Jahre alt war, erkannte Buttler, dass es sich dabei um Sie handelte. Wahrscheinlich nahm er an, dass ein Mann, der eine Bank überfallen hat und dann als Farmarbeiter untergetaucht ist, bestimmt noch nicht seine ganze Beute ausgegeben haben kann. Also fing er an, Sie zu erpressen.«

Poison-Joe nickte anerkennend. »Ehrlich gesagt, ich war ganz schön überrascht, als ich bei Ihnen das Sparbuch und den Zeitungsausschnitt fand. Hätte nicht gedacht, dass Buttler sie in seiner Hütte versteckt. Schade, ich hatte angenommen, es sei dort zu dunkel gewesen, als dass sie den Zeitungsausschnitt genauer hätten studieren können.«

»Nun, in Wahrheit konnte ich lediglich einen flüchtigen Blick auf die Überschrift und das Bild werfen. Aber zusammen mit dem, was ich bereits über Sie herausgefunden hatte, reichte das für eine Theorie.«

»Ganz recht, eine Theorie, mehr nicht.«

»Oh, das hatte ich ganz vergessen: Ich habe ihr Versteck an der Uferklippe gefunden.«

Poison-Joe zog überrascht die Brauen hoch. »Alle Achtung, Sie sind ein verdammt cleveres Kerlchen.«

»Danke. Das wäre also ein weiterer Punkt für mich. Übrigens, als ich Sie beobachtet habe, wie Sie zu ihrem Versteck kletterten, sah ich, dass Sie einen Beutel dabeihatten. Was war da drin?«

»Wachstuch und Plastikfolie, um die Winchester wetterfest einzupacken. Als ich sie versteckte, hatte ich nicht daran gedacht, dass der Schaft ja aus Holz ist und die Termiten ihn zerstören könnten.«

»Und was haben Sie mit dem Zeitungsausschnitt gemacht?«

»Den hab ich verbrannt. Nun habe ich eine Frage. Wie sind Sie drauf gekommen, dass ich es war, der Sie niedergeschlagen hat?«

»Das war leicht. Als ich in Buttlers Hütte war, ging jemand am Fenster vorbei. Ich konnte nicht erkennen, wer es war, also bin ich ihm gefolgt. Hinter der Hütte stieß ich dann auf seine Spuren, es waren Abdrücke von nackten Füßen.«

»Moment mal, ich trug Schuhe.«

»Ich weiß. Da war noch jemand.«

»Noch jemand?«, wiederholte Poison-Joe stirnrunzelnd. »Ich hab niemanden gesehen.«

»Vermutlich waren Sie lediglich einen Moment zu spät. Wie auch immer, der Unbekannte war auf dem Weg zum Haupthaus, und ich war sicher, dass es sich dabei um einen Eingeborenen handeln musste. Ein Weißer würde kaum die zwei Kilometer von den Sammelkoppeln bis hierher barfuß zurücklegen. Die Person, die mich niedergeschlagen hatte, konnte indessen kein Eingeborener gewesen sein. Ich suchte am nächsten Tag an der betreffenden Stelle nach Spuren und fand Schuhabdrücke von jemandem mit Schuhgröße dreiundvierzig. Sie waren zudem ziemlich tief, was auf einen schweren Menschen hindeutete. Die einzige Person, auf die das alles zutraf und die sich an diesem Abend in der Nähe der Farm aufgehalten hatte, waren Sie. Als mir Mr. Barrow dann erzählte, Ihr Gewehr sei gestohlen worden, war das für mich die endgültige Bestätigung. Denn ich habe so meine Vermutung, weshalb Sie so taten, als sei Ihre Winchester entwendet worden. Ganz sicher bin ich mir aber nicht, vielleicht erklären Sie es mir.«

Poison-Joe lächelte grimmig. »Na schön, was soll's. Ich hab es schlicht und einfach mit der Angst zu tun bekommen. Wie Sie wissen, haben wir während des Viehauftriebs immer zwei Jagdgewehre dabei. Meine einschüssige Betty ist dafür nicht geeignet. Ich benutze sie daher nur selten. Wenn es hoch kommt, vier, fünf Mal im Jahr, meist zur Kängurujagd. Allerdings reinige und pflege ich sie oft. So auch zwei Wochen nach Floyds Verschwinden. Dabei hatte ich das Gefühl, mit ihr sei geschossen worden. Zwar hatte man sie gereinigt, aber eben nicht so gründlich, wie ich das tun würde. Ich war unsicher, denn ich konnte mir nicht vorstellen, weshalb jemand heimlich mein Gewehr benutzt haben sollte. Schließlich vergaß ich die Sache. Floyd war weg, und das war gut so. Dann wurde Floyds Leiche gefunden, und mir kam der Gedanke, mein Gewehr könnte vielleicht etwas mit seinem Tod zu tun haben. Also beschloss ich, die Winchester irgendwo zu verstecken und dem Boss zu sagen, sie sei gestohlen worden. Wäre bei der Obduktion von Buttlers Leiche herausgekommen, dass er erschossen worden ist, dann hätte ich ziemlich schlechte Karten gehabt, zumal der Mörder die Waffe sicher von seinen Fingerabdrücken gereinigt hätte. Jedenfalls, als ich meine Unterkunft verließ, sah ich, wie jemand aus Buttlers Hütte kam und im Schatten der Bäume zum Haupthaus schlich. In diesem Moment war ich überzeugt, es sei Floyds Mörder, der in der Hütte irgendwas gesucht haben musste. Natürlich war das verrückt. Aber in diesem Augenblick schien es mir logisch. Erst als ich Sie niedergeschlagen hatte, wurde mir klar, dass ich mich geirrt hatte. Ich hab Sie dann durchsucht, schließlich musste es ja einen Grund geben, weshalb Sie nachts in Buttlers Hütte herumgeisterten. Als ich dann bei Ihnen das Sparbuch und den Zeitungsausschnitt fand, schien es natürlich nicht mehr sehr glaubhaft, dass ich Sie versehentlich niedergeschlagen haben sollte.«

»Zum Glück haben Sie nicht allzu hart zugeschlagen.«

Der alte Mann zuckte mit den Schultern. »Mein Fehler. Hätte ich gewusst, wer Sie sind und dass Sie mir einen Mord anhängen wollen, hätte ich wohl fester zugeschlagen. Spielt jetzt aber auch keine Rolle mehr. Sie glauben ja ohnehin, ich hätte Floyd umgebracht.«

»Oh, das habe ich nicht gesagt. Schließlich starb Buttler nicht durch eine Kugel.«

»Nicht?«, schoss es aus Poison-Joe heraus. In seinen Augen glomm plötzlich so etwas wie ein Hoffnungsschimmer.

»Nein. Hätten Sie bis Montag gewartet, dann hätten Sie erfahren, dass Floyd erwürgt und nicht erschossen wurde.«

Das Gesicht des alten Stockman verdüsterte sich wieder. »Oh, alles klar! Sie haben gesehen, wie ich Baby-Ray die Kehle zugedrückt habe. Und nun glauben Sie, ich hätte auch Floyd das Lebenslicht ausgepustet. Aber wissen Sie was? Erschossen oder erwürgt: Ich war's nicht.«

»Natürlich nicht. Und da die Gründe, weshalb sie die Winchester versteckt haben, exakt die sind, die ich angenommen hatte, besteht für mich endgültig kein Zweifel mehr an Ihrer Unschuld.«

»Sagten Sie eben Unschuld?«

Daryl lehnte sich entspannt gegen die Tür. »Exakt.«

Ein Landstreicher, der gerade erfahren hatte, dass er eine Million erben würde, hätte nicht verblüffter aussehen können. Poison-Joes Kiefer klappte mehrmals auf und zu, ehe er endlich etwas sagen konnte.

»Nun kapier ich gar nichts mehr.«

»Es ist doch ganz einfach. Sie haben Ihr Gewehr versteckt. Wenn Sie Buttler tatsächlich erwürgt hätten, welchen Sinn hätte das dann gehabt?«

»Ich weiß nicht ... Vielleicht, den Verdacht von mir abzulenken?«

»Aber nein«, entgegnete Daryl ungeduldig. »Versuchen Sie, die Dinge im richtigen Zusammenhang zu sehen. Wenn Sie Buttler tatsächlich erwürgt hätten, wäre Ihnen doch klar gewesen, dass ihre Winchester nicht die Tatwaffe sein konnte. Das Gewehr dennoch zu verstecken, wäre völlig unsinnig gewesen, zumal die Polizei die Sache zu der Zeit bereits als Unfall abgehakt hatte. Es entlastet Sie also gerade die Tatsache, dass Sie glaubten, ihre Waffe verstecken zu müssen. Ich bin sicher, Ihre Winchester wurde tatsächlich von jemand anderem benutzt. Diese Person hat damit geschossen, aus welchen Gründen auch immer.«

»Und was ist mit dem Mordmotiv? Ich will mich ganz bestimmt nicht selbst belasten, aber ich bin sicher, jeder Staatsanwalt würde es problemlos so darstellen können, dass man mich allein schon aufgrund meines Motivs schuldig spricht.«

»Ja, richtig, ihr Motiv. Ich muss zugeben, es ist erstklassig. Zudem hatten Sie auch die Gelegenheit, von Ihren Bärenkräften mal ganz zu schweigen. Aber Sie sind nicht der Einzige, der ein Motiv hat. Außerdem gibt es da noch andere Überlegungen, die Sie in meinen Augen ebenfalls entlasten. Erstens: Wenn sie Buttlers Mörder wären, hätten Sie dann nicht den Verdacht auf Ray Hill gelenkt? Immerhin versuchten Sie an dem fraglichen Tag vergeblich, ihn über Funk zu erreichen. Mit dieser Aussage hätten Sie ihn schwer belasten und so von sich selbst als Täter ablenken können. Und zweitens: Als ich Sie fragte, ob Sie mit mir einen Whisky trinken wollten, haben Sie abgelehnt.«

Der alte Mann sah in verständnislos an. »Natürlich. Ich sagte Ihnen ja, dass ich so gut wie keinen Alkohol mehr trinke. Wieso sollte mich das entlasten?«

»Der Grund dafür ist jener Abend, als Sie in eine Schlägerei verwickelt wurden, in deren Verlauf sie einen Mann zu Tode prügelten und einen anderen schwer verletzten. Damals waren Sie sturzbetrunken. Als Sie aber wieder nüchtern waren, sahen Sie in sich – wie nannten Sie es vor einiger Zeit? – ach ja, das Böse.«

»Das ist richtig. Aber was hat das mit Buttlers Tod zu tun?«

»Dieses Erlebnis hat Sie so geprägt, dass Sie von diesem Moment an Ihr Leben komplett umgekrempelt haben. Das schafft nur jemand mit Charakter. Ein solcher Mensch tötet nicht so schnell wieder.«

»Sie wissen schon, dass jeder andere Polizist und jeder Richter diese Argumentation für bekloppt halten wird, oder?«

»Sicher«, entgegnete Daryl mit einem breiten Grinsen. »Aber ich bin nicht jeder andere Polizist.«

Poison-Joe sah ihn mit großen Augen an. »Das kauf ich Ihnen mittlerweile sogar ab. Wenn Sie mich für unschuldig halten, warum wollen Sie mich dann nicht gehen lassen?«

»Weil mich das möglicherweise an der Überführung des Mörders hindert. Außerdem sind Sie schon lange genug davongelaufen. Sie sind hier zu Hause. Und Mr. Barrow braucht Sie.«

»Sie vergessen da eine Winzigkeit. Ich werde immer noch wegen des Banküberfalls gesucht, den ich, nebenbei bemerkt, gar nicht begangen habe.«

»Das habe ich auch keinen Moment angenommen.«

»Entschuldigen Sie, wenn ich das sage, aber das klingt jetzt doch ein wenig komisch. Woher wollen Sie wissen, dass ich es nicht gewesen bin? Schließlich habe ich einen falschen Namen angenommen und bin untergetaucht. Jeder vernünftige Mensch würde fragen, warum ich mich damals nicht gestellt habe, wenn ich tatsächlich unschuldig war.«

»Sie sind nicht der Typ für einen Banküberfall«, antwortete Daryl trocken.

»Na bestens. Wieder so ein Argument, das garantiert vor jedem Gericht standhält.« Poison-Joe schüttelte langsam den Kopf. »Sehen Sie, Simmons, ich weiß Ihr Vertrauen wirklich zu schätzen. Und obwohl Sie ein Bulle sind, mag ich Sie. Aber das wird mir auch nichts nützen. Kein Schwein wird mir glauben. Schließlich habe ich fast zwei Jahre im

Gefängnis gesessen. Für etwas, das ich noch heute bereue und das mich noch immer in meinen Träumen verfolgt. Ich habe diese Strafe verdient. Aber ich werde jetzt bestimmt nicht das Risiko eingehen, für etwas hinter Gitter zu gehen, das ich nicht getan habe.«

»Das müssen Sie auch nicht. Schließlich braucht es niemand zu erfahren.«

Langsam stand Poison-Joe auf, nahm seine Tasche und trat vor Daryl. Sein Gesicht war blass und seine rot geränderten Augen wirkten müde. »Ich würde Ihnen gerne glauben, aber ich kann nicht. Also bitte, gehen Sie beiseite.«

Daryl sah ihm einen Moment fest in die Augen, dann gab er den Weg frei. Als der alte Mann die Türklinke berührte, sagte er: »Schade. Ich hatte geglaubt, Sie hätten mehr Mumm in den Knochen und würden mir vertrauen.«

Poison-Joe wandte sich langsam um. »Und ich muss wirklich nicht ins Gefängnis?«

»Versprochen. Sehen Sie, außer Ihnen, mir und meinem Chef weiß niemand, dass Joe Banks in Wirklichkeit Joseph Forbes ist. Und was mich angeht, so wird's auch nie jemand erfahren.«

»Obwohl Sie das von mir wissen?«, fragte Poison-Joe mit misstrauischer Stimme.

»Was weiß ich denn? Dass Sie einmal in Ihrem Leben einen Fehler gemacht haben. Dass Sie verurteilt wurden und die Strafe dafür längst abgesessen haben. Dass die Vergangenheit Sie wieder eingeholt hat, als Buttler diesen Zeitungsbericht fand. Dass er Sie erpresst und Ihnen das Geld abgenommen hat, das Sie als Dingojäger hart und ehrlich zusammengespart hatten. Wen interessiert das schon.«

»Was ist mit Ihrem Vorgesetzten?«
»Den lassen Sie ruhig meine Sorge sein«, meinte Daryl. »Also, wie steht's. Bleiben Sie?«
Langsam verzog sich das Gesicht des alten Mannes zu einem breiten Grinsen. Schließlich streckte er dem Detective seine riesige Hand entgegen und sagte: »Einverstanden!«
Zu spät erinnerte sich Daryl an seine erste Begegnung mit Poison-Joes Bärenpranke. Während das Blut aus seiner Hand gequetscht wurde, dachte er, dass Poison-Joe einen Nussknacker wohl für eine völlig überflüssige Erfindung halten musste.

19

Murgura war den ganzen Tag außer Gefecht gesetzt. Einmal brachte ihm Mrs. Sharp Tee und Zwieback, doch er konnte beides, wie schon das Frühstück, nicht bei sich behalten. Da er der Einzige war, der sich schlecht fühlte, konnte es nicht, wie er zunächst vermutet hatte, am Essen liegen.

Zum ersten Mal in seinem Leben war er krank. Dies war eine neue und erschreckende Erfahrung. Noch immer war sein Urin rötlich verfärbt, was ihn zusätzlich ängstigte. Er musste dringend zu einem Arzt. Natürlich zu keinem Weißen. Ihre Spritzen, Pillen und modernen Untersuchungsinstrumente waren ihm unheimlich. Er war überzeugt, dass ihm nur ein Stammesheiler helfen konnte.

Nachdem er das rötliche Pulver auf seinem Kopfkissen entdeckt hatte, waren ihm ohnehin Zweifel gekommen, ob die Ursache für seine Beschwerden tatsächlich nur eine gewöhnliche Erkrankung war. Jedoch konnte er sich auch nicht vorstellen, dass einer der anderen Eingeborenen es wagen würde, einen Fluch gegen ihn auszusprechen. Wie auch immer. Wenn er nicht sterben wollte, musste er möglichst rasch zu seiner Sippe nach Kalumburu, um sich behandeln zu lassen. Er war in einer Zwickmühle. Er hatte geglaubt, sich Zeit nehmen zu können, um Meenas Willen zu brechen. Doch nun, da er immer schwächer wurde, blieb ihm keine andere Wahl, als rasch zu handeln.

Ray Hill hatte den Aborigine zunächst nicht aus den Augen gelassen. Doch nach einigen Stunden war ihm klar geworden, dass Murgura an diesem Tag nirgendwo mehr hingehen würde. Dem Eingeborenen ging es ziemlich mies, was aber leider nicht an den Schlägen lag, die er ihm am Morgen verpasst hatte. Vielleicht würde Murgura sich am nächsten Tag auf den Weg zu Meena machen. Nach der heutigen Auseinandersetzung hoffte Ray darauf. In diesem Fall wollte er bereit sein und ihm folgen.

Als Daryl am Morgen erwachte, war er mehr als zufrieden. Poison-Joe hatte er endgültig von seiner Verdächtigenliste streichen können, und Murgura war am Vorabend nicht zum Essen erschienen. Offenbar war dem Aborigine inzwischen klar, dass es ihm schlechter ging, sobald er aß oder trank. Und genau das war es, was Daryl bezweckt hatte. Er hatte das untrügliche Gefühl, dass sich an diesem Tag weitere, entscheidende Dinge ereignen würden.

Es war kurz nach fünf Uhr morgens, als er zum Haupthaus hinüberging. In der Küche brannte bereits Licht, und bald schon stieg ihm der Geruch von frischem Brot und heißem Tee in die Nase.

Mrs. Sharp freute sich über den frühen Besuch und bot ihm sogleich eine Tasse Tee an, die Daryl dankend annahm.

»Haben Sie Hunger?«, fragte sie.

»Und wie.«

»Eier mit Speck?«

»Klingt fantastisch.«

»Schade, dass Murgura nicht zum Abendessen erschienen ist. Ich hatte eine besondere Portion für ihn vorbereitet.«

»Ich bin eigentlich ganz froh darüber. Offensichtlich hat er mittlerweile eingesehen, dass er nichts zu sich nehmen kann. Gleichzeitig plagen ihn Hunger und Durst, und ihm dürfte klar sein, dass er rasch schwächer werden wird, wenn er keine Nahrung zu sich nehmen kann. Er ist also ganz schön unter Druck. Aus diesem Grund wird er sich sicher bald auf den Weg zu Meena machen.«

Mrs. Sharp legte einige Speckstreifen in die heiße Pfanne, die rasch ihren unverwechselbaren Geruch in der Küche verbreiteten.

»Was glauben Sie, wird er bis nach der Befragung morgen warten oder noch heute zu ihr gehen?«

Daryl starrte auf den brutzelnden Speck, der sich langsam goldbraun verfärbte. Ihm lief das Wasser im Mund zusammen. »Ich tippe auf heute«, antwortete er beiläufig, ohne den Blick von der Pfanne zu nehmen.

»Das glaube ich auch. Eins haben Sie mir aber noch immer nicht verraten: Wie wollen Sie Meena dazu bringen zurückzukehren und Murgura gleichzeitig davon abbringen, seine Drohungen wahr zu machen?«

»Sie werden mir verzeihen müssen, Mrs. Sharp«, antwortete Daryl mit einem süffisanten Lächeln, »aber das ist mein kleines Geheimnis.«

Die Köchin zuckte gleichgültig mit den Schultern. Dann schob sie den Speck an den Rand der Pfanne und schlug die Eier auf.

Als ihm Mrs. Sharp den Teller hinstellte, griff Daryl nach einer Thermoskanne, die auf dem Tisch stand.

»Ist das Tee?«, fragte er und schraubte bereits den Deckel ab.

»Ja. Aber an Ihrer Stelle würde ich ihn besser nicht trinken.

Den habe ich extra für Murgura gebraut, für den Fall, dass er vor seinem Ausflug doch noch zum Frühstück erscheint.«
Daryl verschloss die Kanne wieder und schob sie respektvoll über den Tisch.
»Dann ist das …«
»Ja, Montezumas Spezialmischung«, entgegnete die Köchin scherzhaft.
»Ich bin wirklich froh, Sie als Freundin und nicht als Feindin zu haben.«
Die dicke Köchin lachte herzhaft. »Wie heißt es doch so schön? Darauf können Sie Gift nehmen!«

Daryls größte Sorge war, dass ihm Ray Hill in die Quere kommen könnte. Der Junge hatte Murgura seit der Prügelei nicht mehr aus den Augen gelassen und würde das vermutlich auch heute nicht tun.
Als Daryl zusammen mit Mrs. Sharp um sechs Uhr zum Aufenthaltshaus hinüberging, saß Ray bereits an einem Tisch am Fenster und blätterte in einer Zeitschrift. Von seinem Platz aus konnte er die Tür zu Murguras Unterkunft im Auge behalten. Das war ärgerlich und bedeutete, dass sich Daryl unbedingt etwas einfallen lassen musste. Für einen Moment überlegte er, ob sie dem Jungen ebenfalls von Mrs. Sharps Spezialmischung zu trinken geben sollten, doch dann verwarf er die Idee wieder. Wenn er wollte, dass Murgura ihm auf den Leim ging, durfte niemand außer dem Aborigine unter Magen-Darm-Problemen leiden.
Eineinhalb Stunden später stellte sich schließlich heraus, dass seine Bedenken unnötig gewesen waren. Murgura hatte die Station offenbar schon lange vor Tagesanbruch verlassen.

Obwohl er zu Pferd unterwegs war, konnte Daryl es immer noch schaffen, vor ihm bei Meena zu sein, vorausgesetzt, er nahm den Hubschrauber.

Ray Hill, der vor Wut buchstäblich schäumte, sattelte ebenfalls ein Pferd und gab an, ausreiten zu wollen. Daryl war natürlich klar, dass er lediglich vorhatte, Murguras Fährte zu suchen. Das kümmerte ihn jedoch herzlich wenig, denn diese Suche würde mit Sicherheit erfolglos sein. Der Aborigine war bestimmt nicht so dumm, Spuren zu hinterlassen.

Daryl flog erst nach Westen, um dann in einem weiten Bogen von Norden her wieder nach Südosten abzudrehen. Dadurch gelangte er genau aus der entgegengesetzten Richtung zur heiligen Höhle der Frauen wie Murgura. Indem er möglichst tief flog und auf der Nordseite des Berges landete, hoffte er verhindern zu können, dass Meena oder Murgura etwas von seinem Kommen bemerken würden.

Nachdem er den Gipfel der Hügelkette erreicht hatte, nahm Daryl den gleichen Weg wie das erste Mal, wobei er darauf achtete, dass man ihn vom Tal aus nicht sehen konnte.

Er hatte gerade einen Felsvorsprung über der Höhle erreicht, als er hörte, wie Murgura seine Halbschwester rief.

Daryl duckte sich. Behutsam arbeitete er sich bis zur Kante des Überhanges vor und blickte vorsichtig über den Rand. Gut zehn Meter unter ihm stand Murgura auf dem kleinen Plateau und starrte zum Höhleneingang.

»Ich weiß, dass du da drin bist, Meena, also komm raus!«

Nichts geschah. Selbst von seiner Position aus bemerkte Daryl, dass der Aborigine immer nervöser wurde. Ihm ging es nicht anders. Vielleicht war Meena etwas zugestoßen. Ein Unfall bei der Nahrungssuche oder ein Schlangenbiss.

Murgura machte zwei Schritte auf den Eingang zu, blieb dann aber wieder stehen. Einen Moment stand er unschlüssig da. Schließlich verließ ihn der Mut, und er zog sich wieder an den Rand des Felsvorsprungs zurück. Eine Zeit lang stand er da, unbeweglich wie eine Statue. Dann trat plötzlich seine Halbschwester aus der Höhle. In ihrer Hand hielt sie eine Machete.

»Was willst du?«, fragte sie mit fester Stimme.

»Dich zur Vernunft bringen.«

»Ich bin vernünftig.«

Murgura setzte sich hin. »Wie geht es dir?«

»Was interessiert dich das?«

»Ich bin dein Bruder, dein Wohl liegt mir am Herzen.«

Meena blieb, wo sie war. Sie war vorsichtig und blieb stehen, um nicht von ihm überrumpelt zu werden.

»Mein Wohl? Dass ich nicht lache! Du willst mein Baby töten!«

»Was ist gut daran, das Kind eines Weißen auszutragen, der nur deinen Körper wollte?«

Meena wurde wütend. Ohne es zu merken, trat sie zwei Schritte vor. »Es ist mein Baby, hörst du? Es ist zur Hälfte von mir! Und ich werde es lehren zu denken und zu fühlen wie ein Aborigine!«

»Seine Haut wird noch heller sein als deine«, entgegnete Murgura ernst. »Sein Herz wird noch weißer sein als deins. Du wirst aus ihm keinen Schwarzen machen.«

»Vielleicht nicht. Aber möglicherweise ist das gar nicht so schlimm. Sieh dich selbst an, Murgura. Du bist schwarz, und du willst mein Kind töten!«

»Du bist meine Schwester, ich will dich nur beschützen.«

»Wovor?« Erneut trat sie ein Stück näher auf ihren Bruder zu. »Vor mir? Vor Floyd Buttler? Es ist zu spät, ich bin bereits schwanger!«

Daryl hatte genug gesehen. Er war sicher, dass Murgura sich hingesetzt hatte, um seiner Schwester ein Gefühl der Sicherheit zu geben. Und auf diese Weise würde es dem Aborigine sicher auch gelingen, Meena nahe genug an sich heranzulocken, um sie zu überwältigen. Natürlich hätte Daryl ihr eine Warnung zurufen können, doch damit hätte er vermutlich genau das Gegenteil erreicht. Meena würde zu ihm hinaufblicken, und Murgura könnte genau diesen Moment nutzen. Gleichzeitig wollte er aber auch möglichst viel erfahren, ehe er sich zeigte.

Langsam zog Daryl sich zurück. Nach kurzer Suche fand er eine geeignete Stelle, von der aus er schnell und ungesehen in die Nähe des Höhleneingangs hinabklettern konnte. Auf dem Weg nach unten hielt er immer wieder kurz inne, um dem Gespräch der Geschwister folgen zu können.

»Dieses Kind wird dir Unglück bringen«, hörte er Murgura sagen.

»Du meinst, so wie ich meinen Eltern Unglück gebracht habe?«

»Deine Mutter hätte sich nie mit einem Eingeborenen einlassen dürfen.«

»Aber sie hat es getan. Und unser Vater wollte es ebenso. Vergiss nicht, es gehören immer zwei dazu! Nach dem Tod deiner Mutter hätte er sich eine andere Eingeborenenfrau nehmen können. Aber er zog es vor, als Stockman auf einer Farm zu arbeiten, wo er sich schließlich in meine Mutter verliebte.«

»Trotzdem, am Ende war sie es, die ihn verlassen hat. Und weshalb? Weil sie eine Weiße war. Weil sie nicht damit leben konnte, nicht mal mehr eine Stelle als Köchin zu bekommen, nachdem sie eine Beziehung mit einem schwarzen Farmarbeiter eingegangen war. Ja, am Ende schämte sie sich, sich mit einem Eingeborenen eingelassen zu haben.«

»Das ist nicht wahr, und das weißt du! Meine Mutter hat unseren Vater geliebt, daher ist sie ihm auch gefolgt, als er zurückging zu seiner Sippe. Zwölf Jahre lang hat sie wie eine Eingeborene gelebt, hat sich immer bemüht, akzeptiert zu werden. Aber sie hatte keine Chance. Und irgendwann kam der Punkt, an dem sie sich entscheiden musste. Entweder ein Leben in Einsamkeit oder ein Neuanfang. Das war ihr gutes Recht. Selbst als sie unseren Vater verließ, liebte sie ihn noch. Wäre das nicht so gewesen, hätte sie mir nicht die Wahl gelassen, wo ich in Zukunft leben wollte.«

Unterdessen hatte Daryl einen Felsquader erreicht, der schräg neben dem Höhleneingang lag. Er schätzte die Distanz bis hinunter auf das Plateau auf knapp drei Meter. Falls nötig, konnte er von hier hinunterspringen, brach sich dabei aber womöglich ein Bein. Eine andere Wahl hatte er jedoch nicht.

»Das tat sie nur, weil sie wusste, dass in deinen Adern mehr schwarzes als weißes Blut fließt«, entgegnete Murgura. Noch immer war seine Stimme ruhig und beherrscht. »Das Kind, das du bekommen willst, wird fast so weiß sein wie sein Vater. Es wird nicht so sein wie du. Es wird dein Leben zerstören.«

»Das werden wir ja sehen!«

Erneut schoben sich ihre Füße unbewusst ein Stück vorwärts. Daryl machte sich zum Sprung bereit.

»Du kannst dich nicht ewig in der heiligen Höhle der Frauen verstecken.«

»O doch, das kann ich. Wenn nötig, werde ich hier bleiben, bis ich sterbe.«

In diesem Augenblick schnellten Murguras Hände nach vorn, packten die Beine des Mädchens und rissen sie von den Füßen. Meena landete unsanft auf ihrem Hinterteil, während die Machete neben ihr auf den Boden fiel. Murgura war blitzschnell aufgesprungen. Bevor Meena überhaupt begriff, was geschehen war, hatte er bereits die Machete in der Hand und richtete sich wieder auf.

Dies war genau der Moment, in dem Daryl auf ihn heruntersprang, ihn an der Schulter packte und zu Boden riss. Während Daryl den Kopf einzog und sich über die Schulter abrollte, stürzte Murgura direkt neben Meena auf die Erde. Wäre Daryl nur ein paar Sekunden eher wieder auf den Beinen gewesen, er hätte wohl vor Murgura nach der Waffe greifen können, die durch seine Attacke fortgeschleudert worden war. So aber musste er hilflos zusehen, wie sein Gegner die Machete aufhob.

Daryl packte Meena, die inzwischen ebenfalls wieder aufgestanden war, am Arm, zog sie zu sich heran und schob sich schützend vor sie.

»Was wollen Sie hier?«, zischte der Eingeborene wie eine wütende Schlange.

»Sie vor einem Fehler bewahren.«

»Einem Fehler? Was wissen Sie denn schon?«

»Genug, um sagen zu können, dass Sie kein Recht haben Meenas Baby zu töten. Was Buttler getan hat, war unrecht. Aber dafür kann das Kind doch nichts.«

»Dies ist eine Stammesangelegenheit und geht Sie nichts an.«
»Ich sehe schon, so kommen wir nicht weiter«, sagte Daryl ruhig. Er deutete auf die Waffe. »Ich denke, die brauchen Sie nicht.« Dann wandte er sich über die Schulter an Meena. »Keine Angst, Ihr Bruder kann Ihnen jetzt nichts mehr tun.«
»Da irren Sie sich«, antwortete Murgura kühl. »Sie können Meenas Kind nicht beschützen. Sie ist in die heilige Frauenhöhle geflüchtet, weil dieser Ort tabu ist und ihr hier niemand etwas antun darf. Aber selbst wenn Sie sich mir jetzt in den Weg stellen und sie zurück in die Höhle flüchtet, irgendwann muss sie sie verlassen. Dann werde ich sie finden und ihr Kind töten.«
»Was gibt dir das Recht, so etwas zu entscheiden?«, schrie Meena.
»Schon gut, beruhigen Sie sich. Murgura hat verloren, denn er wird nicht mehr lange genug leben, um sein Vorhaben ausführen zu können.« Daryl sah dem Eingeborenen fest in die Augen. »Es war klug von Ihnen, heute nichts zu essen oder zu trinken. Sie hätten es sowieso nicht bei sich behalten können.«
Der Aborigine starrte ihn mit ausdruckslosen Augen an, sagte aber nichts.
»Ganz richtig, Murgura. Ich weiß, was Ihnen fehlt. Ebenso wie ich viel mehr über die Gesetze und Riten der Eingeborenen weiß, als Sie sich je vorstellen können. Haben Sie nicht das rote Pulver auf Ihrem Kopfkissen bemerkt?«
Der Aborigine schwieg.
»Nun, es war der Staub von einem Mauia-Stein. Ja, Murgura, ich habe einen Zauber ausgesprochen – gegen Sie.«
»Pah«, rief der Eingeborene abschätzig. Doch in seiner Stim-

me schwang Unsicherheit und auch ein wenig Angst mit. »Kein Weißer hat die Macht, einen Schwarzen zu verfluchen.«

»Wir haben mehr gemeinsam, als Sie denken«, sagte Daryl bedeutungsvoll. Langsam streifte er sein Hemd über den Kopf.

Der Aborigine starrte ungläubig auf Daryls Brust. Verwirrt sah er zu, wie dieser den Känguruledrbeutel berührte, der um seinen Hals hing.

»Hier drin ist ein Mauia-Stein meines Stammes. Der Staub auf Ihrem Bett stammt von ihm. Er hat den Zauber erst wirksam gemacht.«

Allmählich senkte Murgura die Machete, ohne jedoch seine Augen von Daryls Brust zu nehmen.

»Das ist ... völlig ... unmöglich«, stammelte er. »Niemals würde ein Eingeborenenstamm einen Weißen in seine heiligsten Geheimnisse einweihen.«

»So wie ein Weißer niemals eine Schwarze lieben kann – oder umgekehrt? Sie irren sich, Murgura. Liebe ist keine Frage der Hautfarbe, sondern des Herzens. Solange ich den Fluch nicht aufhebe, werden Sie alles, was Sie zu sich nehmen, wieder hergeben. Sie werden wie eine Wasserpfütze unter glühender Sonne langsam austrocknen. Es sei denn, Sie verschonen Meena und ihr Kind.«

»Ich könnte Sie töten und warten, bis der Durst Meena aus der Höhle treibt.«

»Vorausgesetzt, Sie halten so lange durch.«

»Ich flehe dich an«, rief nun Meena hinter Daryls Rücken hervor, »mach nicht alles noch schlimmer! Simmons ist Polizist. Wenn du ihn umbringst, wird man dich bis an dein Lebensende jagen.«

Murgura sah den Detective mit einem merkwürdigen Ausdruck in den Augen an. »Ein weißer Polizist mit den Stammeszeichen und dem Wissen eines Aborigines. Warum sind Sie hier?«

»Um Floyd Buttlers Tod aufzuklären«, antwortete Meena, ehe Daryl etwas sagen konnte.

Murguras Augen weiteten sich. »Natürlich, jetzt verstehe ich. Sie glauben, ich habe ihn auf dem Gewissen. Es sind ja immer die Schwarzen, hab ich nicht Recht?«

»Sie hatten sowohl ein Motiv als auch die Gelegenheit«, erwiderte Daryl ungerührt.

»Wie einige andere auch.« Murgura warf Daryl die Machete vor die Füße. »Also gut. Wenn Meena dieses Kind bekommen will, dann soll sie es. Und was Buttler angeht: Ich bin nicht traurig, dass er tot ist. Was immer ihm zugestoßen ist, er hat es verdient.« Der Eingeborene wandte sich um und kletterte behände die Felsen hinunter.

Daryl folgte ihm nicht. Stattdessen wandte er sich Meena zu. »Nun, wie sieht's aus – kehren Sie jetzt mit mir zur Station zurück?«

Meena senkte den Blick. Einen Augenblick schwieg sie, dann nickte sie.

20

Die Erleichterung bei Martin Barrow und Mrs. Sharp war groß, als Daryl über Funk auf Mount Keating Bescheid gab, dass er Meena gefunden hatte und mit ihr auf dem Rückflug war.

Als er zur Landung ansetzte, warteten diese, zusammen mit Poison-Joe, bereits neben dem Landeplatz, um sie zu begrüßen. In einiger Entfernung stand eine Gruppe von fünf Eingeborenen beisammen, die den Sonntagnachmittag mit Hufeisenwerfen verbrachten und so taten, als würde sie das Treiben beim Landeplatz nicht im Geringsten interessieren. Natürlich stimmte das nicht. Immer wieder warfen sie verstohlene Blicke in ihre Richtung, doch keiner traute sich, offen zu ihnen hinüberzusehen. Daryl konnte sich gut vorstellen, dass sie sich fragten, wie er das Aboriginemädchen gefunden hatte und was Murgura dazu sagen würde.

Mrs. Sharp nahm Meena sofort in ihre Obhut und ließ dem armen Mr. Barrow gar nicht erst eine Chance, mit ihr zu sprechen. Der Marsch von der Höhle bis zum Hubschrauber hatte das Mädchen sehr angestrengt. Obwohl sie tapfer versucht hatte, wach zu bleiben, waren ihr auf dem Rückflug immer wieder die Augen zugefallen, was ein Beweis dafür war, wie sehr die vergangenen Tage sie mitgenommen hatten.

»Blass siehst du aus, Mädchen«, sagte Mrs. Sharp mit sorgenvollem Gesicht. Sie nahm Meena am Arm und schob sie sogleich in Richtung des Haupthauses. »Blass und müde. Und abgenommen hast du auch! Aber nun bist du ja, gottlob, wieder daheim. Ein heißes Bad wird dir bestimmt gut tun. Aber erst isst du was. Und danach stecken wir dich ins Bett. Natürlich …«

Martin Barrow stand mit offenem Mund da und schaute den Frauen nach, während Poison-Joe Daryl grinsend in die Rippen knuffte.

»Blass, hör sich dass einer an. Das Mädchen ist doch so braun wie eine geröstete Kaffeebohne!«

Als Ray am Abend den Aufenthaltsraum betrat, waren die Männer bereits beim Essen. Er sah müde und ernst aus. Den ganzen Tag hatte er nach Meena gesucht, ohne auch nur die geringste Spur von ihr zu finden. Jetzt schaute er sich kurz um, wohl auf der Suche nach Murgura. Als er ihn nicht entdeckte, ging er zur Theke und holte sich bei Mrs. Sharp sein Essen. Er setzte sich zu Poison-Joe und Daryl an den Tisch. Nachdem er einige Bissen gegessen hatte, wandte er sich an die beiden Männer und fragte: »Ist Murgura noch nicht zurück?«

»Nee«, antwortete Poison-Joe mit vollem Mund. »Aber Meena.«

Ray sprang augenblicklich auf und ließ das Besteck auf den Teller fallen. »Sie ist wieder hier? Wieso sagt mir das keiner?«

»Na, du bist ja eben erst hier eingetrudelt«, antwortete Poison-Joe, »und …«

»Wie geht es ihr? Ist sie gesund?«, unterbrach ihn der junge Stockman aufgeregt.

»Sie ist noch etwas schwach und braucht erst mal Ruhe«, meinte Daryl. »Aber sonst fehlt ihr nichts.«
Ray schob den Stuhl zurück und wandte sich zur Tür.
»Wo willst du hin?«, rief die Köchin hinter dem Tresen hervor.
»Zu Meena. Ich muss sie sehen.«
»Das geht jetzt nicht. Sie liegt in Mr. Barrows Gästezimmer und schläft.«
»Aber ich muss unbedingt mit ihr sprechen!«
»Das kannst du auch morgen noch. Und jetzt setz dich wieder hin und iss!«
Ray Hill lief dunkelrot an. Einen kurzen Moment zögerte er, dann aber stürzte er zur Tür hinaus.
Mrs. Sharp setzte schnaufend ihren dicken Körper in Bewegung, um ihn aufzuhalten. Ehe sie jedoch richtig in Fahrt kommen konnte, war Daryl bereits bei der Tür. Als er sich zu ihr umdrehte, lächelte er. »Keine Bange, ich mach das schon.«
Kurz vor dem Haupthaus holte er den Jungen ein. Als er ihn an der Schulter festhielt, riss sich Ray los, blieb aber stehen.
»Nicht so hastig. Sie haben doch gehört, was Mrs. Sharp gesagt hat«, riet ihm Daryl. »Meena hat wirklich Ruhe nötig. Warten Sie bis morgen. Ich bin sicher, dann wird sie sich umso mehr über Ihren Besuch freuen.«
»Das kann ich nicht. Ich muss ihr unbedingt etwas sagen!«
»Was kann so wichtig sein, dass es nicht eine Nacht warten kann?«
Diesmal beherrschte sich Ray. Er schloss einige Sekunden lang die Augen. Als er sie wieder öffnete, sagte er völlig ruhig: »Das kann und will ich Ihnen nicht sagen. Es geht nur Meena etwas an.«

Daryl schüttelte entschieden den Kopf. »Was Meena jetzt am dringendsten braucht, ist Ruhe. Lassen Sie sie erst einmal ausschlafen! «

»Das geht nicht! Was ich ihr zu sagen habe, ist zu wichtig. Ich muss sie einfach wecken!«

»Das werden Sie nicht. Wenn doch, werde ich Ihnen Handschellen anlegen und Sie bis morgen einsperren.«

»Handschellen?«, wiederholte Ray stockend.

In diesem Moment ging auf der Veranda des Haupthauses das Licht an, und Mr. Barrow trat nach draußen.

»Was ist hier los?«, wollte er wissen.

Daryl erklärte es ihm.

Der Viehzüchter nickte grimmig. »Meena schläft. Kommen Sie morgen, Ray.«

Einen kurzen Augenblick hatte Daryl das Gefühl, der Junge würde an Barrow vorbei ins Haus stürmen. Doch dann wandte Ray sich wortlos ab und ging davon.

21

Daryl brachte Meena das Frühstück ans Bett und zog sich dann einen Stuhl heran.

»Gut geschlafen?«, wollte er wissen.

»Wie auf einer Wolke. Die Nächte auf dem harten Höhlenboden waren dagegen die reinste Folter.« Einen Augenblick sah sie ihn beschämt an, dann senkte sie die Augen. »Danke.«

»Es war mir ein Vergnügen. Woher kannten Sie eigentlich diese Höhle?«

Meena zögerte einen Moment, dann sah sie Daryl in die Augen. »Von Kurnalpi, der Clan-Ältesten unserer Sippe. Als meine Mutter den Stamm verließ, hat sie sich um mich gekümmert. Ihr Name, Kurnalpi, bedeutet »Klarer Himmel«, und so habe ich meine Ersatzmutter auch in Erinnerung: Sie war stets freundlich, ihr Blick für die Angelegenheiten und Probleme der weiblichen Clanmitglieder war immer ungetrübt und klar.

Einige Wochen nach meiner Initiation nahmen sie und drei weitere Frauen mich mit zu der Höhle. Wir blieben über eine Woche dort. Die Frauen erzählten mir Geschichten unserer Ahnen, die ich zuvor noch nie gehört hatte. Und sie zeigten mir, wie die Kraft der heiligen Bilder durch Übermalen erneuert wird.«

Auf einmal schien Meenas Blick durch Daryl hindurchzu-

gehen. Ihre Augen wurden feucht, und sie schien den Tränen nahe.
»Was haben Sie?«, fragte Daryl.
»Ich … ich musste gerade daran denken, dass Kurnalpi und die anderen Frauen schon vor Jahren gestorben sind und ich nun eine der wenigen bin, die die heilige Höhle und die alten Geschichten noch kennen.«
Daryl lächelte verständnisvoll. Er griff nach ihren Händen, die auf der Bettdecke lagen, und drückte sie sanft.
»Sie machen sich Vorwürfe, weil Sie so selten an diesen Ort kommen und weil Sie ihn nicht so pflegen, wie das Kurnalpi und die anderen Frauen getan haben?«
Meenas Blick wurde wieder klar. »Ja … Aber woher wissen Sie das?«
»Weil ich ganz ähnlich empfinde. Auch ich fühle mich gefangen zwischen zwei Welten. Manchmal scheint es mir klar, wohin ich gehöre, wo und wie ich leben sollte. Doch dann kommen wieder Zweifel auf. Ein alter Mann aus dem Stamm der Murinbara hat einmal gesagt: ›Die Weißen bekamen kein Träumen. Die Weißen bekamen einen anderen Weg. Die Weißen gehen anders. Sie bekamen einen Weg, der ihnen allein gehört.‹«
Meena nickte ernst. »Er hat Recht. Zumindest, was die meisten Weißen angeht. Sie hingegen sind anders. Sie haben ein Träumen, das spürt man. Sie sind mehr Aborigine, als ich es bin. Ich hingegen habe das Gefühl, in einem Tunnel zu leben. Ich sehe das Licht zu beiden Seiten, aber ich kann mich einfach nicht für eine Richtung entscheiden.«
Noch einmal drückte Daryl Meenas Hände, dann ließ er sie los. »Das müssen Sie auch nicht. Klettern Sie stattdessen auf

den Berg darüber. Befreien Sie sich von der Enge und den Ängsten, die Sie plagen. Ich kann Ihnen nicht versprechen, dass Sie dann wissen, wo Ihr Platz ist – wie gesagt, auch ich zweifle mitunter noch. Aber Sie werden sehen, dass Sie von da oben einen ungetrübteren Blick auf beide Seiten Ihrer Seele haben.«
Zum ersten Mal seit Wochen lächelte Meena wieder. »Das war jetzt schon fast philosophisch«, antwortete sie. »Sie verstehen es wirklich, einen immer wieder in Erstaunen zu versetzen.«
»Das hoffe ich doch«, entgegnete Daryl. »Und nun sollten Sie etwas essen.«
Folgsam hob Meena das Frühstückstablett auf ihre Beine. Doch bis auf ein Glas Orangensaft, das sie in einem Zug hinunterschüttete, rührte sie nichts an.
»Was ist los, keinen Hunger?«, fragte Daryl enttäuscht. »Das können Sie mir nicht antun. Mrs. Sharp wird mich vierteilen, wenn ich mit vollem Tablett zurückkomme. Sie wissen ja, wie sie ist.«
Das Mischlingsmädchen lachte. »Also gut. Nachdem Sie so viel für mich getan haben, werde ich brav sein und alles aufessen.«
»Na, Gott sei Dank!« Er schob den Stuhl zurück und stand auf. »Ich komme in einer halben Stunde noch mal vorbei, um abzuräumen.« Auf halbem Weg zur Tür blieb Daryl ein weiteres Mal stehen und wandte sich um. »Übrigens, Ray wollte Sie gestern unbedingt noch sprechen. Aber Sie schliefen schon, daher habe ich ihn auf heute vertröstet.«
Die Augen des Mädchens begannen zu leuchten. »Wissen Sie, was er wollte?«

»Nein. Aber nachdem Sie verschwunden waren, hat er sich wie ein Verrückter aufgeführt. Er hat nicht aufgehört, nach Ihnen zu suchen. Sogar mit Ihrem Halbbruder hat er sich geprügelt. Er machte sich wirklich große Sorgen um Sie – und hat uns dabei alle ziemlich genervt. Aber vielleicht hat ihn das endlich zur Vernunft gebracht, und er hat eingesehen, dass er offen und ehrlich mit Ihnen über seine Gefühle sprechen sollte.«

»Das wäre schön«, flüsterte sie. Als sich Daryl wieder umdrehen wollte, rief sie: »Mr. Simmons?«

»Ja?«

»Was geschieht jetzt mit Murgura? ... Ich meine, werden Sie ihn verhaften?«

»Warum sollte ich das tun?«

»Nun ja«, antwortete sie nach kurzem Zögern, »weil er mich bedroht hat.«

»Ich denke, was das angeht, hat er seine Lektion gelernt. Er wird sein Wort halten.«

»Eine Frage habe ich noch: Haben Sie ihn wirklich mit einem Fluch belegt?«

Daryl lächelte geheimnisvoll. Er tastete nach dem Tabakbeutel. »Das, meine Liebe, ist ein Stammesgeheimnis.«

Daryl schloss die Tür und ging durch den Flur ins Wohnzimmer. Martin Barrow saß am Funkgerät, wo er sich gerade von Sergeant Morley verabschiedete. Als er sich dem Detective zuwandte, machte er ein ernstes Gesicht.

»Das war Morley. Er ist vor einer Viertelstunde in Broome gestartet. Nun wird es wohl ernst.«

Daryl nickte. »Es wird nicht einfach werden. Zwar weiß ich, wer Buttler und Pierson getötet hat, aber es wird schwierig sein, ein Geständnis zu kriegen.«

»Was ist mit Murgura? Ist er inzwischen zurückgekommen?«

»Noch nicht. Er hat wohl im Busch übernachtet. Es gab eine Menge, worüber er nachdenken musste. Aber ich bin überzeugt, dass er bald hier sein wird.«

»Was macht Sie da so sicher?«

»Ganz einfach: Murgura ist kein Mann, der vor irgendetwas davonläuft.«

In diesem Augenblick knallte die Eingangstür mit lautem Poltern gegen die Wand, und Poison-Joe stürmte ins Haus.

»Das ist nicht gut, gar nicht gut«, rief er keuchend.

Daryl und der Viehzüchter sahen ihn verständnislos an.

»Was ist los?«, fragte Daryl. Auf einen Schlag hatte er ein ganz flaues Gefühl im Magen.

»Das hier«, rief Poison-Joe aufgeregt und wedelte mit einem Brief in der Luft herum. »Ich sage euch, das bedeutet nichts Gutes!«

»Bitte der Reihe nach, und beruhigen Sie sich«, befahl im Martin Barrow.

»Ray Hill, er ist verschwunden. Erst dachte ich, er sei gleich als Erstes rüber zu Meena gegangen, schließlich konnte er es gestern kaum abwarten, mit ihr zu reden. Aber als ich die Männer, die mit ihm die Unterkunft teilen, fragte, wann er aufgestanden sei, zuckten sie mit den Schultern und meinten, er sei bereits weg gewesen, als sie aufstanden. Aber auf seinem Bett läge ein Brief.« Er rümpfte verärgert die Nase. »Verfluchte Abos, manchmal könnte ich ihnen echt in den Arsch treten.«

»Ist der Brief an jemand Bestimmten adressiert?«, wollte Daryl wissen.

»Ja, an Meena.«

Während Meena den Brief las, standen die drei Männer schweigend neben ihrem Bett. Gespannt starrten sie auf das Gesicht des Mädchens.
Während sie las, weiteten sich ihre Augen. Schließlich schaute sie auf und blickte Daryl ungläubig in die Augen. Tränen rannen über ihre Wangen. Langsam begann sie zu zittern.
»Nein ... das kann ... kann einfach nicht sein ...«, schluchzte sie und hielt Daryl den Brief entgegen.
Er hatte erst die Hälfte der Nachricht gelesen, als er sich ruckartig zu Barrow umwandte und ihm die Nachricht in die Finger drückte.
»Verdammt, ich bin ein solcher Idiot! Kümmern Sie sich um Meena, Poison-Joe und ich werden versuchen, Ray noch rechtzeitig zu erwischen.« Mit diesen Worten packte er den alten Stockman am Arm und zerrte ihn aus dem Zimmer.
Sie eilten zu Martin Barrows Landcruiser, der vor dem Haus stand.
»Die Schlüssel stecken doch, oder?«, fragte Daryl Joe noch im Laufen.
»Klar«, antwortete dieser keuchend.
Die beiden Männer schwangen sich in den Wagen, Daryl setzte sich ans Steuer.
»Was ist eigentlich los?«, wollte Poison-Joe wissen, während Daryl einen Blitzstart hinlegte.
»Der Brief war ein Abschiedsbrief. Ray will sich umbringen.«
»Umbringen?«, rief Poison-Joe bestürzt. »Weshalb?«
»Dreimal dürfen Sie raten.«
»Floyd Buttler?«
»Floyd Buttler«, erwiderte der Detective grimmig.

Daryl nahm weder Rücksicht auf seinen Beifahrer noch auf das Fahrzeug. In halsbrecherischem Tempo jagte er den Geländewagen über den holprigen Weg. Er war wütend. Nicht auf Ray. Nun ja, vielleicht auch ein wenig auf Ray. Aber in erster Linie auf sich selbst. Hatte er nicht selbst immer wieder gesagt, Selbstüberschätzung und Überheblichkeit seien die schlimmsten Sünden eines Polizisten? Und was war jetzt? Er hatte geglaubt, alles unter Kontrolle zu haben. Aber es gab immer eine Unbekannte in der Rechnung, ein winziges Sandkorn, das selbst die bestgeölte Maschine zum Stehen bringen konnte. Er hoffte, dass sie nicht zu spät kamen.
Der Landcruiser schoss gerade durch ein kleines Bachbett und dann einen Hang hinauf, als vor ihnen plötzlich ein Reiter auftauchte.
Daryl riss das Steuer herum und trat mit aller Kraft auf die Bremse. Das Fahrzeug stellte sich quer und blieb nur wenige Meter vor dem sich erschreckt aufbäumenden Pferd stehen. Als sich der Staub etwas verzogen hatte, sahen sie, dass der Reiter Murgura war.
»Los, steigen Sie ein, befahl ihm Daryl. »Kann sein, dass wir Ihre Hilfe brauchen.«
»Meine Hilfe wobei?«, fragte der Aborigine ruhig.
»Ray vor einer riesengroßen Dummheit zu bewahren. Und nun steigen Sie endlich ein, wir haben schon zu viel Zeit verloren.«
»Wohin fahren wir«, fragte der Aborigine, als er auf dem Rücksitz Platz genommen hatte.
»Zum Pigeon Pool«, antwortete Daryl knapp und drückte bereits wieder aufs Gaspedal.

Sie sprangen aus dem Wagen und rannten an Rays Motorrad vorbei zum Billabong. Der junge Mann stand bereits bis zu den Knien im trüben Wasser. Langsam, Schritt für Schritt tastete er sich vorwärts.

»Tun Sie das nicht, Ray!«, rief ihm Daryl vom Rand der steilen Böschung zu.

»Wieso nicht? Damit Sie mich ins Gefängnis stecken können?«, antwortete Ray über die Schulter. Langsam wandte er sich um und schaute zu den Männern auf. »Ich will nicht ins Gefängnis! Lieber sterbe ich.«

Poison-Joe, der schräg hinter Daryl gestanden hatte, trat neben den Detective. »Du kommst jetzt augenblicklich da raus, oder ich hol' dich und prügle dir Verstand ein, hast du das kapiert?«

Daryl warf Poison-Joe einen verärgerten Blick zu. »Unterstehen Sie sich«, presste er hinter zusammengekniffenen Lippen hervor. »Ein Selbstmordkandidat reicht mir.« Er wandte sich wieder dem Mann im Wasser zu. »Von mir haben Sie nichts zu befürchten, Ray.«

»Und was ist mit gestern Abend? Sie sind Polizist, oder etwa nicht.«

»Das ist richtig. Aber ...«

»Sie haben mich durchschaut. Gestern Abend, da ging mir ein Licht auf, was Bruce gemeint hat. Sie haben es gewusst, die ganze Zeit über.«

Noch einmal, Ray: Ich werde Sie nicht festnehmen.«

»Das glaube ich Ihnen nicht! Sie wollen mich lebend, das ist alles! Aber das wird nicht klappen.« Er wandte sich wieder um und watete bis auf Brusthöhe in den Pool.

Daryl sah kurz zu Murgura, der schweigend etwas abseits

stand und den Pool mit den Augen nach einer verdächtigen Bewegung absuchte. »Verdammt, Ray, Sie kommen nicht ins Gefängnis!«, versuchte er es weiter. »Sie sind unschuldig!«
»Unschuldig, was für ein Witz! Hat Ihnen Meena nicht den Brief gezeigt?«
»Doch, hat sie.«
»Was wollen Sie dann noch mehr? Dass ich Ihnen hier und vor Zeugen erzähle, wie alles abgelaufen ist? Also schön! Ja, ich habe Floyd Buttler aufgelauert. Und ja, ich war bereit, ihn umzubringen. Ich habe Poison-Joes Gewehr genommen und bin mit dem Motorrad zum Pigeon Pool gefahren, wo Bruce vorbeikommen musste. Als er auftauchte, zwang ich ihn anzuhalten. Ich stellte ihn zur Rede und hielt ihn mit der Winchester in Schach. Ich sagte ihm, dass ich gehört hatte, wie er Meena bedrohte. Dann stellte ich ihn vor die Wahl, entweder die Station noch am selben Tag zu verlassen oder gleich auf der Stelle zu sterben. Aber er nahm mich nicht ernst. Er sagte, ich würde sowieso nie den Mumm haben abzudrücken und dass er mir das Gewehr abnehmen und mich damit windelweich prügeln würde. Da schoss ich. Aber nicht auf ihn. Verdammt, ich konnte es nicht. Bei Gott, in diesem Augenblick wünschte ich mir nichts mehr als das, aber ich konnte es einfach nicht.«
»Und was geschah dann?«, fragte Daryl.
»Jetzt platzt mir aber der Kragen!«, rief Poison-Joe dazwischen und schob Daryl beiseite. »Das ist doch scheißegal! Du setzt jetzt deinen Hintern in Bewegung, Ray, und kommst aus dem Wasser, hast du mich verstanden?«
Ray Hill reagierte nicht auf Poison-Joes Wutausbruch. Stattdessen erzählte er weiter. »Er ging auf mich los. Im letzten Moment gelang es mir, das Gewehr hochzureißen und ihn

niederzuschlagen. Zunächst dachte ich, er sei bewusstlos. Doch als ich mich über ihn beugte, packte er mich und riss mich zu Boden. Eine Zeit lang kämpften wir miteinander, dann bekam ich einen Stein zu fassen und schlug zu. Diesmal blieb er liegen.«

»Das reicht!«, schnaubte Poison-Joe. Er drehte sich halb zu Daryl um. »Ich hol' den Armleuchter jetzt da raus.«

»Das werden Sie nicht«, antwortete Daryl scharf und hielt ihn am Arm fest. »Sie bringen sich nur selbst in Gefahr.«

»Das ist mir schnuppe! Glauben Sie etwa, ich lass zu, dass sich der Junge dem Croc zum Fraß vorwirft?«

»Wenn Sie versuchen, zu ihm hinunterzuklettern«, flüsterte der Detective, »wird er noch tiefer in den Pool gehen. Lassen Sie mich das machen. Wenn ich ihn überzeugen kann, dass er unschuldig ist, kommt er bestimmt freiwillig heraus.«

Poison-Joe zögerte, trat dann aber einen Schritt zurück.

»Und was taten Sie, nachdem Sie Buttler niedergeschlagen hatten?«, drängte Daryl.

»Ich ließ ihn liegen, nahm die Winchester und fuhr zurück auf die Station.«

»Wenn das stimmt, dann können Sie unmöglich für seinen Tod verantwortlich sein. Überlegen Sie doch, Ray! Wenn ihn das Krokodil am Pigeon Pool erwischt hat, nachdem sie ihn dort bewusstlos zurückgelassen haben, wie ist es dann zu erklären, dass seine Kleider am Ufer gefunden wurden?«

»Ich ... das weiß ich nicht.« Zögernd drehte sich Ray um. »Vielleicht hat er sie während des Kampfes mit dem Krokodil verloren.«

»Schuhe, Hose und Hemd? Unmöglich! Die Kleider waren zwar schmutzig, aber nicht zerrissen.«

»Dann hat er sie vielleicht ausgezogen, um sich im Pool zu waschen und wurde dabei von dem Monster gepackt. So oder so, ich bin an seinem Tod schuld. Ich habe Meenas Leben zerstört und den Mann, den sie liebte, auf dem Gewissen.«

»Verflucht noch mal, Ray, wann werden Sie es endlich kapieren: Meena liebte Buttler doch gar nicht! Sie hat nur deshalb begonnen, mit Floyd zu flirten, um *Sie* eifersüchtig zu machen. Geht das denn nicht in Ihren Dickschädel rein?«

»Das glaube ich nicht, Sie lügen! Wenn sie mich mag, warum hat sie dann mit ihm geschlafen?«

»Das bringt doch nichts«, rief Poison-Joe genervt und drängte sich erneut an Daryl vorbei.

Mit Worten, das war Daryl klar, würde er den alten Stockman nicht mehr aufhalten können. Er wartete, bis Poison-Joe an ihm vorbei war, dann versetzte er ihm einen Tritt in die Kniekehle. Poison-Joe sackte zu Boden. Sofort sprang Daryl auf seinen Rücken, packte Joes rechten Arm, zog ihn nach hinten und presste ihn so weit nach oben, bis Poison-Joe vor Schmerzen zu stöhnen anfing.

»Verflucht, sind Sie übergeschnappt?«, presste Poison-Joe mit wutverzerrtem Gesicht hervor.

»Halten Sie endlich die Klappe, oder ich brech' Ihnen den Arm«, befahl Daryl. »Lassen Sie mich gefälligst weiter mit Ray sprechen.« Endlich schwieg Joe und leistete auch keinen weiteren Widerstand. Dennoch hielt Daryl ihn eisern fest, als er nun wieder zu Ray hinabsah und diesen erneut ansprach.

»Ihr größter Fehler ist, dass Sie Meena immer nur nachspioniert haben, anstatt nur ein einziges Mal offen mit ihr zu reden. Meena hat nicht mit Buttler geschlafen, sie wurde von ihm vergewaltigt.«

»Sie … sie wurde …« Endlich machte der junge Mann wieder ein paar Schritte Richtung Ufer.
»Ja. Und sie schämte sich deswegen. Sie schämte sich so sehr, dass sie es zunächst niemandem sagen wollte. Als sie dann aber merkte, dass sie schwanger war, erzählte sie es Buttler. Doch der wollte nichts davon wissen. Er befahl ihr, das Baby abzutreiben. Meena wollte das nicht. Also nahm sie ihren ganzen Mut zusammen und sagte ihm, dass sie das Kind behalten würde.«
Ray nickte. »Ja, ich weiß. Dieses Gespräch habe ich belauscht. Floyd sagte, sie müsse das Baby wegmachen lassen, andernfalls würde er selbst dafür sorgen, dass sie es verliert. Ich war so wütend, ich konnte nicht anders, ich musste ihn am nächsten Tag zur Rede stellen. Doch er lachte nur. Also ging ich auf ihn los.« Einen Augenblick zögerte Ray, dann senkte er den Blick. »Aber er war stärker. Ich wollte Meena um jeden Preis beschützen. Also entschloss ich mich, ihm aufzulauern. Als mir klar wurde, was ich getan hatte, war es schon zu spät. Was hätte ich Meena sagen sollen? Dass ich sie liebe und aus diesem Grund den Vater ihres ungeborenen Kindes getötet habe? So entschloss ich mich, die Station zu verlassen. Aber dann bemerkte ich, dass Murgura Meena zu bedrängen begann. Ich musste bleiben und sie beschützen, so gut ich konnte. Doch jetzt, wo Sie wissen, dass ich es war, bleibt mir keine andere Wahl.«
»Das ist alles völlig ohne Belang, Ray!«, versuchte Daryl ihn zu überzeugen. »Hören Sie mir genau zu: Floyd Buttler starb nicht durch einen Schlag auf den Kopf, er wurde erwürgt. Und nun kommen Sie endlich aus diesem verfluchten Billabong raus!«

Das Erstaunen auf dem Gesicht des jungen Mannes war nicht gespielt. »Ist das wahr? Lügen Sie mich auch nicht an?«
Daryl, dessen Blick die ganze Zeit zwischen Ray und Poison-Joe, den er noch immer am Boden festhielt, hin- und hergewandert war, wandte sich nun an den Eingeborenen, der die ganze Zeit stumm neben ihnen gestanden hatte. »Was meinen Sie, Murgura. Hat der Junge es verdient, so zu sterben?«
Der Aborigine sah ihn schweigend an.
»Nun, was ist? Immerhin hat er genau wie Sie versucht, Ihre Halbschwester zu beschützen.«
»Mein Gott«, rief Poison-Joe, dessen Gesicht noch immer dem Pool zugewandt war mit halberstickter Stimme, »das einäugige Krokodil!«

22

Daryl saß auf Martin Barrows Sofa und nippte an dem zwanzig Jahre alten Single Islay Malt, den der Viehzüchter sich und dem Detective eingeschenkt hatte. Ihm gegenüber saß Sergeant Morley, neben dem auch Barrow Platz genommen hatte. Die beiden Männer blickten gespannt in Daryls Richtung und warteten, dass er weitererzählte.

»Und was geschah, nachdem Poison-Joe das einäugige Krokodil entdeckt hatte?«, drängte Sergeant Morley.

»Ray riss den Kopf herum«, fuhr Daryl fort, »doch er konnte das Krokodil nicht sehen, weil es genau in diesem Augenblick abgetaucht war. Da Joe und ich die Station überstürzt verlassen hatten, hatten wir natürlich auch kein Gewehr mitgenommen. Die einzige Waffe war Poison-Joes Jagdmesser, das er immer an seinem Gürtel trägt. Im Nachhinein muss ich sagen, es war absolut idiotisch. Aber in dem Moment konnte ich einfach nicht anders. Ich ließ Poison-Joe los, gleichzeitig schnappte ich mir sein Messer. Dann sprang ich runter zu Ray. Dieser war vielleicht noch zwei Meter vom Ufer entfernt, da packte ihn das Krokodil am Bein, hob ihn halb aus dem Wasser und wirbelte ihn herum. Ich glaube, ich schrie, als ich mich auf das Tier stürzte.«

»Hatten Sie denn keine Angst?«, fragte der Sergeant aufgeregt.

»Ehrlich gesagt, ich kann mich nicht erinnern.« Daryl streckte seine linke Hand aus. Sie zitterte. »Wenn nicht zu dem Zeitpunkt, dann auf jeden Fall jetzt.« Er nahm einen großen Schluck seines Whiskys, dann fuhr er fort: »Ich stach blind drauflos, doch das Croc war bereits wieder abgetaucht. Wenigstens hatte es Ray losgelassen. Ich packte ihn unter den Achseln und zog ihn Richtung Ufer, und irgendwie gelang es uns, wieder Boden unter die Füße zu bekommen. Wir waren vielleicht noch bis zum Bauch im Wasser, da tauchte das Reptil seitlich von mir auf. Ich sah das riesige Maul mit den langen, spitzen Zähnen, das direkt auf mich zusteuerte, und war wie versteinert. Ich dachte nur: ›Jetzt wirst du gleich in Stücke gerissen.‹«

»Unvorstellbar«, unterbrach ihn Barrow kopfschüttelnd. »Wie ist es Ihnen nur gelungen, unverletzt zu entkommen?«

»Das habe ich Murgura zu verdanken. Er war plötzlich da, warf sich zwischen uns und das Krokodil und ließ einfach zu, dass es ihn packte und unter Wasser zerrte. Mit Poison-Joes Hilfe schafften Ray und ich es schließlich nach oben. Als ich mich umdrehte und nach unten schaute, waren Murgura und das einäugige Krokodil verschwunden. Es war, als hätte der Billabong sie von einer Sekunde auf die andere verschluckt. Wenigstens Ray hat Glück gehabt, er wurde nur leicht verletzt.«

Kurze Zeit herrschte betroffenes Schweigen. Dann sagte Martin Barrow: »Murgura hat nicht zugegeben, dass er der Mörder war?«

»Das brauchte er nicht. Ich weiß, dass er es war. Als Sie mir erzählten, dass Poison-Joes Winchester gestohlen wurde, begann ich zu überlegen, wer einen Grund haben sollte, so etwas zu tun. Auf der Station gibt es eine ganze Reihe von

Gewehren. Sie alle sind neuer, präziser, wirkungsvoller und zudem mehrschüssig. Kurz, Poison-Joes Waffe mag für ihn wertvoll sein, nicht aber für einen potenziellen Dieb. Wer sie gestohlen hat, musste also einen besonderen Grund haben. Ich kam zu dem Schluss, dass dafür am ehesten Ray in Frage kam. Bei der Schlägerei mit Floyd hat er klar den Kürzeren gezogen. Die Vermutung lag also nahe, dass er sich nicht nochmals auf einen Kampf Mann gegen Mann einlassen, sondern sich bewaffnen würde.«

»Aber hätte nicht genauso gut Murgura – oder einer der anderen Stockmen – die Winchester nehmen, Buttler töten und sie später wieder zurücklegen können?«, warf Sergeant Morley ein. »Ich meine, damals tappten Sie ja sicher noch ziemlich im Dunkeln, was das Mordmotiv angeht.«

»Rein theoretisch, ja. Aber ich denke nicht, dass einer der anderen Eingeborenen ein solch hohes Risiko eingegangen wäre, selbst wenn er ein Motiv gehabt hätte. Sehen Sie, die Männer waren zu der Zeit draußen im Busch. Es gab viel zu tun, sie wussten nicht, wann sie das nächste Mal wieder auf der Station sein würden. Folglich hätte sich ein Dieb aus ihren Reihen der Gefahr ausgesetzt, dass Poison-Joe das Fehlen seiner Waffe vorher bemerkt. Der Betreffende hätte das Gewehr die ganze Zeit verstecken müssen, ohne zu wissen, ob er überhaupt die Gelegenheit bekommen würde, Buttler aufzulauern. Außerdem: Murgura war Meenas Bruder, für die Eingeborenen war es allein seine Sache, Buttler zu bestrafen.«

»Dann wussten die Eingeborenen also die ganze Zeit, was vor sich ging, und haben nichts gesagt?«, fragte Martin Barrow säuerlich.

»Zumindest wussten Sie, dass Murgura mit Floyd Buttler eine Rechnung zu begleichen hatte. Für einen Aborigine reicht das völlig, selbst wenn er einem anderen Stamm angehört.«

»Schön und gut«, warf der Sergeant ein, »aber warum waren Sie sicher, dass nicht Murgura die Winchester gestohlen hatte?«

Weil er kein Gewehr benutzt hätte, um Buttler zu töten. Dafür war er schlicht zu stolz. Ray dagegen hatte sowohl die Gelegenheit, die Winchester unbemerkt zu benutzen, als auch sie am selben Tag wieder in Poison-Joes Schrank zu verstauen, ohne dass dieser etwas mitbekam. Über sein Motiv müssen wir nicht weiter sprechen, wir alle kennen es. Dass er Buttler letztendlich aber nicht erschießen konnte, spricht, trotz seines aufbrausenden Wesens, für ihn. Das wiederum bringt uns zu Poison-Joe.«

Daryl machte eine kurze Pause und nahm noch einen Schluck Whisky. Er wusste, dass nun der heikelste Teil seiner Ausführungen kam. Schließlich hatte er Joseph Forbes, alias Joe Banks, alias Poison-Joe, versprochen, ihn nicht zu verraten.

»Er hatte zwar die Gelegenheit zum Mord, aber nicht wirklich ein Motiv. Gut, bei der Wahl eines neuen Vormanns wurde Buttler ihm vorgezogen, aber das reicht wohl kaum als Grund für einen Mord. Endgültig von der Liste der Verdächtigen gestrichen habe ich ihn aber erst, als mir klar wurde, dass er selbst sein Gewehr beiseite geschafft hatte.«

»Moment mal, *er* hat die Waffe verschwinden lassen?«, fragte Martin Barrow verwirrt.

Daryl berichtete, dass Poison-Joe ihm im Vertrauen erzählt

habe, seine Winchester sei benutzt worden, worauf ihm der Gedanke kam, sie könnte womöglich die Mordwaffe sein.
»Er bekam es mit der Angst zu tun, außerdem wollte er keinen Ärger. Also versteckte er sie vorsorglich und behauptete, sie sei gestohlen worden. Sie werden mir Recht geben, dass er das bestimmt nicht getan hätte, wenn er Buttler erwürgt hätte.«
Froh, diesen Teil seiner Geschichte hinter sich zu haben, fuhr Daryl rasch fort: »Zugegeben, ohne Buttlers Leiche wäre ich der Wahrheit wohl nie auf die Spur gekommen. Aber ein bisschen Glück gehört eben auch dazu. Jedenfalls, als klar war, wie Buttler gestorben ist, lenkte das meinen Verdacht automatisch auf Murgura. Sie kennen den ehemaligen Pater Ian O'Donnell. Als ich ihn in Kalumburu besuchte, erfuhr ich von ihm, dass Murgura Meenas Halbbruder ist. Wenn man also davon ausging, dass er mitbekommen hatte, was zwischen Meena und Floyd ablief – was ziemlich wahrscheinlich war, denn wir dürfen nicht vergessen, auch er hat sich mit Buttler geprügelt –, dann hatte er ein erstklassiges Motiv. Ich glaube nicht, dass er Buttler gezielt und mit Vorsatz ermordete. Er hatte sich ihn ja bereits erfolgreich vorgeknöpft, und Buttler war wohl klar, was Murgura von ihm erwartete. Viel wahrscheinlicher scheint mir, dass Murgura zufällig am Pigeon Pool vorbeikam. Nur weil sein Pferd lahmte und er sich allein auf den Weg zur Station machen musste, kam er überhaupt in die Nähe des Billabongs. Ich denke, er fand Floyd Buttler dort entweder bewusstlos vor, hat ihn erwürgt und in den Pool geworfen, oder, was ich persönlich für wahrscheinlicher halte, Floyd war inzwischen wieder zu sich gekommen, und es kam zum Streit zwischen den beiden. Wie

es ganz genau war, werden wir wohl nie erfahren. Jedenfalls, die Liebe zu Meena und Murguras Besessenheit, sie vor dem Leid zu beschützen, das seiner Meinung nach das Kind eines Weißen für sie bedeutet hätte, trieben ihn so weit, dass er von ihr verlangte, das Baby abzutreiben – genauso wie Buttler vor ihm.«

»Was ist mit den eingeborenen Stockmen«, warf der Viehzüchter ein. »War es ihnen völlig egal, dass Murgura einen Mord begangen hatte?«

»Sehen Sie das Ganze aus dem Blickwinkel der Aborigines«, versuchte Daryl zu erklären. »Sie hatten Achtung und Respekt vor Murgura. Nicht nur, weil er Mitglied des Ältestenrates seines Stammes war, sondern auch, weil er den Gesetzen und Traditionen seines Stammes stärker verbunden war als sie. Wie gesagt, die ganze Sache war für sie eine Privatangelegenheit, die niemanden sonst etwas anging. Das war auch der Grund, weshalb sie diese Geschichte vom heiligen Billabong erzählten. Der Pigeon Pool und das einäugige Krokodil mögen für Murgura, der dem Krokodil-Dreaming angehörte, tatsächlich heilig gewesen sein. Dies gilt aber nicht zwangsläufig auch für die anderen Eingeborenen, die auf Mount Keating arbeiten, denn diese gehören anderen Clans und somit auch anderen Dreamings an. Sie wollten mit ihrer Geschichte also keinen heiligen Ort schützen, sondern nur verhindern, dass Buttlers Leiche gefunden wurde. Als mir das klar geworden ist, wusste ich, dass sie jemanden zu decken versuchten.«

»Und warum hat sich Ricky Lee aus dem Staub gemacht?«, fragte Barrow weiter.

»Das hat ihm sicher Murgura nahe gelegt. In einem der Camps während der Pferdeausmusterung beobachtete ich einmal früh am Morgen, wie sich Murgura heimlich mit Meena traf und anschließend zu den Koppeln schlich, wo ein Eingeborener auf ihn wartete. Ich konnte den Mann zwar nicht erkennen, doch als Ricky Lee kurz darauf verschwand, war ich mir ziemlich sicher, dass er es gewesen sein musste. Ich denke, Murgura spürte, wie nervös der Junge war, und hatte Angst, dieser könnte irgendwann die Nerven verlieren und etwas verraten. Übrigens war ich nicht der einzige, der die beiden in dieser Nacht beobachtete. Bruce Pierson, der sich hinter einem Baum versteckt hatte, war ebenfalls Zeuge des Treffens.«

Sergeant Morley runzelte die Stirn. »Was hatte eigentlich Pierson mit der ganzen Geschichte zu tun? Und warum hat Murgura auch ihn ermordet – er war es doch, oder?«

Daryl nickte. »So komisch das jetzt vielleicht auch klingen mag: Bruce gehörte zu den Menschen, die einen Polizisten schon fünf Meilen gegen den Wind riechen. Kaum war ich auf der Station, ahnte er auch schon, wer ich bin und weshalb ich gekommen war. Sein Fehler war, dass er das Murgura gegenüber erwähnte. Entweder befürchtete Murgura, Bruce würde früher oder später den Zusammenhang zwischen Buttlers Tod und Ricky Lees Verschwinden verstehen und ihn dann verraten. Oder aber Bruce glaubte von Anfang an nicht, dass Buttler einen Unfall hatte. Ich persönlich glaube, er hatte sich bereits einen Reim auf alles gemacht, als er Murgura und Ricky Lee beobachtete, und versuchte, den Aborigine zu erpressen. Jedenfalls, als wir Bruce' Leiche fanden, hat mich Murgara genau beobachtet. In diesem Moment muss er wohl geahnt haben, dass sein Plan, Bruce' Tod wie einen Selbstmord aussehen zu lassen, fehlgeschlagen war. Er schüttete Sand in einen der Treibstofftanks des Helikopters, in der Hoffnung, nach meinem Tod würde ihm niemand mehr auf die Schliche kommen.«

»Und wer hat Sie niedergeschlagen?«, fragte der Sergeant.

»Das war ebenfalls Murgura«, antwortete Daryl. Er war sicher, dass ihm der Aborigine diese kleine Lüge verziehen hätte. »In jener Nacht sah ich, wie Murgura zum Haupthaus schlich, und folgte ihm. Es war nicht das erste Mal, dass ich beobachtete, wie er sich heimlich mit Meena traf. Leider war ich nicht vorsichtig genug, so dass er mich wohl bemerkte und stattdessen mir auflauerte.«

»Eins begreife ich nicht«, meinte Sergeant Morley. »Warum hat sich Murgura geopfert? Ich meine, ich persönlich bin überzeugt, dass Sie Recht haben. Aber hätten wir ihm die Morde wirklich nachweisen können?«

Daryl lächelte. »Sie haben natürlich Recht. Es wäre zu einem Indizienprozess mit völlig offenem Ende gekommen. Ich denke, Murgura wurde zum Schluss klar, dass er sich geirrt hatte. Meena wollte dieses Kind, weil sie sicher war, es so erziehen zu können, dass es nie so werden würde wie sein Vater. Und er begriff, dass Ray sie vermutlich noch mehr liebte als er selbst, immerhin war es diesem sogar egal, dass sie ein Kind von einem anderen Mann erwartete. Einen solchen Menschen konnte er nicht sterben lassen. Dazu kam der Mord an Bruce. Der lastete wohl so schwer auf seinem Gewissen, dass der Tod für ihn letztendlich fast eine Erlösung war.«

Martin Barrow nickte. »So weit scheint mir alles klar zu sein. Und was geschieht nun weiter? Ich meine, was wird aus Murguras Leiche?«

Daryl blickte zum Sergeanten hinüber. »Das liegt im Ermessen der zuständigen Polizei. Ich persönlich würde Murguras Leiche dort lassen, wo sie ist. Ich denke, er hätte es so gewollt. Und was das einäugige Krokodil angeht: Nun ja, ein Croc, das Menschen angreift, ist äußerst gefährlich. Normalerweise fängt man so ein Tier ein oder tötet es. In diesem Fall finde ich allerdings, man sollte eine Ausnahme machen. Das einäugige Krokodil hat schon in dem Billabong gelebt, lange bevor ein Weißer einen Fuß in dieses Gebiet gesetzt hatte. Außerdem ist es alt und wird bestimmt bald eines natürlichen Todes sterben. Aber das entscheiden andere.«

23

Daryl war nicht mit Sergeant Morley nach Broome zurückgeflogen. Stattdessen hatte er Pater O'Donnels Hubschrauber nach Kalumburu zurückgebracht und war mit dem Motorrad wieder zur Mount-Keating-Station zurückgefahren, wo er die Nacht verbrachte.

Er wusste, dass er dadurch zusätzlich Ärger bekommen würde, aber das war ihm egal. Er brauchte einfach vierundzwanzig Stunden Zeit, um seine Gedanken zu ordnen und um sich klar darüber zu werden, wie es nun weitergehen sollte.

Die Aufklärung dieses Falles hatte ihn körperlich und geistig mehr gefordert als ein ganzes Jahr in Perth. Dies war ein äußerst befriedigendes Gefühl, auch wenn ihn Murguras Tod traurig stimmte. Die Frage, ob ihn Chefinspektor Garratt feuern würde, war für ihn im Augenblick nicht so wichtig. Ausschlaggebend war, ob er die Polizei von sich aus wirklich verlassen wollte. Er war sich nicht sicher.

»Bereit?«, riss ihn Martin Barrow aus seinen Gedanken. »Die Piper ist aufgetankt und startbereit.«

Daryl lächelte. »Mehr oder weniger. Allerdings würde ich vorher noch gern kurz Ihr Funkgerät benutzen. Ich denke, es ist höchste Zeit, dass ich mich bei meinem Boss melde.«

Es dauerte keine fünf Minuten, dann hatte er Garratt am Mikrofon. Während sein Vorgesetzter eine minutenlange

Schimpftirade über ihn herabprasseln ließ, lehnte sich Daryl zurück und zwinkerte dem Viehzüchter zu.
Als sich der Chefinspektor endlich ein wenig beruhigt hatte, fragte er: »Und überhaupt, Simmons, wo sind Sie? Sie sollten doch schon längst hier sein! Und wieso melden Sie sich über Funk? Die Verbindung ist ja das Letzte!«
»Dafür ist die Gegend ganz zauberhaft.«
»Welche Gegend? Sagen Sie nur, Sie stecken noch immer in den verfluchten Kimberleys!«
»Leider ja.«
»Verdammt, haben Sie in dieser Einöde etwa Wurzeln geschlagen?«
»Ehrlich gesagt, Sie sind nahe dran. Es ist eine wunderbare Gegend, und erholen kann man sich hier auch herrlich. Sie sollten es mal ausprobieren, Sir.«
»Haben Sie einen Sonnenstich, Detective? Kein normaler Mensch erholt sich bei vierzig Grad Hitze zwischen Kuhfladen, Buschfliegen und all dem anderen widerlichen Getier. Sie, mein Lieber, haben schon mehr Ärger am Hals, als Sie sich vorstellen können. Witze reißen bringt Sie da auch nicht raus. Ich bin so sauer, dass ich Sie am liebsten in die Antarktis versetzen würde.«
Daryl verkniff sich zu fragen, seit wann die westaustralische Polizei dort eine Zweigstelle betrieb. Stattdessen sagte er: »Tut mir Leid, Sir.«
»Das können Sie sich schenken. Bewegen Sie sich schleunigst hierher, damit ich Ihnen in den Arsch treten kann. Ach ja, und was Ihre Kündigung angeht, die hat Rachel wohl aus Versehen weggeworfen. Wenn Sie die Polizei wirklich verlassen wollen, werden Sie schon eine neue schreiben müs-

sen. Zunächst haben Sie aber sowieso erst Ihre überzogenen Ferien abzuarbeiten.«

Plötzlich kam nur noch ein Knirschen und Rauschen aus dem Lautsprecher. Garratt hatte die Verbindung unterbrochen.

»Was werden Sie tun?«, fragte Barrow mit sorgenvoller Miene.

»Nach Perth zurückkehren, was sonst? Sie haben's ja gehört, ich muss meinen Urlaub abarbeiten. Danach sehen wir weiter.« Daryl lächelte verschmitzt. »Um nichts in der Welt möchte ich Garratts Gesicht verpassen, wenn ich nach fast sechs Wochen in sein Büro spaziere. Außerdem«, fügte er hinzu, »bin ich sicher, dass er irgendwas im Schilde führt. Und Sie wissen ja, ich bin verdammt neugierig.«

Als sie wenig später das Flugfeld erreichten, fiel Daryls Blick erst auf Poison-Joe, dann auf Mrs. Sharp und schließlich auf Meena. Sie alle waren gekommen, um sich von ihm zu verabschieden. Martin Barrow bemerkte, dass der Detective sichtlich gerührt war. Also räusperte er sich und sagte, dass er im Flugzeug auf ihn warten würde.

Als Erster trat Poison-Joe auf Daryl zu. Erst strich er sich verlegen durch den Bart, dann meinte er: »Als fliegender Cowboy waren Sie echt Spitze.«

»Freut mich zu hören. Was ist mit Ihren Plänen, die Station zu verlassen?«

»Was soll damit sein? Der Boss hat mir den Vorarbeiterjob angeboten. Da wär' ich doch schön blöd zu gehen.«

Daryl hätte schwören können, dass die wässrigen Augen des alten Stockman in diesem Moment noch eine Spur feuchter wurden.

»Wollte nur noch sagen, für einen Bullen sind Sie echt 'n

feiner Kerl. Na ja, Sie wissen schon, wie ich's meine. Also, machen Sie's gut.«

Daryl schaute skeptisch auf die ihm entgegengestreckte Hand.

»Lieber nicht, Joe. Wenn ich ehrlich bin, meine Knochen wachsen gerade erst wieder langsam zusammen.«

»Da hörst du es, du ungehobelter Klotz«, rief Mrs. Sharp und drängte sich zwischen die beiden Männer. »Das ist für Sie.« Sie drückte Daryl ein Paket in die Hand. »Ist 'n bisschen was für unterwegs, damit Sie nicht verhungern. Und sollte es Ihnen in der Stadt zu hektisch werden, kommen Sie einfach wieder hierher zurück. Sie wissen ja, Arbeit und gutes Essen gibt's hier reichlich.«

Daryl bedankte sich. Dann wandte er sich Meena zu und lächelte.

»Alles Gute. Sehen Sie zu, dass Ihr Baby gesund auf die Welt kommt. Und richten Sie Ray gute Besserung aus, und dass er auf Sie Acht geben soll. Andernfalls werde ich persönlich vorbeikommen, und dann wird er sich wünschen, nie meine Bekanntschaft gemacht zu haben.«

Meena nickte stumm. Sie war den Tränen nahe. Als sich Daryl umwandte und zum Flugzeug ging, rannte sie plötzlich los, umarmte ihn und küsste ihn auf die Wange. Mit Tränen in den Augen flüsterte sie: »Danke. Danke für alles.«

Daryl wurde verlegen. »Es war mir eine Freude. Und merken Sie sich: Es ist kein Makel, wenn in einer Brust sowohl ein schwarzes als auch ein weißes Herz schlägt.«

»Ich werde es mir merken. Und seien Sie nicht böse, dass ich Murgura zu warnen versuchte.«

»Bestimmt nicht. Er war Ihr Bruder, und Sie wollten ihn vor dem Gefängnis bewahren. Glauben Sie mir, das kann ich gut

verstehen. Eingesperrt zu sein, wäre für ihn schlimmer gewesen als der Tod.«
Sie nickte und wischte sich die Tränen aus den Augen. »Ja. Vielleicht ist es ganz gut, so wie alles gekommen ist.«

Als Daryl am nächsten Tag das Büro des Chefinspektors betrat, saß dieser wie üblich hinter seinem Schreibtisch und studierte eine Akte.
Er schien den Detective nicht zu bemerken, also räusperte sich Daryl. Garratt schaute auf. Augenblicklich verhärteten sich seine Züge, und sein Gesicht nahm langsam eine zartrosa Tönung an.
»Türe zu und setzen!«, befahl er mit rauer Stimme.
Daryl gab der Tür einen Schubs, so dass sie ins Schloss fiel. Dann ließ er sich in den Besucherstuhl plumpsen und lächelte sein Gegenüber freundlich an.
Der Chefinspektor erwiderte seinen Blick, schnaubte dabei wie ein verärgertes Walross, während sich seine Gesichtsfarbe erneut wie bei einem Chamäleon veränderte.
Nachdem er seinen Untergebenen einige Zeit gemustert hatte, hievte er seinen massigen Körper aus dem Sessel. Ohne Daryl aus den Augen zu lassen, begann er zwischen Tisch und Fenster hin- und herzuwandern. Daryl hielt seinem Blick stand, hatte aber alle Mühe, nicht zu grinsen. Schließlich hatte er nichts mehr zu verlieren. Er hatte sich mehr als einmal über die Anweisungen seines Vorgesetzten hinweggesetzt und seinen Urlaub ohne Zustimmung verlängert. Im Grunde war er schon so gut wie gefeuert. Warum aber hatte Chef Garratt ihn nicht fristlos entlassen und ihm den überzogenen Urlaub vom Gehalt abgezogen? Er hätte ihm sogar ein

Disziplinarverfahren anhängen können. Doch nichts davon war geschehen. Irgendetwas stimmte hier nicht.
Daryl beschloss, dem Hurrikan, der jeden Augenblick über ihn hereinbrechen würde, standzuhalten. Nur so würde er herausbekommen, was der Chef tatsächlich im Schilde führte. Er betrachtete das Ganze als Test. Ein Test für was auch immer.
Der hünenhafte Inspector schwieg noch immer. Sein Blick und das Signalrot seiner Wangen verrieten jedoch, dass das nicht mehr lange so bleiben würde. Die Hände auf dem Rücken gekreuzt, ging er um Daryl herum, blieb dann vor seinem Stuhl stehen, um kurz darauf wie ein Tiger in einem viel zu engen Käfig in umgekehrter Richtung loszustapfen. Nachdem er dieses Manöver zweimal wiederholt hatte, ließ er sich knurrend in seinen Sessel sinken.
»Verflucht, Simmons, was denken Sie sich eigentlich? Ich gebe Ihnen vier Wochen Urlaub, und was machen Sie? Sie verlängern diesen ohne Erlaubnis, ja, halten es nicht mal für nötig, mich persönlich über die Gründe dafür in Kenntnis zu setzen. Was soll das? Wollen Sie mich noch vor meiner Pensionierung ins Grab bringen, ist es das? Wenn ja, sind Sie auf dem besten Weg dazu. Was, in drei Teufels Namen, haben Sie sich dabei eigentlich gedacht?«
»Ich habe den Fall gelöst«, warf Daryl fast ein wenig trotzig ein. »Das war es doch, was Sie von mir erwartet haben.«
Garratts Gesichtfarbe hatte sich inzwischen von Karminrot in ein kräftiges Purpur verwandelt. Dies war eine Tönung, die Daryl bei der »Killertomate« bisher noch nie gesehen hatte.
»Falls Sie es vergessen haben, auch ich habe Vorgesetzte. Was denken Sie, wie ich denen Ihr Verhalten erklären soll? Sie

haben den Fall Buttler zwar gelöst, den Mörder konnten Sie aber nicht dingfest machen.«
Erst wollte Daryl etwas erwidern, doch dann entschied er sich anders. Garratt hatte Recht. Zumindest aus seiner Sicht. Er hatte den Mord an Buttler und Bruce Pierson gelöst, ihr Mörder würde aber nie für seine Taten zur Rechenschaft gezogen werden. Für den Chefinspektor war dies also kein hundertprozentiger Erfolg. Er hingegen sah das ganz anders. Sicher, Murgura hatte zwei Menschen getötet. Doch sein Motiv war weder Habgier noch purer Hass gewesen. Er hatte seine Schwester zu schützen versucht, hatte gehandelt, wie seine Vorfahren dies getan hätten. Sein größter Fehler, wenn man so wollte, lag darin, nicht akzeptieren zu können, dass es außer den uralten Gesetzen der Eingeborenen auch noch das Gesetz des weißen Mannes gab.
Daryl war froh, dass Murgura nicht die Qualen des Eingesperrtseins erdulden musste. Stattdessen hatte Murgura einen ehrenvollen Tod gefunden. Daryl war sogar sicher, dass sich der Aborigine gewünscht hatte, so zu sterben. Das Krokodil war sein »Totem«, und wenn in dem Glauben der Eingeborenen auch nur ein Funke Wahrheit steckte, so würde Murguras Seele vermutlich in einem Krokodil wiedergeboren werden. Vielleicht würde sie sogar in dem einäugigen Krokodil weiterleben. Das war ein schöner Gedanke, wie Daryl fand. Ganz bestimmt aber nichts, was er seinem Vorgesetzten erklären konnte.
»Sie sind ein hervorragender Ermittler, Simmons. Für den normalen Polizeidienst taugen Sie aber nicht.«
»Bedeutet das, dass Sie mich zurück in den Busch versetzen?«, fragte Daryl interessiert.

»Zum Donnerwetter, nein! Buschpolizist, pah, das würde Ihnen so passen!«
Der Chefinspektor riss eine Schublade auf, entnahm ihr ein Plastikfläschchen mit Tabletten gegen Bluthochdruck und würgte zwei Stück ohne Wasser hinunter.
»Keine Chance, mein Lieber. Sie haben sich diese Suppe eingebrockt, und Sie werden sie auch wieder auslöffeln. Wenn Sie glauben, dass ich Sie rausschmeiße, ehe Sie Ihren Dienst in meiner Abteilung ordnungsgemäß abgeschlossen haben, sind Sie auf dem Holzweg. Und was Ihre Kündigung betrifft, nun, die müssten Sie, wie ich Ihnen bereits über Funk mitgeteilt habe, nochmals einreichen. Bis dahin erwarte ich, dass Sie brav Ihren Dienst machen.«
»Darf ich fragen, wie der aussehen soll? Werde ich Streife fahren, Akten einsortieren oder das Archiv aufräumen?«
Für den Bruchteil einer Sekunde blitzten die dunklen Augen des Chefs auf. Mit ruhiger, fast freundlicher Stimme entgegnete er: »Nichts von alldem. Haben Sie eine Ahnung vom Angeln?«
Daryl zwinkerte verwirrt. »Etwa so viel, wie die meisten Australier, die im Outback aufgewachsen sind.«
»Das dachte ich mir schon. Rachel hat Ihnen ein paar Bücher besorgt. Machen Sie sich die nächsten zwei Tage schlau.«
Daryl zuckte mit den Schultern. »Von mir aus. Haben Sie vor, mit mir angeln zu fahren?«
»Witzbold. Sehe ich vielleicht so aus, als ob es mir Freude bereiten könnte, stinkende Fischabfälle auf einen gekrümmten Haken zu spießen, nur um dann stundenlang zu warten, ob vielleicht irgendeine glitschige, übel riechende Kreatur so dumm ist anzubeißen? Wenn ich Fisch essen will, geh ich

in den Supermarkt und kaufe welchen. Oder noch besser, ich geh in ein Restaurant. Moonlight Bay, klingelt's da bei Ihnen?«

Daryl überlegte kurz, dann erinnerte er sich.

»Ist das nicht der Ort, wo nacheinander Vater und Sohn auf rätselhafte Weise von einem Leuchtturm zu Tode gestürzt sind?«

Garratt nickte. »Allerdings. Angeblich treibt da aber auch noch ein Gespenst sein Unwesen ...«

Mord im Outback!

Caroline Carver

Dead Heat

Thriller

Georgia Parish hat es niemals bereut, das Kaff Nulgarra im tropischen Norden Australiens verlassen zu haben. Doch nun sitzt sie nach einer Bruchlandung ihres Flugzeugs im Dschungel genau dort fest. Langsam dämmert es ihr, dass es Sabotage gewesen sein muss. Und dass sie das Opfer einer Verwechslung ist. Ehe sie den Irrtum aufklären kann, wird sie in eine gnadenlose Jagd auf Leben und Tod verwickelt.

»Viel Spannung vor einer traumhaften Kulisse!«
TV Movie über
»Wettlauf im Outback«

Deutscher Krimi-Preis 2000 und 2002 für Garry Disher

Garry Disher bei Knaur:

Dreck

Roman

Endlose Wüste, überall Dreck. Wyatt hat gerade einen Job in Melbourne vermasselt und wird wegen Mordes gesucht. Er muss untertauchen und geht zu seiner alten Freundin Leah, einer Ex-Prostituierten, in die Adelaide Hills. Die erzählt ihm von den dicken Lohntüten einer Baufirma, die im australischen Busch eine Gaspipeline verlegt. Ein netter Coup, könnte man meinen …

Gier

Roman

Wyatt ist Einzelgänger, Beruf: Verbrecher. Die Rechtsanwältin Anna Reid setzt ihn auf 300 000 Dollar im Safe ihres Partners an. Doch andere kommen ihnen in die Quere: Bauer, der Troubleshooter der Mafia von Sydney, Ivan Younger, ein windiger Hehler, und vor allem Sugarfoot, ein brutaler Cowboy-Punk, der die Schnauze voll hat von seinem Rausschmeißerjob.

»Eine der größten australischen Entdeckungen seit Nick Cave und Kylie Minogue.«
Szene Hamburg

Knaur Taschenbuch Verlag

Bestseller vom »... *roaring Ferrari* unter
den englischen Krimiautoren.«
Die Welt

Val McDermids Romantrilogie um Tony Hill und Carol Jordan bei Knaur:

Das Lied der Sirenen

Als die Polizei männliche Leichen findet, die vor ihrer Ermordung grausam gefoltert wurden, wird das Leben des Polizeipsychologen Tony Hill gefährlich aufregend – denn er könnte das nächste Opfer sein!

Schlussblende

Es gibt nichts Gefährlicheres als die Wahrheit ...
Shaz Bowman ist Mitglied eines Elite-Polizeiteams, das das Verschwinden von 30 Mädchen aufklären soll. Als sie einen berühmten TV-Star verdächtigt, wird sie ausgelacht – und wenig später ermordet aufgefunden ...

Ein kalter Strom

Ein Psychopath, der als Kind von seinem Großvater schwer misshandelt und gedemütigt wurde, quält aus Rache seine Opfer und ertränkt sie anschließend. Der Profiler Tony Hill soll den Wahnsinnigen aufspüren und gerät ins Visier des Serienkillers.

Knaur Taschenbuch Verlag